I0632627

Published by
DREAMSPINNER PRESS

5032 Capital Circle SW, Suite 2, PMB# 279, Tallahassee, FL 32305-7886 USA
http://www.dreamspinnerpress.com/

Seiltänzer
Urheberrecht der deutschen Ausgabe © 2015 Dreamspinner Press.
Originaltitel: Acrobat
Original Erstausgabe. Mai 2012
Urheberrecht © 2012 Mary Calmes.
Übersetzt von Jutta Grobleben.

Deutsche ISBN. 978-1-63477-485-7
Deutsche Erstausgabe. September 2016
Deutsche eBook Ausgabe. 978-1-63476-241-0
Deutsche Erstausgabe. Juni 2015

Seiltänzer

MARY CALMES

1

Es WAR einfach unmöglich.

„Woher willst du das wissen, wenn du es nicht versuchst?"

Ich drehte mich um und schaute meine Ex-Frau an, die noch immer meine beste Freundin überhaupt war. „Ist das dein Ernst? Es ist hoffnungslos!"

„Er ist eigentlich ziemlich süß."

„Oh Gott." Ich stöhnte und vergrub das Gesicht in den Armen. Es war Sonntag und wir aßen in ihrem Lieblingsbistro zu Mittag, von dem ich, natürlich, noch nie gehört hatte. Zu sagen, dass sie Dinge über gutes Essen oder „schickes" Essen wusste, von denen ich keine Ahnung hatte, war die Untertreibung des Jahrhunderts. Während sie Gerichte wie Chateaubriand mochte, war ich eher der Typ für Steaks mit Kartoffeln.

„Schatz, daran ist doch nichts verkehrt."

„Ich glaube, da gibt es eine Art Kodex."

„Was für ein Kodex?"

„Du sollst nicht begehren deine Ex-Studenten."

Sie lachte. „Ich glaube, das hast du dir ausgedacht."

„Oh Gott, es klingt sogar ekelhaft."

„Das tut es nicht."

„Du hast doch keine Ahnung."

„Sei kein Idiot, nur weil du eine Krise hast."

Ich stöhnte lauter.

„Du hast gesagt, du hast ihn vor vierzehn Jahren unterrichtet? Ist das richtig?"

„Ich wette, er weiß nicht mal, wer Duran Duran ist."

Sie begann zu lachen. „Er ist jetzt also zweiunddreißig? Dreiunddreißig?"

„Oder ein Rubik-Würfel."

Ihr Lachen wurde lauter. „Selbst zweiunddreißig ist für einen Mann von fünfundvierzig absolut in Ordnung."

„Oh Gott."

„Du machst dich wirklich lächerlich."

„Das ist ein Altersunterschied von dreizehn Jahren, Mel. Ich könnte sein Vater sein."

Sie konnte nicht aufhören zu lachen.

„Das könnte ich!"

Sie schüttelte nur noch mit dem Kopf und rieb sich über die Augen. Meine Güte, so lustig war das auch nicht.

„Jared ist eher in seinem Alter als ich."

„Das ist wahr." Sie zitterte leicht in der kühlen Novemberluft.

Es würde mehr Sinn machen, wenn der Mann, in den ich auf wenig erwachsene Art verknallt war, mit meinem siebenundzwanzigjährigen Sohn zusammen wäre. Ich war zu alt für ihn.

„Aber unser Sohn ist nicht schwul, im Gegensatz zu Sean und dir, mein Lieber."

Ich sah auf, fuhr mit den Fingern durch mein dichtes, dunkelblondes Haar und schaute sie an. „Bist du absichtlich so wenig hilfreich?"

„Schatz", kicherte sie, „vor achtundzwanzig Jahren haben mein bester Freund und ich uns hoffnungslos betrunken, und weil er so heiß war - und das ist er immer noch, würde ich gerne erwähnen - hab ich mich auf ihn gestürzt, als ich die Chance hatte und wurde schwanger, genau wie die Nonnen es mir prophezeit hatten."

„Vielen Dank für die Zusammenfassung", brummte ich und sah sie an, als ich mich zurücklehnte.

Ihre Hand lag auf meinem Knie. „Um es kurz zu machen, neun Monate später hast du das Richtige getan und aus mir eine anständige Frau gemacht, weil ich dir viel bedeutet habe und du dein Kind von der ersten Sekunde an geliebt hast."

„Er war süß." Ich seufzte bei der Erinnerung daran.

„Er sah aus wie ein roher Hackbraten."

„Das ist widerlich."

„Aber es stimmt", fügte sie fröhlich hinzu. „Und aus diesem süßen Knirps wurde ein wunderbarer junger Mann."

„Der bald ein ausgezeichneter Biologe sein wird." Ich lächelte sie an.

Sie gab einen wenig damenhaften Laut von sich.

„Ach komm schon, Mel, jeder nimmt sich ein Semester frei, wenn er an seiner Doktorarbeit schreibt." Ich verteidigte mein eigensinniges Kind. „Das ist sehr viel Lernstoff, wenn man es am Stück durchziehen will."

Sie winkte ungeduldig ab. „Wie auch immer. Wir reden hier nicht über Jared, wir reden über dich."

„Lassen wir das doch einfach." Ich atmete scharf aus und griff nach der Menükarte. „Was wollen wir essen?"

Sie riss mir die in Leder gebundene Karte aus der Hand. Das hätte mein erster Hinweis sein sollen, dass sie es hier im Bistro nicht auf sich beruhen lassen würde, denn sie schlug mich damit.

„Auu!", beschwerte ich mich lauthals.

Sie knallte die Karte wieder auf den Tisch. „Ich will über Sean reden."

„Ich aber nicht. Ich bin sowieso noch nicht soweit."

„Neinneinnein, du wirst dich nicht hinter deiner toten Beziehung mit Duncan verstecken. Es ist über eineinhalb Jahre her, Nate. Es ist Zeit, dass du dir etwas Neues suchst."

„Das habe ich", versicherte ich ihr. „Ich hatte ein paar Dates."

2

„Mit wem hast du geschlafen?"

„Was geht dich das an?"

„Nate, du hast es nötig."

„Oh mein Gott, könntest du bitte noch lauter sprechen?", sagte ich sarkastisch. „Die Leute eine Straße weiter haben dich nicht gehört."

Sie versuchte, ein Lächeln zu unterdrücken.

„Du meine Güte, Frau." Ich funkelte sie an.

„Es ist Zeit, dass du wieder aufs Pferd steigst."

„Mel-"

„Oder in den Sattel, sagt man das so?"

Ich sprach mit tiefer Stimme. „Hör mir zu-"

„Oh nein, komm mir nicht mit deinem Lehrertonfall."

Ich verdrehte die Augen.

„Wie kannst du es wagen?"

„Können wir bitte einfach-"

„Du hast ihn sowieso nicht geliebt."

Schon wieder das gleiche Argument - sie hörte sich an wie eine kaputte Schallplatte. „Das habe ich."

„Er hat dir etwas bedeutet, aber du hast ihn nicht geliebt. Ich hoffe, irgendwann erkennst du den Unterschied."

„Da gibt es nichts zu erkennen", behauptete ich. „Jemand bedeutet einem etwas, man ist in jemanden verliebt, das ist das Gleiche. Das ist Wortklauberei."

„Ist es nicht."

„Du bist so stur."

„Und du willst es nicht zugeben."

Ich schüttelte den Kopf. „Ich weiß nicht, wo da der Unterschied sein soll."

„Ich weiß, und das ist das Problem."

„Verliebt zu sein, so wie du es beschreibst, macht einem nur Ärger."

„Sagt der Mann, der noch nie Hals über Kopf verliebt war."

„Gott sei Dank. Hast du *Romeo und Julia* gelesen?"

Sie brummte.

„Duncan hat mir viel bedeutet"

Sie schaute mich vielsagend an.

„Sieh mal, ist es nicht egal, wie man es nennt? Ich habe alles getan, damit der Mann glücklich ist. Wie kann das keine Liebe sein?"

„Ich hasse es, wenn du das machst!"

„Wenn ich was mache?"

„Du setzt ‚lieben' mit ‚für jemanden sorgen' gleich. Wir wissen beide, dass Liebe mehr als das ist, also kann es auch nicht das Gleiche sein."

„Ich liebe dich, ich liebe Jared, ich liebe sogar Ben. Ich weiß nicht, was-"

„Ich rede nicht von der Liebe, die du für mich empfindest. Ich bin deine beste Freundin und die Mutter deines Kindes. Ich rede auch nicht von der Liebe, die du für dein Kind empfindest, schließlich bist du sein Vater. Ich rede auch nicht davon, was du für deine Freunde empfindest. Ich rede über romantische Gefühle."

„Na schön. Ich hatte mit Duncan Stiel eine Romanze, die unglücklicherweise zu Ende ging."

Sie prustete genervt.

„Diese Beschreibung passt dir auch nicht?"

„Hör zu, eines Tages wirst du dich wie verrückt in jemanden verlieben, und ich bete zu Gott, dass ich dabei sein werde, damit ich mit dem Finger auf dich zeigen und, so laut ich kann, „Aha!" brüllen kann."

„Das klingt sehr erwachsen."

„Wie auch immer", sagte sie ungeduldig. „Ich weiß nur, dass es an der Zeit ist, dass du wieder ausgehst und versuchst, etwas Ernstes zu finden, da wäre der gutaussehende junge Doktor doch ein guter Anfang."

„Ich hatte Dates nach Duncan", wiederholte ich.

„Aber du hast niemanden flachgelegt. Das ist der Unterschied."

„Woher willst du das wissen?"

Ihre Augen leuchteten auf. „Du hast jemanden flachgelegt? Wer war es?"

Ich würde mit ihr nicht über mein Sexleben diskutieren. „Wo ist dein Problem? Lebe ich mein Leben zu deiner Unterhaltung?"

Sie wedelte genervt mit der Hand. „Statt mich hier zu Tode zu quatschen, solltest du lieber Sex haben."

„Du willst, dass ich mich wie eine männliche Hure benehme?"

„Ich will, dass du eine neue körperliche Beziehung mit einem anderen Mann eingehst."

Aber das war nichts, in das ich mich einfach so hineinstürzten konnte, zumindest nicht, wenn es etwas Langfristiges sein sollte. One-Night-Stands waren etwas anderes. „Es muss schon eine tiefere Verbindung als ein Abendessen und einen Film im Kino geben", erklärte ich ihr.

„Wie Liebe."

„Wie Gefühle", korrigierte ich sie. „Wie Gemeinsamkeiten, gemeinsame Ziele."

Sie verdrehte die Augen.

„Entschuldige mal, wer ist jetzt hier der Romantiker?"

„Nate-"

„Ich habe gesehen, wie er aus einem Hamam kam, hatte ich dir das erzählt?"

„Wer?"

„Duncan. Gott, worüber reden wir hier eigentlich?"

„Was interessiert mich Duncan Stiel?"

„Ich habe gesehen, wie er aus einer Schwulensauna kam!" Ich war ungehalten.

„Ich habe mich kaum für ihn interessiert, als ihr noch zusammen wart. Warum glaubst du, dass er mich jetzt interessiert?"

„Du verstehst einfach nicht, worauf ich hinaus will."

Sie seufzte genervt. „Und was hast du dort gemacht?"

„Wo?"

„Wer weiß jetzt nicht, wovon wir reden?"

„Oh, du meinst die Sauna."

Sie riss die Augen auf und nickte.

„Ich war nicht in der Sauna. Ich war gegenüber und hab Pornos gekauft."

„Bist du sicher?"

„Dass ich Pornos gekauft habe?"

Ihr prustendes Lachen war nicht sehr damenhaft.

„Scheiße."

Sie bedeutete mir mit der Hand, weiterzureden.

„Ich kann dir versichern, dass ich nicht mehr in Saunen gehe." Ich lächelte sie an. „Die sind ekelhaft."

„Du bist prüde", stellte sie fest.

„Ich will mir keine Krankheiten holen."

„Dafür sind Kondome da."

Ich schielte zu ihr. „Wer bist du?"

„Sprich einfach weiter."

„Das war es. Ich hab ihn da gesehen, meinen Ex, in einer Schwulensauna."

„Ooh, hatte er seine Polizeimarke und seine Pistole dabei? War es eine Razzia?"

„Nein, es war keine Razzia. Du verstehst einfach nicht, worauf ich hinaus will."

„Das tue ich wirklich nicht." Sie räusperte sich. „Es tut mir leid."

„Ist in Ordnung. Es ist nur, du weißt schon, er wollte nicht mit mir zusammenziehen, er wollte in der Öffentlichkeit nicht mal meine Hand halten, aber offensichtlich kann er ohne Probleme hunderte namenlose, gesichtslose Kerle in Saunen oder Clubs ficken."

„Bei aller Fairness", sagte sie sanft, „du hast gewusst, dass der Kerl nicht out war, als du etwas mit ihm angefangen hast. Er war offen und ehrlich, was das angeht."

„Erinnere mich bitte nicht daran, was für ein großer Heuchler ich bin."

„Das hatte ich auch nicht vor. Es ist nur so, dass er trotzdem Bedürfnisse hat, auch wenn er keine liebevolle, ernsthafte, erwachsene Beziehung mit einem anderen Mann führen kann, weil er sich wegen seiner Arbeit nicht outen kann. Was hat er denn sonst für Möglichkeiten, außer Saunen und Clubs? Du musst das logisch sehen."

„Du hast ja Recht. Ich habe einfach daran gedacht, wie alt ich bin, als ich ihn vor ein paar Wochen gesehen habe, als er mit diesem jungen Kerl mitgegangen ist, verstehst du?"

„Oh mein Gott, Nate, du bist nicht alt!"

„Aber ich bin älter als der Typ, mit dem er zusammen war, und ich saß deswegen so hoch auf meinem moralischen Ross. Und jetzt sitze ich im selben Boot, bin scharf auf irgendeinen Twink, der wahrscheinlich passiv ist, und der-"

„Er ist kein Twink", verteidigte sie besagten Sean Cooper. „Ich hab ihn gesehen, weißt du noch?"

Deswegen bedrängte sie mich. Wir waren zusammen unterwegs gewesen, als ich ihn vor einer Woche beim Einkaufen entdeckt hatte und wie ein Idiot in den Gängen des Supermarktes herumgerannt war, um mich vor ihm zu verstecken.

„Und eigentlich glaube ich, der Mann ist aktiv."

Ich ließ den Kopf zurückfallen, weil dieses Gespräch so nutzlos war. Der junge Mann, der mich im Einführungskurs für Englisch vor so vielen Jahren sprachlos gemacht hatte, war meiner Meinung nach absolut perfekt.

Sean Cooper war himmlische 188cm groß. Er lief, er schwamm - tatsächlich war er im College im Wasserball-Team gewesen – und hatte den schönsten Körper, den ich je gesehen hatte. Aber seine Freundlichkeit war bezwingend, mehr noch als sein Äußeres.

Er erinnerte sich an alles, was jemals in seiner Gegenwart gesagt worden war. Das bewies er, als er Melissa und mich im Gang mit dem Wein erwischt hatte, nachdem wir ihm fünfzehn Minuten lang aus dem Weg gegangen waren.

„Doktor Qells." Er lächelte, und seine hellblauen Augen leuchteten warm.

„Sean." Ich seufzte, denn ich war aufgeflogen.

„Suchen Sie immer noch nach dem perfekten Merlot?"

Fünfzehn Jahre lang hatten wir uns nicht gesehen, aber er konnte sich immer noch an eine kleine, unwichtige Sache erinnern, die ich einmal erwähnt hatte, als ich mit meinen Studenten herumgealbert hatte. Das ließ mich auf Wolke Sieben schweben. Der Mann war rücksichtsvoll und lustig und sarkastisch und schlau. Er war, so erzählte er mir, Assistenzarzt im Bezirkskrankenhaus und gerade erst von der Westküste, von Kalifornien nach Chicago zurückgezogen. Er würde in der Pädiatrie arbeiten - er wollte Kinder. Und das brachte noch ganz andere Bedenken bei mir auf, denn ich war fünfundvierzig und...

„Vergiss es." Ich schüttelte den Kopf. „Es ist sowieso sinnlos. Wenn ich mit ihm ausgehen wollte, hätte ich ihn direkt fragen sollen, als wir uns getroffen haben und... Aber was soll ich jetzt machen? Ihn einfach so anrufen und um ein Date bitten? Ernsthaft?"

„Warum nicht? Mehr als Nein kann er nicht sagen."

„Also, warum verstehen Frauen nicht, welche Horrorvorstellung es ist, jemanden um ein Date zu bitten und dann ein Nein zu hören? Warum? Selbst wenn ich eintausend Jahre alt werde, werde ich nie verstehen, wie man so etwas einfach abschütteln kann, als wäre es nichts. Es tut fast schon körperlich weh, abgewiesen zu werden. Kannst du das nicht verstehen?"

„Mach dich nicht lächerlich." Sie hob die Hand und winkte ihrem Ehemann, der gerade den Gehweg entlang kam, um mit uns zu Mittag zu essen.

„Erzähl Ben nichts davon", flüsterte ich, bevor er bei uns war.

„Erzähl Ben nichts wovon?" fragte besagter Mann, als er sich herüber lehnte, die Wange seiner Frau küsste und um den Tisch herumkam, während ich aufstand.

6

Er umarmte mich Sekunden später fest und setzte sich auf den Platz neben seiner Frau. Er sah mich erwartungsvoll an.

„Was?" fragte ich.

„Ich weiß nicht. Woher zum Teufel soll ich das wissen? Du bist derjenige, der gesagt hat ‚Erzähl Ben nichts davon'."

„Wie konntest du das überhaupt hören?"

„Ich habe gute Ohren."

Der Mann hatte offensichtlich Fledermausohren.

„Also raus damit."

„Nichts Besonderes."

„Habt ihr beiden eine Affäre?"

Ich schielte zu ihm, und er begann zu lachen.

„Tut mir leid, das war dumm."

„Hey", Melissa Qells Ortiz funkelte ihren Ehemann an. „Ich könnte eine Affäre haben."

„Nicht mit einem schwulen Mann." Er kicherte und drehte sich zu der Kellnerin, die sich unserem Tisch näherte. „Eistee, und wir werden bereit sein zu bestellen, wenn Sie wieder da sind. Danke, meine Liebe."

Und die Kellnerin schmolz unter seinen warmen braunen Augen und seinem sexy Lächeln dahin. Melissa und ich waren still, als er sich wieder zu uns drehte.

„Was?"

„Ich weiß nicht." Ich zuckte mit den Schultern. „Bist du fertig, mit unserer Kellnerin zu flirten?"

„Ich - was?"

Melissa hob eine goldene Augenbraue.

„Ach komm schon. Ich gehe mit einer Göttin nach Hause. Warum sollte ich irgendetwas anderes wollen?"

„Gut gerettet", grummelte ich, als seine Frau, meine Ex-Frau, sich vorbeugte und seine Wange küsste. Sie waren ein tolles Paar. Ich war froh, dass sie ihre große Liebe gefunden hatte, nachdem wir uns hatten scheiden lassen, als Jared zehn war. Sie war eine tolle Stiefmutter für Bens drei Kinder und sie vergötterten sie. Ben war ein wundervoller Stiefvater für Jared, und sie kamen gut miteinander aus. Nicht so gut wie er und ich, aber darüber war ich insgeheim froh.

Mein Sohn war mit dem Wissen aufgewachsen, dass sein Vater schwul war. Er wusste auch, dass dies der Grund für unsere Scheidung gewesen war. Als Melissa und ich uns mit ihm zusammengesetzt hatten, als er zehn war, war er zu jung, um zu verstehen, was es genau bedeutete, aber er wusste, dass ich Männer liebte. Es war nie ein Geheimnis gewesen. Ich war überglücklich als sie wieder heiratete, und weil ich glücklich war, war Jared es auch. Als er älter wurde, machte ich mir Sorgen, dass er sich von mir ab- und seinem Stiefvater zuwenden würde, weil sie das Interesse an Frauen gemeinsam hatten. Aber es stellte sich heraus, dass lebenslange Liebe und Hingabe auch etwas zählten. Mein Kind, streitlustig und unverschämt mit elf, rebellisch und voller Angst vor dem Erwachsenwerden mit dreizehn, sogar apathisch und knurrig mit sechzehn und unentschlossen, was er mit seinem Leben anfangen sollte mit achtzehn, hatte nie die Fähigkeit verloren, über sich selbst zu lachen oder seine Eltern zu lieben. Selbst jetzt, mit siebenundzwanzig, waren das erste, was ich am Flughafen von ihm bekam, eine feste Umarmung und ein feuchter Kuss auf die Wange. Und zu Hause auf der Couch streckte er sich immer noch aus, legte seinen Kopf in meinen Schoß und schlief ein. Es hatte sich herausgestellt, dass es nicht im Geringsten zählte, mit wem ich schlief. Als er ein Teenager war, hatte er mich als Arsch bezeichnet, aber das hatte nichts mit meiner sexuellen Orientierung zu tun, nur mit meinen Regeln. Ich war sein Vater, und dass er mich für antiquiert und unfair hielt, war der einzige Grund, warum wir uns stritten. Unsere Schreiduelle drehten sich nie darum, was ich in meinem Schlafzimmer tat.

Als mein Ex vor eineinhalb Jahren aus meinem Leben verschwunden war, hatte mein Sohn als erstes vor Freude ins Telefon gejubelt. Wie alle anderen hatte er Duncan Stiel nicht gemocht. Als nächstes hatte er vorgeschlagen, dass ich mir jemanden Neues suche. Aber ich bezweifelte, dass er jemanden im Bett seines Vaters haben wollte, der nur wenig älter war als er selbst.

„Also, was hast du vor?"

Ich riss mich aus meinen Gedanken und merkte, dass Melissa und Ben mich beide anstarrten. Sie waren wirklich ein schönes Paar, sie mit ihrer blonden Mähne, die zu einem Zopf aufgedreht war, und den diamantenen Ohrsteckern, klassisch und elegant und strahlend. Ben war groß, dunkel und gutaussehend, schneidig in seinem anthrazitfarbenen Anzug mit schwarzem Rollkragenpullover. Sie passten perfekt zusammen. Ich dagegen wirkte mit meinem Hemd, dass ich über einem Langarmshirt trug, und den Wanderstiefeln recht fehl am Platz.

„Ich werde eine Flasche Wein kaufen und mir überlegen, was ich morgen Interessantes über Shakespeare erzählen soll, während ich sie trinke."

„Ernsthaft." Ben sah zu uns beiden. „Worüber habt ihr gesprochen?"

„Nichts-"

„Nate ist ein bisschen verliebt."

„Wirklich? Na endlich." Er seufzte. „Keine Trauer mehr wegen Duncan Stiel."

„Ich habe nicht-"

„Doch, das hast du", sagten sie beide gleichzeitig.

„Na sowas." Melissa lachte, und ihr Mann verdrehte die Augen.

„Ihr macht mich fertig."

Ben lächelte. „Wie viele Mädchen verlieben sich jedes Semester in dich, was meinst du?"

„Was hat das-"

„Und sie haben keine Ahnung, dass du schwul bist, oder?"

Ich überlegte einen Moment. „Wovon redest du da?"

„Die Mädchen sind total verrückt nach dir, weil du noch genauso aussiehst wie vor achtundzwanzig Jahren, als ich dich kennengelernt habe. Damals warst du ein hungernder Student mit drei Jobs, mit denen du deinen Lebensunterhalt bestritten, Kindesunterhalt gezahlt und gelegentlich sogar etwas gegessen hast. Jetzt hast du einen Doktortitel in Englischer Literatur mit einer Festanstellung-"

„Und arm bin ich immer noch", unterbrach ich ihn.

„Ich mag dein Loft in Lincoln Park", versicherte Melissa mir. „Es ist viel unkomplizierter als mein Haus, für das ich eine Haushälterin brauche, um es in Ordnung zu halten."

„Wie bitte?" fragte Ben leicht verärgert.

„Das hat sie nicht so gemeint", warf ich ein und trat unter dem Tisch nach ihr.

„Au, du Idiot", murrte Ben, was Melissa zum Lachen brachte.

Ich konnte nicht anders, als mit ihr zu lachen. Ihr Lachen war so ansteckend wie das meines Jungen.

„Ich wollte damit sagen…" Melissa kicherte und putzte sich die Nase in eine Serviette. „…dass dein Loft warm und gemütlich ist, und dass ich es liebe."

„Es ist nett", knurrte Ben, als die Kellnerin zurückkam, um unsere Bestellung aufzunehmen.

Sie ging wieder, nachdem sie uns Brot hingestellt hatte. Ich saß in der kühlen Novemberluft und fragte mich, wie mein Leben für einen Zweiunddreißigjährigen aussehen würde.

„Du bist ein toller Fang, Qells."

,Ich drehte mich um und sah Ben an.

„Das bist du. Du hast tolle Freunde, und damit meine ich nicht nur uns. Dein Junge liebt dich - verdammt, meine Kinder lieben dich - du hast ein schönes Zuhause, einen wunderbaren Job und Haare, für die jeder Mann sterben würde. Du bist wahrscheinlich in der Form deines Lebens und deine Interessen sind so vielseitig, dass nicht mal ich mit dir mithalten kann. Ich hatte keine Ahnung, dass du bei deinem Auto den Ölfilter wechseln kannst."

„Das ist nichts, was man in seinen Lebenslauf schreibt", versicherte ich ihm.

„Ja, aber ich kann das nicht", erwiderte er. „Ich kann nichts an meinem Auto machen, und ich bin der Vorsitzende meiner eigenen Firma, um Himmels Willen."

„Du hast Leute, die das für dich machen."

„Ja, aber der Punkt ist, dass man mit dir zum Ballett gehen kann oder zu einem Baseballspiel oder zu einem Konzert, und du hast bei allem Spaß. Du bist wie ein Schweizer Taschenmesser-Freund, du bist für alles zu gebrauchen."

Ich schwenkte den Blick langsam zu Melissa. „Hat sich das eben schmutzig angehört, oder kam das nur mir so vor?"

„Oh nein, das klang schmutzig", versicherte sie mir und musterte ihren Mann mit hochgezogenen Augenbrauen.

„Moment." Er dachte darüber nach. „Ich meinte nur-"

„Danke, Kumpel." Ich lächelte und klopfte ihm auf die Schulter.

9

„Ruf Sean einfach an", befahl Melissa mir. „Lass dich nicht von der ganzen Sache anwichsen."

„Anwichsen? Tut mir leid, den Ausdruck kenne ich nicht."

Du weißt schon, verrückt machen, nervös machen, ankotzen- anwichsen eben."

„Wie alt bist du nochmal?"

Sie gab mir einen recht harten Klaps, und als ich hilfesuchend zu Ben sah, schüttelte er nur den Kopf.

„Keine Schläge", sagte er zu seiner Frau.

Sie schlug ihn als nächstes.

„Was soll das, zum Teufel?"

„Oh, ich weiß schon." Ihr Gesicht leuchtete auf. „Warum rufst du nicht einfach Jared an und fragst ihn, wie sich die jungen Leute heutzutage um ein Date bitten?"

„Oh Gott. Junge Leute."

„Du weißt, was ich meine."

Tolle Idee. Meinen Sohn anzurufen und ihn um Rat zu bitten, wie ich einen jungen Mann dazu bewege, mit mir auszugehen. Das war brillant.

„Es würde nicht schaden."

Guter Gott.

2

EIN HELD zu sein, sollte weniger schmerzhaft sein. Dies ging mir durch den Kopf, als ich am Montagabend auf dem schmalen Krankenhausbett saß und auf einen Arzt wartete. Ich hatte eine Frau davor bewahrt, ausgeraubt zu werden oder Schlimmeres - sie hatte sich mehr Sorgen um das ‚Schlimmere' gemacht, als um dem Inhalt ihrer Designerhandtasche - aber ich hatte es geschafft, mich ins Gesicht schlagen - und mich dann, als ich auf dem Boden lag, in die Rippen treten zu lassen. Suzie Rais war sehr dankbar - genau wie ihr Ehemann, als er zu ihr ins Krankenhaus kam - und das sagten sie auch meinem Freund Douglas Kearney, den ich statt Melissa oder Ben angerufen hatte. Doug würde die Ruhe behalten. Melissa und Ben würden nur überreagieren.

„Du magst wie ein Superheld aussehen", bemerkte Doug vom Stuhl neben der Tür aus, „aber du bist keiner, Kumpel. Geh es etwas langsam an."

„Bleib einfach da sitzen, und halt dich bereit, mich nach Hause zu fahren."

„In etwa zehn Stunden." Er gähnte und stand auf. „Du weißt, dass die Zeit stehen bleibt, wenn man in der Notaufnahme ist, genau wie bei einem Basketballspiel."

Ich brummte zustimmend.

„Möchtest du etwas von unten? Ich brauche eine Limo oder sowas."

„Nein, ich lade dich nachher zum Abendessen ein."

„Ein Steak?" Er hörte sich hoffnungsvoll an.

„Ja, wenn es sein muss."

„Oh ja, es muss."

„Ich denke, ich würde am Wochenende gerne zum Bowling gehen. Vielleicht können wir-"

„Nein." Er schüttelte den Kopf. „Dave, Jackie und ich machen dieses Wochenende eine Clubtour."

Meine Augen verengten sich. „Ist meine Einladung in der Post verloren gegangen?"

Er schaute mich an als wäre ich verrückt.

„Was?"

„Zum einen, du reißt nie jemanden in den Clubs auf, du quatschst einfach jeden zu Tode, und zweitens, ich fühle mich wie ein hässliches Entlein, wenn ich neben dir stehe."

„Wovon redest du da?"

„Dr. Qells?"

Wir drehten uns beide zu der Stimme um und da in der Tür stand Sean Cooper. Dr. med. Sean Cooper. Sein Lächeln, das an mich gerichtet war, war wirklich schön.

„Ja, das ist genau das, was ich meine", sagte Doug belustigt und verdrehte die Augen.

Ich blickte schnell wieder zu der Erscheinung vor mir. Diese langen, dichten, goldenen Wimpern waren einfach wunderschön, aber die Augen waren noch viel aufregender. Ernsthaft, wie nannte man diese Farbe? Leuchtender Sommerhimmel? Mit seinen großen blauen Augen und dem goldenen, honigblonden Haar sah der Mann verboten gut aus.

„Ich dachte mir, dass Sie das sind", stieß er aus. Er durchquerte den Raum und stand vor mir. Sein Blick wanderte über mich, bevor er mir in die Augen sah. „Als ich Ihren Namen auf der Tafel sah, bin ich so schnell hergekommen wie ich konnte."

„Also, es ist wirklich nett von Ihnen, dass Sie sich um Ihren früheren Englischprofessor sorgen", stellte ich fest.

Er blinzelte, presste die Lippen zusammen und entschuldigte sich dann für einen Moment.

Doug räusperte sich, kam zu mir herüber und boxte mir gegen den Arm.

„Scheiße, ich bin verletzt, weißt du noch?" beschwerte ich mich und rieb meinen Oberarm. „Ich könnte eine Gehirnerschütterung haben."

„Du hast offensichtlich einen Gehirntumor, du Idiot!", blaffte er und gab mir einen Klaps auf den Hinterkopf.

„Ich sollte dir eine Tracht Prügel verpassen." Ich schubste ihn von mir weg.

„Um Himmels Willen, Nate", knurrte er. „Dieser Doktor mit dem verdammt scharfen Hintern will dich unbedingt in die Finger kriegen, und du musst ihn daran erinnern, dass du sein Lehrer warst? Was soll der Mist?"

„Er-"

„Nate" - seine Augen weiteten sich - „versuch doch einfach, dich nicht total schwachsinnig zu benehmen, okay? Himmel, ich verschwinde hier."

Ich seufzte. „Wir sehen uns später."

„Nein." Er schüttelte den Kopf und deutete auf die Patientenakte neben mir. „Lass dich von dem guten Doktor nach Hause bringen."

„Was meinst... oh, Sie sind zurück." Ich lächelte Sean an, als er den Raum wieder betrat. „Das ist mein Freund Doug Kearney - Doug, Sean, Sean, Doug."

Sie schüttelten die Hände, und Doug erklärte, dass er gehen müsse und er sich sicher sei, dass es mir gut genug gehe, um ein Taxi nach Hause zu nehmen. Er war verschwunden, bevor ich ein Wort sagen konnte.

„Ihr Freund hat sich schnell aus dem Staub gemacht, was?"

„Ja." Ich zwang mich zu lächeln. „Sie denken also, ich werde es überleben?"

„Ich muss Sie mir zuerst ansehen."

„Ich...äh..." Ich räusperte mich. „...dachte, Sie arbeiten im County?"

„Das tue ich. Wir machen diese Woche einen Tausch, arbeiten unter verschiedenen Bedingungen. Da das Mercy Glen und das County sich zusammengeschlossen haben, kommt das oft vor."

Ich nickte. „Ich verstehe."

„Warum?"

„Warum was?"

„Wollten Sie mir aus dem Weg gehen?"

„Nein", platzte es aus mir heraus, „im Gegenteil."

„Im Gegenteil?"

Scheiße.

Er wartete und trat dann näher an mich heran, so dass mich sein weißer Arztkittel am Knie berührte.

„Dr. Qells?"

„Sie sind der Doktor."

„Das sind Sie auch", versicherte er mir, und ich merkte, dass er tief durchatmete.

„Sean, ich…."

„Ja?"

Er trat näher zwischen meine Beine, und seine Hände - seine feingliedrigen, langfingrigen Hände - ruhten neben mir auf der Liege. Ich schluckte schwer.

„Ich habe gedacht", begann er, als er seine Hand hob, und ich erschauerte, als seine Fingerspitzen mein Kinn berührten, „als ich Sie neulich Abend im Supermarkt gesehen habe, wenn wir uns noch öfter zufällig treffen würden, dann würden Sie mich vielleicht zum Abendessen einladen. Ich war seitdem jeden Abend dort."

Lieber Gott im Himmel.

„Ich war unheimlich in Sie verknallt als ich in meinem ersten Jahr in Ihrem Englischkurs war, Dr. Qells, aber das wussten Sie, oder?"

„Nein", sagte ich und lächelte ihn an. „Ich hatte keine Ahnung."

„Nicht?" Er schien überrascht. „Himmel, ich muss wirklich schlecht im Flirten sein."

„Ich bin mir sicher, Sie waren toll", neckte ich ihn. „Aber Sie waren sehr jung."

„So jung war ich nicht." Seine Augen verengten sich. „Ich war volljährig."

Ich lachte leise. „Gerade so."

„Naja, jetzt bin ich erwachsen."

Und plötzlich verging mir das Lachen.

„Sind Sie mit jemandem zusammen?" fragte er direkt.

„Nein." Ich versuchte zu atmen, obwohl ich einen Kloß im Hals hatte.

„Warum nicht?"

„Was meinen Sie?"

„Ich meine", sagte er mit einem Achselzucken, „wieso nicht? Wieso ist ein Mann wie Sie Single?"

„Ein Mann wie ich?"

„Sie sind ein toller Mann, Dr. Qells, das brauche ich Ihnen nicht zu sagen."

Ich starrte ihn an. „Ich war nicht auf Komplimente aus."

„Ja, das weiß ich. Sie wollten wirklich wissen, was ich meine."

Ich räusperte mich als ich seine Hand auf meinem Knie spürte.

„Also", bohrte er, „warum gibt es niemand Besonderen?"

„Ich habe gerade erst eine Beziehung beendet."

„Wie lang ist das her?"

Das würde sich dumm anhören. „Vor eineinhalb Jahren", gestand ich.

Er lachte nicht, er kicherte auch nicht. Er lächelte nicht mal, und das überraschte mich. „Und es hat eine Weile gedauert, darüber hinwegzukommen."

„Ja, das hat es."

„Und jetzt?"

„Jetzt geht es mir wieder gut."

Er nickte. „Also waren Sie danach mit jemandem zusammen, hm?"

Ich räusperte mich. „Wie bitte?"

„Sie waren seitdem mit einem Mann zusammen, richtig?"

Was meinte er genau?

„Richtig?", drängte er.

Warum sollte ich mit der Antwort zögern? „Fragen Sie mich gerade, ob ich nach meinem Ex mit jemandem Sex hatte?"

„Ja, Sir, das war meine Frage." Er grinste.

„Also, die Antwort ist ja, Sean, das hatte ich."

Seine wunderbaren blauen Augen leuchteten. „Das ist gut."

„Warum?"

„Denn, Dr. Qells, ich würde Sie gerne mit zu mir nach Hause nehmen, aber ich habe nicht vor, der One-Night-Stand-Kerl nach einer Beziehung zu sein. Ich habe vor, der Kerl zu sein, der mit Ihnen ordentlich ausgeht."

Mir blieb die Luft weg.

Seine Augen folgten seinen Fingern, die an meinem Kinn entlang fuhren. „Ich weiß, das kommt alles sehr plötzlich, und vielleicht macht es Sie auch ein wenig nervös, aber Dr. -"

„Nate", verbesserte ich ihn.

„Nate", wiederholte er. „Wie ich sagte, ich weiß, das kommt unerwartet für dich, aber… ich denke seit fast fünfzehn Jahren an dich, und ich hätte wirklich gerne eine Chance bei dir, bevor einer von uns beiden jemand anderen kennenlernt. Ich denke, dass wir uns letzte Woche im Laden über den Weg gelaufen sind und jetzt hier… vielleicht soll mir das etwas sagen."

Ich konzentrierte mich aufs Atmen.

„Würdest du wenigstens mit zu mir kommen und mit mir schlafen?"

„Ich dachte, das wolltest du gerade nicht?" neckte ich ihn.

„Was?" Er hatte mir nicht zugehört, mein Mund hatte ihn abgelenkt.

14

Ich kicherte, denn er war wirklich gut für mein Ego.

„Normalerweise kann ich so etwas besser." Er hustete, „Aber du hast mein Gehirn kurzgeschlossen."

Ich? Er war hier der wahr gewordene feuchte Traum. „Sean-"

„Bitte." Er befeuchtete seine Lippen. „Ich möchte mit dir ausgehen."

„Sean."

Aus seiner Kehle kam ein Laut, und erst da erkannte ich, dass er von mir genauso überwältigt war wie ich von ihm. Gott, er mochte mich wirklich.

Ich legte den Kopf schief und schaute ihn an. „Es ist mir immer schwer gefallen, bei der Sache zu bleiben, wenn du mir eine Frage gestellt hast. Ich musste immer wieder in deine wunderschönen Augen schauen."

Ihm stockte der Atem, und das war einfach hinreißend. „Das ist ein Witz, oder? Wir alle - die Jungs, die Mädels - wir alle fanden dich toll. Schon am ersten Tag, als du die ganze Zeit über John Milton geredet hast, hast du ständig gelächelt oder gelacht und warst ganz in deinem Element. Da habe ich gedacht ‚Du lieber Himmel, dieser Mann wird mir rein gar nichts beibringen können, wenn ich jedes Mal in seinem Unterricht einen Ständer bekomme'."

Ich kicherte, und er riss mit erhitztem Blick die Augen auf.

„Darf ich dich bitte zum Abendessen einladen? Ich würde auch betteln."

„Betteln ist nicht nötig. Ich würde mich freuen", sagte ich zu ihm. „Wann?"

„Heute Abend wäre toll, aber ich habe bis 23 Uhr Dienst. Wie wäre morgen Abend? Am Dienstagabend? Du hast bestimmt schon etwas vor, aber-"

„Ich habe noch nichts vor."

Er nickte. „Ich hole dich um sieben ab. Wie wäre das?"

„Das passt gut."

„Kann ich deine Telefonnummer haben, damit ich dich anrufen und nach dem Weg fragen kann?"

„Sicher", antwortete ich und zog mein Handy aus der Tasche. „Und du gibst mir deine, aber ich könnte auch warten."

„Warten?"

Ich schaute auf. „Es ist jetzt kurz nach neun. Ich könnte warten und wir könnten heute zusammen zu Abend essen."

„Und morgen?"

Ich konnte nicht aufhören, ihn anzustarren. „Was ist morgen?"

„Ich möchte dich abholen und dich anständig ausführen."

„Okay." Ich musste lächeln. „Heute bin ich dran, und morgen bist du dran."

„Perfekt."

„Weißt du, ich habe nicht richtig nachgedacht. Du bist bestimmt müde und-"

„Wir treffen uns unten an der Aufnahme", sagte er schnell mit aufgerissenen Augen. „Versetz mich nicht, verstanden?"

Ich schaute ihm zu, als er den Vorhang um mich schloss.

„Was hast du-"

„Ich hole dir einen Arzt", sagte er zu mir.

„Ich dachte, du wärst mein Arzt."

„Ich bin eigentlich Chirurg, und davon abgesehen wäre es unethisch."

Er grinste, bevor er ging. „Und Ethik steht bei mir an erster Stelle."

„Aber-"

„Warte einfach auf mich!" rief er von der anderen Seite des hässlichen grün- und khakifarbenen Vorhangs aus.

Ich wartete einen Moment und wollte gerade aufstehen und hinter den Vorhang schauen, da wurde er aufgerissen, und eine wirklich hübsche Ärztin schaute zu mir herein. Ihre Augen waren groß, mandelförmig und perfekt. Ihre Haut hatte diesen mokkafarbenen Ton, von dem man in romantischen Büchern las, aber im wahren Leben nie zu sehen bekam.

„Oh, hallo." Sie strahlte. „Ich bin Dr. Vargas, und ich werde mich heute Abend um Sie kümmern."

„Es ist mir ein Vergnügen." Ich lächelte sie an.

„Oh, er hatte Recht, Sie sind süß."

Du meine Güte.

Knapp zwei Stunden später wartete ich an der Rezeption auf mein Date und fragte mich, als die Minuten vorüber zogen, warum ich bloß meinen Mund aufgemacht hatte. Es lief doch so gut. Warum musste ich noch zusätzlich ein gemeinsames Abendessen nach seiner Schicht vorschlagen?

„Hey, Nate."

Ich drehte mich um, und sah, dass Michael Fiore auf mich zukam. Er wohnte nebenan, war sechzehn Jahre alt und lebte bei seinem Onkel. Seine Mutter war vor vier Jahren bei einem Autounfall gestorben. Sie war damals erst dreißig Jahre alt gewesen.

„Was machst du hier?" Ich lächelte als er sich neben mich setzte.

„Ach du Scheiße." Er zuckte zusammen als er mich ansah. „Was ist denn mit dir passiert?"

„Ich hab eine Frau davor bewahrt, ausgeraubt zu werden, und wurde dabei ein wenig verprügelt."

Er schielte zu mir. Es gefiel ihm nicht, dass ich verletzt war, doch er versuchte, es mit einem gelangweilten und unverbindlichen Tonfall zu überspielen. Aber seine Körpersprache verriet ihn.

„Also", setzte ich an, während ich die Strickmütze von seinem Kopf zog und sie ihm hinhielt. „Was machst du hier?"

Er verdrehte die Augen. Er wusste, dass er sie drinnen abnehmen sollte, sein Onkel sagte ihm das ständig. „Meine Grandma ist hier, und Dreo will, dass ich sie besuche."

„Du willst sie nicht besuchen?"

16

Er zuckte mit den Schultern. „Mom und ich standen ihr nie besonders nah, und als Mom gestorben ist, wollte sie, dass ich bei ihr und Grandpa lebe, aber meine Mom hatte dafür gesorgt, dass ich bei Dreo bleibe, wenn ihr etwas passiert."

Ich nickte, auch wenn ich seine Mutter nicht verstehen konnte. Andreo Fiore schien kühl zu sein, nicht die Art Mann, der ein Kind aufziehen sollte. Ich hatte den Mann noch nie lächeln sehen, und ich wohnte schon seit vier Jahren neben ihm und seinem Neffen.

Dreo kam und ging zu jeder Tages- und Nachtzeit. Ich wusste, dass er eine Waffe bei sich hatte, denn ich hatte sie mehr als einmal gesehen. Ich schätzte, er hatte mit der Mafia zu tun. Natürlich hätte er auch Buchhalter sein können. Ich hatte ihn oder Michael nie danach gefragt, dennoch bezweifelte ich es. Eigentlich kannte ich den Mann kaum. Seinen Neffen kannte ich gut. Michael klopfte oft abends an meine Tür, wenn er allein zu Hause war, sah auf meiner Couch fern, während ich Aufsätze korrigierte und mich über den grauenhaften Satzbau von Collegestudenten im dritten Jahr beschwerte. Er lachte, wenn ich mich aufregte, und bot an, Tee zu kochen. Dank mir hatte er sich angewöhnt, vor dem Schlafengehen einen Kamillentee zu trinken.

Manchmal schlief er ein, dann blieb ich auf und schrieb - schließlich galt es, Artikel zu veröffentlichen oder unterzugehen - oder las, bis Dreo vor meiner Tür stand und ihn abholte.

Er war größer als ich mit meinen 185 cm, und ich musste den Kopf zurücklegen, wenn ich in seine Augen schauen wollte, deren Braun so dunkel war, dass es fast schwarz wirkte. Er hatte dichte Augenbrauen, die ihn zusammen mit den tief liegenden Augen gefährlich erscheinen ließen. Er hatte die gleichen glänzend schwarzen Haare und olivfarbene Haut wie sein Neffe, aber während Michael gut aussah, war Andreo unheimlich. Die Kleidung, seine schwere Biker-Lederjacke, die er über einem Sweatshirt oder einem Hemd trug, erinnerte mich irgendwie immer an die Mafiafilme, die ich gesehen hatte. Es lag wahrscheinlich einfach daran, dass er Italiener war, italienisch sprach und immer mit einer Gruppe anderer Männer unterwegs war. Ich hatte zu viele Al Pacino Filme gesehen, das war mir bewusst.

Wann immer er vor meiner Tür stand, um seinen Neffen abzuholen, war Andreo Fiore mir dankbar, dass ich dem jungen Mann Gesellschaft geleistet hatte. Beim ersten Mal hatte er ein Bündel Zwanzig-Dollar-Scheine aus der Tasche gezogen.

„Was machen Sie da?", fragte ich und sah ihn an.

Er sah verwirrt aus. „Sie haben sich für mich um ihn gekümmert."

„Das habe ich gern gemacht", erklärte ich und zeigte auf ein Bild von mir und meinem Sohn Jared auf dem Tisch, auf den ich jeden Abend meine Schlüssel legte, wenn ich nach Hause kam. „Mein Junge ist erwachsen, aber ich weiß noch, wie es war, ihm bei den Hausaufgaben zu helfen und über Mädchen zu reden."

Er nickte und ich lächelte.

„Also, es ist alles in Ordnung. Es war nett mit ihm. Er kann jederzeit wieder vorbeikommen, wenn er möchte."

„*Grazie*", sagte er.

Und die nächsten sechs Monate waren das die einzigen Worte, die wir miteinander wechselten. Ich sah Michael, ich redete mit Michael, und wir wurden Freunde. Er wusste tatsächlich mehr über Chaucer und Milton und Shakespeare als viele meiner Studenten, und er lachte manchmal, wenn er mir half, Essays durchzulesen. Hin und wieder kam er abends vorbei, dann aßen wir zusammen und schauten *Monday Night Football*, oder wir gingen zum Essen aus - Chinesisch, mein Lieblingsessen, oder Burger, sein Lieblingsessen - Manchmal sahen wir unterwegs sogar Andreo, dann zerrte Michael mich hinter ihm her - ich wollte mich nicht aufdrängen - und wir sagten Hallo. Die Leute, die bei ihm waren, Männer und Frauen, waren immer freundlich, aber Andreo versuchte immer, uns auf höfliche, aber bestimmte Art loszuwerden.

Wenn wir uns jetzt im Flur trafen, nickte er mir immer wortlos zu, aber er bedankte sich jedes Mal, wenn er Michael abholte. Manchmal, nachdem wir Höflichkeiten ausgetauscht hatten, fragte er mich nach meiner Arbeit, was ich am Wochenende oder einem kommenden Feiertag vorhatte, oder er machte mir Komplimente über meine Wohnung. Es stellte sich heraus, dass er ein Fan von meinen Dielen-Fußböden, den freiliegenden Rohren an der Decke und meinen weichen, gemütlich aussehenden Möbeln war. Ich wunderte mich darüber, dass ein achtundzwanzigjähriger Mann genug Geld verdiente, um sich und seinen Neffen zu versorgen und sich eine solche Wohnung leisten konnte. Das hätte ich in dem Alter nie gekonnt. Die Lofts in Lincoln Park lagen in der oberen Preisklasse. Unser Gebäude hatte ein schlüsselloses digitales Sicherheitssystem mit einer Gegensprechanlage. Es war mehr Neugier als ein brennender Wunsch, es wirklich zu wissen, aber ich hätte ihn gerne gefragt.

„Nate?"

„Tut mir leid." Ich lächelte. „Ich hoffe, deiner Großmutter geht es bald wieder gut."

Er berührte mich vorsichtig am Kinn. „Das sieht schlimm aus. Hat sich das schon ein Arzt angesehen?"

„Mir geht's gut", versicherte ich ihm, nahm seine Hand in meine Hände und drückte sie für einen Moment. „Also, hör mal. Morgen Abend gehe ich mit jemandem zum Abendessen aus, aber für Mittwochabend habe ich Karten für die Oper, und ich möchte, dass du mitkommst, okay? So bekommst du eine extra Portion Kultur, und Mrs. Chang hat gesagt, sie gibt dir Zusatzpunkte, wenn du etwas über deine Erfahrungen schreibst."

„Was?"

„Du hast mich schon verstanden."

„Wann hast du mit Mrs. Chang geredet?" Er schaute mich finster an.

„Ich habe sie letzte Woche beim Ballett getroffen."

„Das hast du?"

„Das habe ich." Ich grinste ihn an.

„Scheiße, ich wusste, ich hätte euch beim Schulfest letzten Monat nie einander vorstellen sollen. Gott, was für ein Albtraum", stöhnte er.

„Du brauchst die zusätzlichen Punkte."

„Wie auch immer."

„Du musst dich schick anziehen."

Er stöhnte noch lauter.

„Also kommst du mit?"

„Habe ich denn eine Wahl?"

„Die hast du immer."

„Na schön, ich komme mit."

Seine offensichtliche Ablehnung, ganz so als ob er mir einen Gefallen täte statt ich ihm, brachte mich zum Kichern. „Aber du musst deinen Onkel fragen, ob er einverstanden ist."

„Ob ich womit einverstanden bin?"

Wir sahen auf, und da war Andreo Fiore. Er ragte mit seinen 193 cm, seinen Muskeln, den breiten Schultern und den schmalen Hüften über uns auf, sodass ich im Vergleich zu ihm klein wirkte und Michael winzig.

„Nate nimmt mich am Mittwochabend in die Oper mit." Er gab Würgelaute von sich.

„Wenn du einverstanden bist." Ich lächelte und stand auf. Es war angenehmer, wenn ich mir neben ihm nicht ganz so klein vorkam.

„Bist du sicher?"

„Auf jeden Fall." Ich beugte mich vor und wuschelte durch Michaels volles Haar. „Wir sehen uns dann. Komm gegen sechs vorbei, dann können wir erst noch etwas essen, okay?"

Er nickte und strahlte mich an. „Danke, Nate."

„Gerne."

„Nate."

Ich drehte mich zu Dreo um und schaute in seine unglaublichen Augen. Sie waren wirklich ein Anblick, heiß, tief und dunkel.

Er neigte den Kopf zu mir. „Was ist mit dir passiert?"

„Er hat eine Frau gerettet, die ausgeraubt wurde", antwortete Michael für mich.

„Oh?"

Dreo Fiores schwarzbraune Augen waren anders als alles, was ich bisher gesehen hatte, und manchmal, nur für eine Sekunde, verlor ich mich in ihnen.

„Nate?"

„Oh ja." Ich lächelte. „Kennst du den Park unten an der Pearson?"

Er nickte.

„Ein paar Typen hatten sie gegen Maschendrahtzaun an der freien Fläche gedrückt."

„Welche Typen?"

„Die gleichen Typen, die da immer sind." Ich seufzte. „Die schreien einen immer-"

„Sie schreien dich an?"

„Sie schreien jeden an." Ich kicherte. „Aber ich hätte nie gedacht, dass sie tatsächlich jemandem etwas tun würden, weißt du? Ich dachte immer, das wären nur Großmäuler, aber anscheinend nicht."

Seine Augen glitten über mich. „Wie viele?"

„Ich glaube drei, aber einer ist weggerannt, als ich dazu kam."

„Ich verstehe. Hat die Polizei sie erwischt?"

„Ich hab keine Ahnung."

„Du kommst dort jeden Tag vorbei, oder?"

„Meistens, und heute kam ich genau richtig." Ich lächelte. „Aber ich lasse euch jetzt in Ruhe. Morgen ist Schule, und Michael muss nach Hause ins Bett."

„*Sì*", stimmte Dreo mir zu.

„Nate?"

Ich drehte mich um und sah Sean, der mich anlächelte. Er hatte einen Mantel an und eine Laptoptasche umgehängt.

„Bist du bereit fürs Essen?"

„Ja." Ich seufzte und hielt ihm die Arme entgegen.

Er trat in meine Umarmung, und ich stellte ihn vor. „Sean Cooper, das sind meine Freunde Andreo Fiore und sein Neffe Michael."

„Es ist mir ein Vergnügen." Er lächelte und schüttelte ihnen die Hand.

Ich sah, wie Sean Dreo beobachtete, und dass ihm nicht gefiel, was er sah.

„Gehen wir", blaffte Dreo Michael an, packte seinen Arm und zog ihn zu den Aufzügen.

Wir sahen ihnen nach.

„Gruseliger Typ." Sean grinste und lehnte sich an mich.

Ich merkte, dass ich recht gehabt und mir nichts eingebildet hatte. Dreo hatte Sean eingeschüchtert, ihm vielleicht sogar Angst gemacht. „Wirklich? Du findest Michael gruselig?" zog ich ihn auf, um ihn zu beruhigen.

„Sehr witzig." Er kicherte und schlang den Arm um meine Hüfte. „Jetzt komm schon, ich verhungere. Du hast mir ein Essen versprochen."

„Ja, das habe ich. Sag mal, wo wohnst du?"

„In Lakeview, und du?"

„Lincoln Park."

„Okay, also können wir irgendwo in der Mitte etwas essen gehen", schlug er vor und verstärkte seinen Griff. „Oder wir können gleich zu dir gehen."

Oh, der Mann war sehr gut für mein Ego

IN DEM Restaurant gab es gutes Essen. Ich aß Rinderschmorbraten und er hatte ein Rindersteak mit Tomatensoße. Es war angenehm, mich mit ihm zu unterhalten, und wenn ich ihm zuhörte, fühlte ich mich ganz verzaubert. Seine Freunde und Familie, seine Karriere, alles war lustig und interessant. Als wir unser Essen mit Kaffee und Kuchen beendet hatten, war es spät. Da ich am Morgen Unterricht hatte und sein Dienst um neun Uhr begann, beschlossen wir, den Abend zu beenden.

Draußen regnete es, und als wir im Trockenen unter der Markise standen, sagte er mir, dass ihm der Abend gefallen hätte.

„Also, was machen wir morgen?" fragte ich.

„Ich werde dich ganz schick ausführen", versprach er, und ich sah, dass er den Atem anhielt und mich ansah. „Und dann bringe ich dich nach Hause."

„Oh", neckte ich." „Ich hatte mehr erwartet."

„Zu mir nach Hause", stellte er lachend klar. „Gott, du bist ein Blödmann."

Ich nahm sein Gesicht in meine Hände und drehte es zu mir. Seine Augen waren geschlossen, seine langen, dichten Wimpern berührten seine Wangen, das Seufzen, das ihm entwich... Mann, ich war blind.

Als meine Lippen die seinen berührten, öffnete er sie sofort, und unsere Zungen trafen sich in einem wilden, lüsternen Tanz. Das Wimmern in seiner Kehle war unheimlich sexy, und als ich den Kuss vertiefte, fühlte ich, wie er sich an mich drückte und die Hände in meinem Sweatshirt vergrub.

Ich drang tief in seinen süßen Mund ein und erkannte in diesem Moment, dass meine liebe Freundin unrecht gehabt hatte. Den Mann verlangte es geradezu danach, sich mir zu unterwerfen. Er war auf keinen Fall aktiv.

„Himmel", keuchte er, als er den Kuss unterbrach, um Luft zu holen, und starrte mich mit schweren Lidern an. „Vergiss, was ich gesagt habe, Nate, komm einfach jetzt mit mir nach Hause."

Aber ich wollte nichts Hastiges, ich wollte etwas Echtes, und das flüsterte ich ihm auch ins Ohr, bevor ich ihn wieder küsste. Eine Minute später saß er in einem Taxi. Als mein Handy klingelte, saß ich in einem Taxi, das in die entgegengesetzte Richtung fuhr. Ich lächelte, als ich das Gespräch annahm.

„Hast du noch nicht genug von mir?"

„Nate", er hauchte meinen Namen. „Warum hast du mich nicht auf deinem Schreibtisch genommen, wenn ich als Student immer zu dir ins Büro kam?"

„Weil das unethisch gewesen wäre", witzelte ich. „Und Ethik steht an erster Stelle, stimmt´s?"

Er lachte, und das hörte sich schön an.

„Also sehen wir uns morgen, richtig?"

„Auf jeden Fall. Ich werde um Punkt sieben Uhr vor deiner Tür stehen."

„Ich kann´s kaum erwarten", versicherte ich ihm.

„Vielen Dank, dass du das sagst. Deine Ehrlichkeit ist wirklich schön."

21

„Das sehe ich genauso."

„Gott, ich will wirklich nicht Gute Nacht sagen."

„Dann sag 'Wir sehen uns später', denn das werden wir ja."

„Okay." Er atmete tief durch. „Wir sehen uns später."

„Gut."

Nachdem ich aufgelegt hatte, konnte ich nicht aufhören zu lächeln.

3

DER HÖRSAAL war ein Meer aus leeren Blicken. Ich musste es ihnen begreiflich machen, denn nur mein Doktorand, Ashton Cross, schien zu wissen, wovon ich sprach, wenn man danach urteilte, wie er die Augen verdrehte.

„Okay", sagte ich zu den Zuhörern, „also es geht hier darum, zwei Charaktere aus zwei verschiedenen Stücken von Shakespeare auszutauschen und dann schriftlich darzustellen, wie sich die neuen Protagonisten auf das Stück auswirken würden, oder sie in eine zentrale Szene einzubauen."

Nichts.

Ein Mädchen ganz hinten hob ihre Hand.

„Ja?"

„Kommt so etwas auch im Test vor?"

Guter Gott. „Eine Übung wie diese, ja."

Zweite Reihe in der Mitte.

„Ja?"

„Gibt es ein Beispiel, auf das wir uns berufen können?"

„Nein, ich möchte sehen, was Ihnen selbst einfällt. Viel Spaß damit."

„Also gibt es kein Beispiel?"

„Korrekt."

Erste Reihe links.

„Ja?"

„Woher sollen wir wissen, ob es richtig ist?"

„Es gibt Spielraum für Interpretationen."

Zehn Hände schossen gleichzeitig nach oben.

Ich schaute zu Ashton, dem bissigen Biest, klein und blond und perfekt, die Sorte Mann, von der Frauen und Männer träumten. Sein Gesichtsausdruck zeigte nichts als Verachtung für sie - und Mitleid mit mir.

Ich zeigte auf einen der vielen Studenten mit erhobener Hand. „Ja?"

„Hätten wir mehr lesen sollen als die Stücke, die Sie verlangt haben?"

Ich wollte sagen ‚Von Studenten mit Literatur als Hauptfach hätte ich das erwartet', aber ich hielt mich zurück, denn es würde niemandem helfen, wenn ich mich wie ein sarkastischer Nörgler benahm. „Das wäre hilfreich gewesen", antwortete ich stattdessen.

Er sah verstört aus.

Nach der Stunde ließ sich Ashton darüber aus, dass die meisten Aufsätze, die er gerade gelesen hatte, nicht eine einzige Quellenangabe hatten.

„Du weißt schon, dass die meisten dieser Kinder Vergil oder Plato nicht gelesen haben. Nicht mal Homer, um Himmels willen. Nate, ich denke, du musst

23

sie alle durchfallen lassen. Wie sollen sie verstehen, was sie lesen, wenn sie die Mythologie dahinter nicht kennen oder den historischen Kontext?"

„Du machst mir Angst", sagte ich ihm. „Sie sind erst im dritten Jahr."

„Als ich im zweiten Jahr war, war ich schon in deinem Kurs über Tragödien, und-"

„Die jungen Leute, die du als Professor einmal unterrichten wirst, tun mir jetzt schon leid."

„Autor", erwiderte er bestimmt. „Ich werde Bücher schreiben, nicht den ganzen Tag Idioten unterrichten, so wie du. Gott, ich müsste wieder anfangen, Drogen zu nehmen."

„Shakespeare, während du high bist?" kicherte ich. „Wirklich?"

Er knurrte.

„Atme einfach tief durch."

Seine wunderbaren kobaltblauen Augen verengten sich. „Du hast ein Date."

„Das ist wirklich beeindruckend. Woher weißt du das?"

Ich lächelte und stopfte Bücher in meine Umhängetasche.

„Übrigens, herzlichen Glückwunsch!"

Meine Augen schossen zu ihm. „Weil ich ein Date habe?"

„Nein", blaffte er. „Ich habe gesehen, dass dein Artikel über Marlowe im *Cambridge Quarterly* veröffentlicht wurde. Sehr beeindruckend."

Ich wackelte mit den Augenbrauen.

„Du Arsch."

„Sei nicht eifersüchtig, Kätzchen."

„Ich bin nicht eifersüchtig, das weißt du. Du verdienst alles, was du-"Er unterbrach sich und atmete tief durch. „Mein Buch ist fertig. Wirst du es lesen?"

„Selbstverständlich will ich es lesen."

„Und fass mich nicht mit Samthandschuhen an. Es hilft mir nicht, wenn du nett bist, Nate."

„Ich bin nie nett", widersprach ich und schloss meine Tasche. „Jedenfalls sagst du das immer."

Er seufzte schwer. „Ich habe es an deine private E-Mail-Adresse geschickt, okay?"

„Ich lese es noch vor dem Wochenende, versprochen."

„Vielen Dank."

„Na komm, der Kaffee geht auf mich."

Und als er neben mir ging und die Hand auf meine Schulter legte, war er einfach ein normaler Kerl, wie er es sonst nur in Gegenwart seiner Mutter und seinem Freund Levi Stone war.

Der Tag wurde schließlich besser. Mit den unteren Klassen machte es Spaß, denn ich unterrichtete die Komödien von Shakespeare, und im Kurs über Chaucer schrieben wir darüber, wie es wäre, wenn der Autor sich mit einem Buchcharakter unterhalten würde und was er sagen würde. Meine Bürozeiten gingen schnell vorbei, denn viele Studenten kamen nur auf einen Besuch vorbei. Als ich am Nachmittag mein Büro verließ und auf dem Weg nach Hause war, kam ich am Büro des Vorsitzenden der Fakultät, Richard Hampton, vorbei. Gail Chase, seine Sekretärin, kam aus ihrem Büro.

„Na du." Sie lächelte.

„Hey." Ich blieb stehen, denn ich war froh, dass sie wieder zurück war. „Wie fühlst du dich?"

„Besser, vielen Dank", sagte sie und sah mich sanft an. „Und ich danke dir, dass du die ganzen Lebensmittel hast liefern lassen, Nate. Das war mir wirklich eine große Hilfe. Eine alleinerziehende Mutter zu sein und sich von einer Gallenblasenoperation zu erholen, war etwas schwieriger als ich erwartet hatte."

Ich drückte ihre Schulter, und sie tätschelte meine Hand.

„Aber deshalb habe ich dich nicht angesprochen." Sie grinste verschmitzt.

„Hast du meine Blumen bekommen?" Ich lächelte breit und hoffnungsvoll.

„Oooh, du bist wirklich lieb, aber das wird dir trotzdem nicht helfen. Greg will, dass du Vaughn bei dem Mittelalterlichen Festmahl unterstützt, das ist alles."

„Aber er wollte es allein machen!" Ich jammerte und stampfte sogar mit dem Fuß auf, um das Bild eines wütenden Kindes zu vervollständigen, was sie zum Lachen brachte.

„Nate." Sie kicherte.

„Oh, Gail, du hättest ihn sehen sollen, er stand mitten in unserer Teambesprechung auf und sagte, dass-" ich sprach mit tieferer Stimme, „-jemand anders die Möglichkeit bekommen sollte, einer der wenigen Galaveranstaltungen der Englisch Fakultät seinen Stempel aufzudrücken."

„Nate", wiederholte sie und versuchte wirklich, nicht mehr zu lachen und eine ernste Miene aufzusetzen.

„Du warst krank, du warst nicht dabei. Ich-"Ich hörte Stimmen auf dem Flur und sah zwei meiner Kollegen. „Rox, Paul!"

Dr. Roxanne Chaney und Dr. Paul Valdez kamen, als ich sie rief. Beide lächelten und schienen froh, mich zu sehen.

„Erzählt es ihr." Ich zeigte auf Gail.

„Erzählt ihr was?" fragte Roxanne, lächelte, und bot mir einen Bissen von ihrem Apfel an, den sie gerade aß.

Ich nahm ihren Granny Smith. „Erzählt ihr, was Vaughn gesagt hat."

„Oh", sagte Paul, als ich in den Apfel biss. Er war froh, vor Rox zu Wort zu kommen. „Also, Gail, er stand mitten im Meeting auf und erschreckt Richard, der ein Nickerchen gehalten hat, fast zu Tode, und-"

„Henry war total verwirrt", unterbrach Roxanne ihn gackernd. „Ich meine, er versuchte, das Meeting wie immer über die Bühne zu bringen: Toni strickt und Crosby textet und Greg döst vor sich hin, und dann fängt der verdammte Vaughn an mit-"ihre Stimme fiel um eine Oktave, wie bei mir vorher. Wir konnten alle nachmachen, wie rechthaberisch der Mann immer war „-Ich sehe nicht ein, warum

Nate das Mittelalterliche Festmahl jedes Jahr organisiert und keiner von uns eine Chance dazu bekommt."

Gail sah mich an, und ich wackelte mit den Augenbrauen, um die Geschichte zu bestätigen, während ich weiter von dem Apfel aß. Ich war hungriger als mir bewusst gewesen war.

„Und er redet immer weiter darüber, dass es nicht fair wäre, dass nur ein Mitglied der Fakultät involviert ist, und dass wir alle beteiligt sein sollten. Peter sagte dann, er wolle nicht involviert sein, weil das Nates Projekt ist, und er sich deshalb nur darum kümmern müsse, ein Date mitzubringen."

Sie begann wieder zu lachen.

„Ich meine, was soll denn das?" Roxanne kicherte und drehte sich wieder zu mir um. „Gib das her."

Ich schüttelte den Kopf und biss noch mehr ab.

„Da ist meine Spucke drauf."

„Ich mag deine Spucke." Ich grinste sie mit dem Mund voller Apfel an.

„Wann wirst du endlich diesen Bart und den Schnauzer los?" Sie seufzte. „Du würdest so viel besser aussehen."

„Ich sehe damit gebildet aus."

„Du bist zu jung dafür", versicherte sie mir und fuhr mit dem Finger an meinem Kinn entlang, „und du siehst zu gut aus."

„Oh ja, er ist sehr hübsch", stichelte Paul und kniff mir in die Wange. „Und dieses Jahr muss er nicht den Gastgeber im feinen Anzug spielen, dem beim Mittelalterlichen Festmahl alle an den Lippen hängen."

Dafür klatschte ich ihn ab.

„Weißt du warum?" kicherte Paul und drehte sich wieder zu Gail um. „Weil Sanderson Vaughn ein totaler Idiot ist, der sich diesmal einfach übernommen hat."

Gail hustete und hörte auf zu lachen. „Der Fakultätsvorsitzende, dein Boss, mein Boss, der wunderbare Richard Hampton, will, dass du uns zusammen mit Vaughn durch den Abend führst", sagte sie mir. „Denn anscheinend hat er Sandy gefragt -"

„Sandy", höhnte Paul. „Ernsthaft? Darf man einen Erwachsenen so nennen?"

„Hör auf damit", warnte sie ihn und sah dann wieder zu mir. „Er hat heute nach dem Stand der Dinge gefragt. Ich meine, die verdammte Sache ist schon in acht Wochen, und *Sandy* - sie starrte Paul und schien ihn zu warnen, nochmal etwas über den Namen des Mannes zu sagen - „hatte noch nicht mal das Hotel gebucht oder das Menü geplant oder eine Gästeliste erstellt, damit wir anfangen können, die Einladungen zu verschicken."

Ich seufzte tief. „Ich würde wirklich gerne helfen", sagte ich zu ihr.

„Lügner", entgegnete Roxanne, und versuchte, es mit einem Husten zu überspielen.

Mein Lächeln konnte ich nicht verbergen, auch wenn ich gerade aß. „Aber ich habe meinen Studenten schon ein Yulemasque bei mir zu Hause versprochen."

„Ein was?" Paul war interessiert.

Ich schluckte schnell. „Jeder muss sich als eine Figur von Shakespeare, Chaucer oder Milton verkleiden und in der Lage sein, alles über sich zu erzählen. Und das muss man den ganzen Abend durchhalten. Das sind die Regeln."

„Und du hast Studenten, die sowas freiwillig machen?"

„Sicher." Ich nickte verwirrt.

„Himmel, Qells, wie machst du das?"

„Seine Augen", versicherte Roxanne ihm, „und sein Lächeln."

„Das liegt an seinem Hintern", sagte Ashton, als er vorbei ging. Ich hatte keine Ahnung, wo er hergekommen war.

„Das war ungehobelt", meinte ich zu Gail und deutete auf Ashton. „Du solltest Richard sagen, dass er den Jungen rauswerfen soll."

Sie verdrehte die Augen, bevor sie mich am Oberarm packte und hinter sich her zog.

Ich gab Roxanne das Kerngehäuse des Apfels zurück.

„Bääh", beschwerte sie sich.

„Kann ich auch zu dieser Yule-Sache kommen?" rief Paul mir nach.

„Nein", schnauzte Gail ihn an. „Du kommst zum Mittelalterlichen Festmahl."

„Und warum muss ich dahin, aber Nate nicht?"

Sie knurrte, bevor sie die Tür ihres Büros öffnete und mich hineinschob.

„Weißt du, für eine süße, zierliche, kleine-"

„Ich werde dich umbringen", drohte sie mir und deutete auf die offene Tür von Richards Büro.

Ich lehnte mich gegen den Türrahmen und sah den Vorsitzenden der Abteilung für Englische Sprache und Literatur, Richard Hampton, den Assistenz-Professor Sanderson Vaughn, Gina Tzu, die Direktorin der Doktoranden und einen Mann, den ich noch nie zuvor gesehen hatte.

„Hey"; sagte ich lächelnd. „Ich wollte nicht stören, aber Gail hat darauf bestanden, dass ich kurz Hallo sage."

„Oh Gott sei Dank", stöhnte Richard und winkte mich herein. „Ich brauche Sie."

Ich öffnete den Mund, aber gleichzeitig riss Gina die Augen auf, also war ich ruhig und stellte mich neben sie.

„Nate, das ist Daniel Kramer von Butler Davenport."

Ich hatte keine Ahnung, was das sein sollte.

„Mr. Kramer ist im Auftrag von Gregory Butler hier, und-"

„Greg." Ich runzelte die Stirn. „Er war einer der schlechtesten Studenten, die ich je hatte."

Daniel Kramer lächelte breit, stand auf und kam um den Tisch herum zu mir.

Ich schüttelte seine Hand.

„Gregory ist der neue Vorsitzende von Butler Davenport, und er möchte unter anderem dieser Fakultät eine großzügige Spende machen."

„Das ist sehr nett von ihm", sagte ich und ließ die Hand des wirklich gutaussehenden Mannes los, der mich immer noch ansah.

„Er möchte außerdem beim diesjährigen Mittelalterlichen Festmahl als Sponsor fungieren, Dr. Qells."

„Schön." Ich sah zu Sanderson. „Das klingt, als hättest du mit dem Budget Glück, hm?"

Er grinste.

„Dr. Qells."

Ich sah wieder zu Mr. Kramer.

„Mr. Butler war sehr enttäuscht, als er erfuhr, dass Sie dieses Jahr nicht die Leitung der Veranstaltung übernehmen."

„Oh, naja." Ich zuckte mit einer Schulter. „Die Fakultät war der Meinung, dass es Zeit wäre, die Verantwortung an jemand anderen weiterzugeben, und Mr. Vaughns Enthusiasmus und Tatkraft waren-"

„Sie verstehen mich nicht, Dr. Qells."

Ich drehte mich zu Gina um, die direkt durch mich hindurchzusehen schien. Sie konnte einem ungefähr eine Million Mal mehr Angst machen, als es Richard fertig brächte. Ich gab einen leisen Klagelaut von mir.

Sie machte ein winziges verneinendes Geräusch, und ich schaute wieder zu Mr. Kramer.

„Vielleicht könnte ich die Veranstaltung mit Professor Vaughn zusammen organisieren."

Er nickte. „Das wäre wohl am Besten."

„Und wird Greg uns mit seiner Gegenwart beehren?", fragte ich abfällig.

„Das wird er."

„Super."

„Anscheinend hat ihm vor Ihnen, Dr. Qells, noch nie ein Professor angedroht, ihn durchfallen zu lassen."

„Er war faul", stellte ich klar.

„Das sagte er auch", meinte er zu mir. „Aber ich persönlich habe ihn nie so erlebt."

Ich nickte.

„Die Veranstaltung selbst wird von einer Agentur organisiert. Die Eventplanerin wird sich nur wegen des Abends an sich mit Ihnen in Verbindung setzen müssen."

„Und Professor Vaughn."

„Selbstverständlich."

„Okay, dann hören wir also voneinander."

„Ja, das werden wir, Dr. Qells."

Ich schaute zu Gina. „Ich muss gehen."

Sie knurrte, daher wandte ich mich zu Mr. Kramer um und schüttelte seine Hand, bevor ich das Büro verließ. Auf dem Weg nach draußen drohte ich Gail mit

28

Körperverletzung, und sie warf einen Textmarker nach mir. Auf dem Flur warteten Paul und Roxanne immer noch.

„Oh, ihr werdet es nicht glauben."

Als wir das Gebäude verließen, waren Paul und Roxanne beide verwirrt.

„Hattest du diesen Jungen nicht durchfallen lassen?" fragte Roxanne mich. „Denn wenn du es nicht getan hättest, hätte ich es."

„Ich hab ihm eine Drei minus gegeben, aber er musste sich wirklich dafür anstrengen. Er war so faul."

„Sowas."

„Andererseits kann dir Sanderson jetzt egal sein, was?"

„Ja, aber der war mir sowieso egal."

„Und das ist die Ironie des Ganzen." Paul zuckte mit den Achseln.

„Also hast du jetzt das Mittelalterliche Festmahl und deine Yule-Party?"

„Schon, aber es klang so, als ob ich bei dem Festmahl nichts zu tun hätte, außer da zu sein. Die Veranstaltung wird von einer Agentur organisiert."

„Ooooh, dann wird es also ziemlich schick", sagte Roxanne.

„Hört sich so an, ja."

„Wann findet es statt? In der Woche nach Neujahr wie immer?"

„Ich hab keine Ahnung. Du bekommst bestimmt eine Einladung mit eingravierten Lettern."

„Cool."

Aber das hörte sich für mich überzogen an. Das sagte ich auch zu Melissa als ich sie aus dem Zug nach Hause anrief, um ihr von meinem Date mit Sean zu erzählen.

„Wie war gestern euer Abendessen?"

Ich erzählte ihr von dem Kuss, und sie fiel fast in Ohnmacht, als ich am Bahnsteig ankam und die Treppe hinunter ging. Sie musste mir versprechen, dass sie und Ben mich zum Mittelalterlichen Festmahl begleiten würden.

„Oh Klasse, muss ich mich dafür schick anziehen?"

„Ja, meine Liebe."

Sie klatschte in die Hände.

Ich sagte ihr, dass ich sie liebe, und legte auf, als ich mich auf den Weg nach Hause machte.

Es war noch früh, noch nicht mal sechs, daher war ich überrascht, als ich im Flur vor meinem Appartement Michaels Fahrrad an die Eingangstür gelehnt sah. Es war ungewöhnlich, dass er zu Hause war, denn normalerweise hatte er nach der Schule Basketballtraining.

Nachdem ich mein Laptop und die Bücher abgelegt hatte, wollte ich eigentlich duschen, aber ich ging zurück in den Flur und klopfte an Michaels Tür, um ihn zu fragen, ob er einen Snack haben wollte, während ich mich für mein Date fertig machte. Vielleicht war er schon zu Hause, weil er krank war.

Keine Antwort.

Ich klopfte erneut.

„Wer ist da?" Eine Stimme drang durch die Tür.

Was ging hier vor? Seit wann fragte er zuerst, bevor er öffnete? „Was glaubst du wohl, wer hier ist?" fragte ich.

Als er die Tür öffnete, lächelte er. Normalerweise lächelte er mich nie an, jedenfalls nicht sofort. Wenn überhaupt, dann nachdem wir uns einen Moment unterhalten hatten oder er einen altklugen Kommentar anbringen wollte, aber nie einfach so. Ein breites Lächeln, das eingefroren zu sein schien.

Alles klar.

Und er lehnte sich an die Tür, als ob er glaubte, dass er mich damit täuschen könnte. Offensichtlich hatte er vergessen, dass ich weder dumm noch neu im Umgang mit Teenagern war. Nicht nur, dass ich einer gewesen war, ich hatte auch einen großgezogen. Ich erkannte ein Pokerface, wenn ich eines sah.

„Wer ist da bei dir?", fragte ich gerade heraus und betrachtete sein gerötetes Gesicht, den roten Fleck an seinem Hals und sein Calvin Klein Unterhemd, dessen Größe ich genau erkennen konnte, weil es nicht nur auf links gedreht war, sondern das Etikett auch nach vorne statt nach hinten zeigte. „Also, Mr. Fiore?"

„Was? Ich… was?"

Ich verdrehte die Augen und drängte mich an ihm vorbei. Auf der Couch saß mit verwuschelten Haaren, geschwollenen Lippen und einem Sweatshirt, das auf links gedreht war, das hübscheste Mädchen, das ich je gesehen hatte. Ihre großen smaragdfarbenen Augen schienen ihr aus dem Kopf zu springen. Sie hatte wirklich Angst.

„Wer ist das?", fragte ich meinen Freund Casanova.

„Es ist nichts passiert."

„Das habe ich nicht gefragt." Offensichtlich war etwas passiert. „Wer ist das?", fragte ich noch einmal.

„Das ist Danielle Tulia."

„Und?" Ich wartete.

„Nate, es ist nichts passiert."

Ich deutete auf sie.

„Nein, ich meine, etwas ist passiert, aber nicht, was du denkst."

Ich durchquerte den Raum und setzte mich neben Danielle. „Hi."

Sie sah aus, als würde sie sich gleich übergeben.

Ich nahm ihre Hand, während sie mich mit klaren Augen anstarrte.

„Du bekommst keinen Ärger, ich will mich nur unterhalten, okay?"

Sie nickte, zu mehr schien sie nicht fähig.

„Schätzchen, vielleicht solltest du im Badezimmer dein Gesicht waschen und dein Sweatshirt richtig anziehen, damit ich nicht mehr die Nähte und deine Deodorant-Flecken sehen kann."

Sie keuchte und ergriff die Flucht.

Ich sah zu Michael.

„Nate-"

„Setz dich. Ich will mit dir über meine beste Freundin Melissa und mich reden."

„Oh Gott", stöhnte er und ließ sich auf die Couch fallen.

Als Danielle aus dem Badezimmer zurückkam, zitterten ihr Kinn und ihre Unterlippe. Ihre Augen waren vom Weinen geschwollen. Ich nahm wieder ihre Hand und hielt sie fest, während ich die Geschichte beendete, wie meine beste Freundin und ich ein Baby gemacht hatten, als ich siebzehn und sie achtzehn war. Neun Monate später, mit achtzehn und neunzehn, waren wir junge Eltern geworden.

Je länger ich redete, desto ruhiger wurde Danielle, und desto interessierter wurde Michael. Ich erklärte ihnen, dass sie, meiner Meinung nach, zu jung für Sex waren.

„Körperlich seid ihr bereit", sagte ich behutsam, „aber emotional? Seelisch?"

Sie starrten mich beide an.

„Schön, ich bin also nur ein dummer Erwachsener." Ich zuckte mit den Schultern. „Also, wer hat das Kondom mitgebracht?"

„Dani nimmt die Pille."

Ich nickte und schaute wieder zu Danielle. „Aber was, wenn er einen Tripper oder sowas hätte?"

Ihr stockte der Atem.

„Ich hab sowas nicht! Ich hab überhaupt nichts!" schwor er ihr, bevor er mich anknurrte. „Nate! Wie kannst du so etwas sagen?"

„Es war nur eine Frage", beschwichtigte ich ihn und drehte mich wieder zu Danielle. „Aber du musst wirklich vorsichtiger sein, Liebes."

Und plötzlich fiel Danielle Tulia mir in die Arme.

Michael war seiner Verärgerung anzusehen.

„Und du hast das Basketballtraining geschwänzt?" fragte ich.

Er nickte.

Ich setzte Danielle wieder gerade hin und hielt ihr Gesicht fest. „Und was denken deine Eltern, wo du bist, Schätzchen?"

„Beim Lernen mit meiner Freundin Aurora." Sie atmete durch. „Aber ich dachte, Sie wären mein Vater, als Sie an die Tür geklopft haben."

Das war ein gesichertes Gebäude. Jemand hätte ihren alten Herrn hereinlassen müssen, oder er hätte draußen warten müssen, bis jemand kam und er auch herein konnte. Die Wahrscheinlichkeit, dass das passierte, war klein, ihre Schuldgefühle dagegen nicht.

„Vielleicht solltet ihr zwei nochmal darüber nachdenken, hm?"

Michael starrte mich an.

„Was, wenn Dreo vor der Tür gestanden hatte?"

Schon allein die Vorstellung ließ ihn erbleichen, und ich merkte, dass er so weit nicht gedacht hatte.

31

Ich nahm beide mit in mein Appartement und machte gegrillten Käse und Tomatensuppe. Wir unterhielten uns noch eine Weile, nachdem ich Sean angerufen hatte und unser Date um eine Stunde verschoben hatte. Er kicherte, als ich ihn erklärte, warum.

„Also bist du jetzt ein Schutzengel?"

„Sieht so aus."

„Du bist ein guter Mann, Nate Qells. Ich kann nicht erwarten, bis du dich um mich kümmerst."

Er sagte wirklich immer genau das Richtige.

Als wir fertig waren, gingen wir drei nach unten, und ich wollte gerade mein Auto holen, damit Michael und ich Danielle nach Hause bringen konnte, als ein riesiger SUV mit quietschenden Reifen mitten auf der Straße stehen blieb.

„Scheiße, das ist mein Dad", konnte Danielle gerade noch quietschen, bevor der riesenhafte Mann aus dem Auto gestiegen und auf den Gehweg gestürmt war.

Vielleicht hätte Mr. Tulia Michael nicht geschlagen - er würde eher auf einen Erwachsenen einschlagen, nahm ich an - aber ich wollte es nicht riskieren. Mein großer, dünner Freund war viel zu leicht, um auch nur einen Klaps von diesem Bär von einem Mann abzufangen. Also war ich froh, dass ich mich für ihn einsetzen und die Strafe auf mich nehmen konnte. Ich ging nicht zu Boden - der Winkel stimmte nicht. Mr. Tulia war etwas zu nah, als er ausholte, und so streifte der Schlag mein Kinn nur, statt ins Schwarze zu treffen.

„Oh mein Gott, Dad, was machst du da?" kreischte Danielle.

„Dani!", hörte ich eine Frau schreien.

„Mom, Dad hat Nate geschlagen!"

„Nate!", kreischte Michael.

„Wer zum Teufel ist Nate?", brüllte Mr. Tulia.

Es wäre fast schon lustig gewesen, wenn ich nicht zum zweiten Mal innerhalb von vierundzwanzig Stunden geschlagen worden wäre und langsam anfangen würde, mich wie ein Sandsack zu fühlen. Meine Hände fuhren nach oben, um den Mann abzuwehren, und Michael und Danielle sprangen beide vor mich, woraufhin Mr. Tulia, seinem Gesichtsausdruck nach zu schließen, realisierte, was er getan hatte.

„Oh Scheiße", stöhnte er.

Michael atmete scharf ein, und ich konnte sehen, dass er Angst hatte.

„Es ist okay", versuchte ich ihn zu beruhigen, als mir die Tränen in die Augen schossen. „Es ist alles in Ordnung."

„Scheiße", fluchte Mr. Tulia erneut. „Setzen Sie sich hin, bevor Sie umfallen."

Das war ein guter Rat.

Letztendlich saß ich auf der Treppe und er saß neben mir, vorgebeugt, mit den Ellenbogen auf den Knien. Er hatte sich endlich soweit beruhigt, dass er sich seiner Tochter zuwenden konnte.

„Du hättest bei Aurora sein sollen, aber als wir dich abholen wollten, warst du nicht da."

„Ja, ich weiß. Es tut mir wirklich leid."

„Aurora sagte, du würdest mit Michael lernen, aber da ich weder einen Michael oder seine Familie kenne, noch wusste, wer sonst noch bei ihm zu Hause wäre, bin ich hergekommen, um zu sehen, was hier los ist."

„Und du hast Mom mitgebracht?"

„Ich hab darauf bestanden", warf Mrs. Tulia ein. „Ich wollte nicht, dass dein Vater jemanden umbringt."

Das ist einleuchtend, dachte ich, als ich mich räusperte. „Sie waren eine Weile allein, Mr. Tulia, da werde ich Ihnen nichts vormachen, aber ich komme jeden Tag gegen fünf nach Hause, also kurz nach ihnen. Wir haben Suppe und Sandwiches gegessen."

Mrs. Tulia wollte wissen, welche Suppe. Ich sagte Tomate und erzählte ihr dann ungefragt von dem gegrillten Käse.

„Das ist immer eine gute Kombination." Sie lächelte.

„Das denke ich auch", stimmte ich ihr zu.

„Es tut mir leid, dass ich Sie geschlagen habe."

„Danke." Ich lächelte. An der Art, wie er die Entschuldigung rausgewürgt hatte, merkte ich, dass es ihm ernst war. Er war auf sich selbst wütend, das war klar.

„Sie sind also Michaels Vater?"

„Du bist dran", sagte ich zu meinem Freund, dem Schürzenjäger.

Michael erklärte, dass ich sein Freund sei und er eigentlich bei seinem Onkel lebt.

„Wer ist dein Onkel?"

„Das ist keine große Sache, Mr. Tulia."

„Michael?" Danielle sah ihn seltsam an. „Was?"

„Es ist nur-"

„Der Name seines Onkels ist Andreo. Andreo Fiore." Danielle lächelte ihren Vater an.

Dass Mrs. Tulia keuchte und die Hand vor den Mund schlug, überraschte mich.

„Was?", fragte Danielle.

Mr. Tulia fluchte verhalten, und ich schaute ihn an.

Er holte zittrig Luft, bevor er sich mit vorgerecktem Kinn zu mir umdrehte, unfähig zu verstecken, wie verängstigt er plötzlich war, aber bereit, dem Erschießungskommando entgegenzutreten. „Wann erwarten Sie Mr. Fiore?"

Ich schüttelte langsam den Kopf. „Wir erwarten ihn nicht. Er ist zu Hause, wenn er denn da ist, denke ich. Aber das ist eine Sache zwischen uns beiden, Mr. Tulia. Michael ist ein guter Junge, und ich würde es zu schätzen wissen, wenn Danielle auch weiterhin vorbeikommen dürfte. Ich verspreche Ihnen, dass er sich bei Ihnen zu Hause wie ein Gentleman benehmen wird, und dass, wenn Dani in Zukunft herkommt, entweder Dreo oder-"

„Sie können sich also für ihn verbürgen? Sie kennen ihn so gut?"

Ich schaute zu dem großgewachsenen, dünnen Jungen mit dem schiefen Lächeln und den dunkelbraunen Augen, der immer eine gewisse Traurigkeit in sich zu haben schien. „Ja."

„Nate?"

Ich wand meinen Blick wieder dem älteren Mann zu.

„Haben Sie Kinder?"

„Einen Sohn."

„Okay, dann verstehen Sie also, dass man wissen muss, wo sein Kind sich aufhält und mit wem es zusammen ist."

„Natürlich."

„Gut."

Aber so sah es nicht aus. „Mr. Tulia?"

Er atmete ein. „Ich kann nicht erlauben, dass mein Mädchen sich in Dreo Fiores Haus aufhält, Nate."

„Was?"

„Ich habe kein Problem mit Mr. Fiore oder Mr. Romelli."

„Ich kenne keinen Mr. Romelli."

„Das ist Dreos Boss", erklärte Michael mir.

„Oh, okay." Ich lächelte Mr. Tulia an. „Also, wenn es Ihnen nicht recht ist, dass Danielle-"

„Michael kann zu uns nach Hause kommen, in Ordnung, Nate?"

„Oh." Ich war überrascht und erfreut zugleich. „Vielen Dank", sagte ich, denn ich hatte bei diesem Gespräch den Anschluss verloren. Aber mir war klar, dass Michael sich weiterhin mit dem Mädchen treffen wollte, das ihn so nervös machte und ihm den Atem nahm.

Er nickte. „Woher kenne Sie Dreo Fiore, Nate?"

„Wir sind Nachbarn", antwortete ich, als mir etwas einfiel. „Mr. Tulia, Michael und ich gehen morgen Abend in die Oper. Würden Sie Danielle erlauben, uns zu begleiten?"

„Sie gehen in die Oper?" fragte Mrs. Tulia mich, als sie endlich ihre Stimme wiederfand.

„Ja, das werden wir", sagte ich, stand auf und legte einen Arm um Michaels Schultern. „Michael und ich werden Anzüge tragen und-"

„Ja." Mrs. Tulia nickte. „Danielle darf mitkommen."

Ich lächelte breit, denn ich konnte es in ihrem Gesicht erkennen - sie vertraute mir ihr Kind an.

„Was machen Sie beruflich, Nate?"

Ich erzählte, dass ich Englischprofessor an der University of Chicago war und welche Kurse ich unterrichtete, und je länger ich redete, desto verklärter

34

schauten die Tulias mich an. Das passierte jedes Mal, wenn ich einfach redete und redete und redete, über Chaucer und Milton, und wieso kann ich nicht einfach aufhören zu reden?

Es war alles so einfach und normal. Danielle nickte, weil sie Michael wirklich mochte, und je mehr ich ihre Eltern zu Tode langweilte, desto normaler schien sie Situation zu werden.

Michael berührte mich am Rücken, ich konnte das Gewicht seiner Hand fühlen. Ich bezweifelte, dass er dies überhaupt registrierte, aber ich verstand es, denn Jared hatte oft das Gleiche getan. Für Michael war ich der Erwachsene und er war das Kind, und im Moment brauchte er die Unterstützung.

Mr. Tulia hörte mir zu, sah Michael an und beobachtete seine Tochter.

Mrs. Tulia nahm meine Hand, nickte und entschuldigte sich für das Temperament ihres Mannes.

Als ich sie ansah, musste ich lächeln. Sie waren so typische Eltern, er war finster und beschützend, und seine Frau versuchte, die Situation nach dem Wutausbruch ihres Mannes wieder zu entspannen. Sie waren mir beide sympathisch, auch wenn der Mann eine weitere Verletzung in meinem Gesicht hinterlassen hatte.

„Sie müssen verstehen, Nate, dass wir nach unserer Tochter sehen mussten."

„Ja, das tue ich. Ich habe zwar keine Tochter, aber ich habe einen Sohn, auch wenn man das nicht ganz vergleichen kann. Ich verstehe also, dass er ärgerlich ist, wenn zwei Jugendliche allein sind, ohne dass ein Erwachsener anwesend ist. Denn das war das eigentliche Problem, richtig? Wo zum Teufel ich war? Was ich für ein lausiger Anstandswauwau bin?

„Ja", sagte Mrs. Tulia, da ich es anscheinend endlich verstanden hatte.

„Begleiten Sie uns", forderte sie dann plötzlich. „Unser Sohn Johnny hat ein Restaurant an der Clybourn. Es wird Ihnen gefallen."

Aber ich hatte ein Date.

Michaels Hand lag wie ein Schraubstock auf meinem Oberarm und Danielle ergriff meine Hand. Sie setzten beide ihren besten Hundeblick auf und vermasselten mir damit mein Liebesleben.

„Sicher", sagte ich seufzend. „Aber ihr werdet mit mir fahren und meine Musik hören müssen."

Michael stöhnte laut. „Na schön, aber kein Hall & Oates, okay?"

Ich lachte auf, und auch Mrs. Tulia lachte.

„Ich muss nur mein Telefon holen", erklärte ich der kleinen Versammlung und ging in mein Appartement, um es zu holen.

Ich hatte fünf verpasste Anrufe, und sie waren alle von Sean.

„Nate?"

„Ja", sagte ich, als ich mit dem Aufzug wieder nach unten fuhr. „Es tut mir wirklich leid. Ich habe mein Telefon vergessen, als ich zu Michael-"

„Ist in Ordnung. Es tut mir wirklich leid, dass ich dich abwürgen muss, aber ich muss jetzt direkt zur Arbeit."

35

„Oh." Ich war enttäuscht, und das war dumm, denn ich wollte sowieso absagen, aber die Vorstellung, dass er mich abservierte, war irgendwie deprimierend.

„Neinneinnein, du darfst nicht denken, dass ich nicht bereit wäre, um ein neues Date zu betteln. Ich will nur wirklich Kinderchirurg werden, und da ist diese Patientin, die-"

„Ist schon okay, du musst mir nichts erklären."

„Nate, hör zu. Dieser Wahnsinns-Chirurg wird operieren, und er braucht zwei Ärzte, die ihm assistieren, und da hat mein Chef mich vorgeschlagen. Das ist eine riesige Gelegenheit, und die sausen zu lassen, wäre wirklich keine gute Idee, verstehst du?"

„Ich verstehe. Wirklich."

„Aber ich will nicht, dass du einen falschen Eindruck bekommst. Ich möchte dich bitte stattdessen morgen zum Essen einladen."

„Morgen gehe ich mit ein paar Kindern in die Oper. Wie wäre Donnerstag?"

„Wirklich?" Er klang überglücklich.

Ich lächelte am Telefon. „Ja, wirklich."

„Einfach so? Kein Betteln, keine Spielchen?"

„Wir sind doch ehrlich zueinander, richtig?" fragte ich. „Ich meine, du willst doch wirklich mit mir ausgehen, oder?"

„Mehr, als du dir vorstellen kannst."

„Und ich hatte mich schon den ganzen Tag darauf gefreut, aber es scheint, als passt Donnerstag bei uns beiden besser."

„Das tut es."

„Also warum sollte ich an dir zweifeln?"

„Meine Güte, Nate. Diese Ehrlichkeit. Das ist so ungewohnt."

Ich kicherte. „Also auf jeden Fall am Donnerstag, gleiche Uhrzeit? Um sieben?"

„Auf jeden Fall. Ich werde da sein."

„Dann sehen wir uns. Ich hoffe, bei dir wird alles gut laufen. Und natürlich auch für deine Patientin."

Es folgte eine Pause. „Vielen Dank", sagte er mit merkwürdigem Tonfall.

Ich legte auf, und als ich unten ankam, warteten alle auf mich. Ich sagte Michael, ich würde während der Fahrt singen.

Sein angewidertes Stöhnen war nicht zu überhören.

4

DAS RESTAURANT war unglaublich. Tuchettis war klein mit einer warmen Atmosphäre. Mein Hähnchen mit Nudeln und heller Soße war sehr gut und genau richtig gewürzt. Ich beobachtete, wie die Kinder eng beieinander saßen und sich immer wieder etwas zuflüsterten, und ich hörte zu, wie die Tulias mit ihrem Sohn Johnny sprachen, der sich zu uns gesetzt hatte. Er machte Michael klar, dass es seine kleine Schwester war, mit der er ausging, und dass man seine Leiche nie finden würde, wenn sie seinetwegen zu spät nach Hause kommen sollte.

Ich nickte, und Johnny umarmte mich.

„Siehst du, er versteht das." Mr. Tulia, oder Ray, deutete auf mich. „Ich wette Jared, dein Junge, bringt seine Dates immer pünktlich nach Hause."

Naja, er lebte jetzt mit seiner Freundin zusammen, aber ich nahm das Kompliment gerne an. Mrs. Tulia, Carmen, wollte mehr über Michael erfahren, also erzählte ich ihr, dass er Basketball spielte, dass er und ich einen Samstag im Monat im Obdachlosenasyl an der Dearborn aushalfen, und dass er ein fauler Schüler sei, aber sich bessern wollte.

„Du kümmerst dich gut um ihn", lächelte Carmen.

„Dreo kümmert sich gut um ihn. Ich versuche nur, ihn noch ein wenig aufzupolieren, damit man ihn auf die Menschheit loslassen kann."

Sie lachte, und ich sah die Wärme in den Gesichtern ihres Ehemannes und ihres Sohnes, als sie mich anlächelten.

„Meine Mutter", sagte Danielle später zu mir, als wir Orangen mit Marsalasoße zum Nachtisch aßen, „hat Krebs."

„Oh." Ich hielt den Atem an, denn so etwas zu hören war nie schön.

„Nein." Sie schüttelte den Kopf. „Sie ist auf dem Weg der Besserung, und uns allen geht es im Moment gut, weißt du?"

Ich nahm ihre Hand, und sie lehnte sich zu mir.

„Aber wenn du sie einfach so zum Lachen bringst, dann ist das einfach schön für uns, okay?"

„Okay."

Jemand sprach in schnellem Italienisch, und als ich wieder zu Carmen sah, scheuchte sie gerade jemanden von unserem Tisch weg, bevor sie sich wieder auf ihren Platz mir gegenüber setzte.

„Worum ging es eben?", fragte ich sie und schaute der wirklich attraktiven blonden Frau nach, die sich mit gekonntem Hüftschwung von uns entfernte.

„Meine Nichte Angelique fand dich sehr attraktiv, als sie dich beim Hereinkommen gesehen hat, Nate. Aber ich habe ihr gesagt, dass du schwul bist, also könnte sie sich nicht von dir schwängern lassen, damit du sie heiratest."

Das war ziemlich viel auf einmal. „Zuerst mal, woher wusstest du, dass ich schwul bin?"

„Michael hat es uns gesagt, als du auf der Toilette warst. Ich hatte gefragt, wo deine Frau ist, schließlich bist du so ein gutaussehender Mann, und er sagte, dass du schwul bist und ein Kind mit deiner besten Freundin hast."

Das war eine Menge an Information für so eine kurze Zeit. „Vielen Dank."

„Wofür?"

„Dass du mich hübsch findest", neckte ich sie.

„Ich sagte gutaussehend, und das bist du wirklich."

„Und deine Nichte?"

„Die ist eine Hure." Sie lächelte. „Selbst wenn du auf Frauen stehen würdest, würde ich sie nicht in deine Nähe lassen."

Ich nickte, und sie berührte meine Wange.

„Was soll das hier?"

„Worüber reden wir jetzt?"

„Dieser Bart, der Schnauzer. Warum versteckst du dich?"

„Damit sehe ich gebildeter aus, meinst du nicht?"

„Ich meine, du solltest dich davon trennen. Du hast ein anständiges Gesicht, das sollte man auch sehen können."

Ich stöhnte.

„So männlich."

Ich nahm ihre Hand, und ihr Lächeln blendete mich. Es war offensichtlich, warum ihre Familie es öfter sehen wollte. „Ich habe tatsächlich darüber nachgedacht, ihn abzunehmen, aber mich jeden Tag zu rasieren, geht mir auf den du-weißt-schon."

Sie zuckte mit den Schultern. „Wie bist du zu den Verletzungen in deinem Gesicht gekommen?"

Ich zeigte auf ihren Ehemann.

Da war ihr Lachen wieder, und ihr Mann beugte sich vor und sah mich an.

„Was ist wirklich passiert?"

Ich erzählte gerne von dem vorherigen Abend, als ich den Raub vereitelt hatte.

„Jetzt fühle ich mich noch schlechter", sagte Ray zu mir.

„Gut." Ich grinste ihn an. „Denn ich brauche Paracetamol oder so etwas."

„Oder noch einen Cappuccino?", bot Johnny an.

„Beides, bitte."

Als ich seinem Sohn nachblickte, sah ich, dass Ray lächelte. Er mochte mich. Seine ganze Familie mochte mich, und als ich Michaels Knie unter dem Tisch gegen meines gedrückt spürte, wusste ich, dass ich ihm geholfen hatte, indem ich mitgekommen war.

„Also, Casanova", begann ich lächelnd, „was haben wir gelernt?"

„Nicht das Basketballtraining ausfallen zu lassen, nur weil man hofft, flachgelegt zu werden?", raunte er mir ins Ohr.

„Du bist ein Witzbold."

Er stieß mich mit der Schulter an, und ich fragte, wie es seiner Großmutter ging, als er sie am Abend zuvor besucht hatte.

„Ihr geht's gut. Sie darf heute nach Hause."

„Was hatte sie?"

Sie bekam im Herz einen Stent gelegt."

„Aber ihr geht es jetzt gut."

„Ja, sie sagten, sie könne nach Hause."

„Wie geht's deinem Onkel?"

„Ihm geht's gut. Er war letzte Nacht etwas komisch, aber ich glaube, das war deine Schuld."

„Meine Schuld?"

„Er hat sich wirklich aufgeregt, weil du verletzt wurdest."

Ich schüttelte den Kopf. „Das kann nicht sein."

„Ich glaube doch."

„Michael, wer ist dein Onkel?" fragte Johnny.

„Sein Onkel ist Andreo Fiore", sagte sein Vater zu ihm.

„*Figlio di puttana*", murmelte Johnny.

„Johnny!", schrie Carmen ihren Sohn an.

„Ich nehme an, das bedeutet etwas Schlechtes?" Ich lächelte Michael an.

Nachdem wir uns unter vielen Umarmungen und Küsschen von Carmen und Danielle verabschiedet hatten, mit einer Tüte mit den Resten, die aussah, als kämen wir aus dem Supermarkt, fragte ich Michael im Auto, was Dreo genau machte.

„Er arbeitet für Vincent Romelli."

„Ich weiß immer noch nicht, wer das ist", sagte ich zu ihm, als ich an einer Ampel abbiegen musste, „aber danach zu schließen, wie alle reagiert haben, ist Mr. Romelli wohl ein unheimlicher Mann."

„Ja, ich finde ihn unheimlich, aber das denken viele Leute auch über Dreo. Ich weiß auch nicht, ich frage nie nach. Dreo trägt immer eine Waffe, auch wenn er ein Date hat. Ich darf unter keinen Umständen sein Zimmer betreten, aber das könnte auch daran liegen, dass er einfach jede Menge Pornos hat. Er ist wirklich ein guter Kerl, aber ich kann mich nur zu dem äußern, was er mir selbst erzählt hat."

Das machte Sinn.

Als wir zu Hause waren, kam er mit in meine Wohnung, und als ich zu ihm sagte, er solle nach Hause gehen, lachte er und schlug vor, dass er erst duschen und dann bei mir seine Hausaufgaben machen würde. Das war in Ordnung, es machte mir nichts aus. Ich erklärte ihm, dass die Tür offen wäre, weil ich auch duschen wollte. Ich musste den Tag von mir abwaschen.

Als ich fertig war, waren Michaels Bücher kreuz und quer über meinen Couchtisch verstreut. Er hatte sich ein Glas Apfelsaft eingegossen und schaute sich auf ESPN ein Eishockeyspiel an. Ich entschied mich, an meinem Küchentisch zu arbeiten, statt im Büro, um ihm Gesellschaft zu leisten, und unsere kameradschaftliche Stille wurde nur von dem Spiel unterbrochen. Während des letzten Drittels klingelte es an der Tür.

Ich öffnete die Tür, und dort im Flur stand Dreo mit gerunzelter Stirn und sah aufgeregt und besorgt zugleich aus.

„Komm rein", bot ich ihm an und trat zur Seite.

Er war nicht allein, und ich war nicht sicher, auf was er wartete, als er einfach nur still dastand.

„Möchten deine Freunde auch reinkommen?"

„Nur für einen Moment."

„Sicher."

Fünf Männer, Dreo nicht mitgerechnet, kamen in mein Wohnzimmer, aber als ich die Tür schließen wollte, hielt er mich auf.

„Sie werden nicht bleiben. Ich wollte nur, dass du sie kennenlernst."

Das war seltsam, aber ich setzte ein Lächeln auf und streckte dem ersten Mann meine Hand hin. „Nate Qells."

Sie schüttelten alle meine Hand, und ich lernte einen Anthony, einen Gianni, einen Frank, einen Paul und einen Sal kennen.

„Ich wollte schon immer einmal einen Sal kennenlernen." Ich grinste und war überrascht, dass er auch lächelte und mir sogar fest auf die Schulter klopfte.

„Sie wurden verletzt, was, Professor?"

Seltsam, dass sie wussten, was ich beruflich machte. Ich hätte nicht gedacht, dass das für Dreo interessant genug war, um es ihnen zu erzählen.

„Das waren gestern ein paar Typen im Park", erzählte ich ihm.

„Ja, wir haben davon gehört." Sal nickte. „Aber wenn Sie morgen dort vorbeikommen, werden Sie sie vielleicht nicht mehr sehen."

„Nein", versicherte ich ihm, „die sind immer da."

Er zuckte mit den Achseln. „Vielleicht auch nicht."

Aber das bezweifelte ich.

„Wir haben gehört, heute Abend ist noch etwas passiert, richtig?"

Ich kicherte. „Du meinst Mr. Tulia?"

„Ja." Dreo hustete leise, seine dunklen Augen blickten kurz zu Anthony. „Tulia."

„Das war nur ein Missverständnis", beruhigte ich ihn. „Aber wir haben alles geklärt. Es besteht kein Grund, dass du dich darum kümmerst."

„Hey", rief Michael von der Couch, ohne sich zu bewegen.

Dreo nickte ihm zu, dann waren seine Augen, dunkel und unendlich tief, wieder auf mich gerichtet. „Dieser Mann hat dich also geschlagen?"

„Es war nur ein liebevoller Klaps. Er hat uns mit Essen versorgt."

„Wen mit Essen versorgt?"

„Mich und Michael. Wir haben Reste."

„Sehr gute Reste!", beteuerte Michael von der Couch aus.

„Hast du Hunger? Oder ihr anderen?"

„Oh, nein, Professor", sagte einer der Männer, Frank dachte ich, lächelnd. „Wir werden gehen. Trotzdem vielen Dank für das Angebot. Ich bringe Ihnen morgen etwas von der Carbonara Soße meiner Mutter."

„Freitag", sagte ich zu ihm.

„Was?"

„Ich liebe Carbonara Soße, und ich wette, die von Ihrer Mutter ist fantastisch, also würde ich das Angebot gerne annehmen, aber morgen gehe ich mit Michael in die Oper, und am Donnerstag habe ich ein Date. Also am Freitag, wenn das in Ordnung ist?"

Er nickte. „Freitag ist okay. Welche Oper?"

„*La Bohème.*"

„Nett. Ein bisschen Kultur für den Jungen, hm?"

„So war es gedacht. Außerdem braucht er die Zusatzpunkte."

„Okay." Er lächelte mich an und wandte sich dann zu Dreo. „Dann wäre alles geklärt. Wir sehen uns morgen."

Dreo nickte, und alle fünf Männer verabschiedeten sich und verschwanden. Dreo schloss die Tür hinter ihnen und drehte sich dann zu mir um, die Augen fest auf mein Gesicht geheftet.

„Ist bei dir alles in Ordnung?"

„Alles bestens", erwiderte er knapp.

„Okay. Hast du Hunger?"

Er schüttelte den Kopf.

„Wenn du nach Hause gehen und dich etwas ausruhen möchtest, kann ich ihn nachher rüber schicken."

„Nein, ich finde es hier ganz schön."

Ich wusste, dass es ihm bei mir gefiel, denn er hatte mir schon oft Komplimente gemacht.

„Was du aus dieser Wohnung gemacht hast… die Dielen-Fußböden, die freiliegenden Rohre an den Decken, der gemauerte Kamin." Er zuckte mit den Schultern. „Da kann meine Wohnung nicht mithalten."

„Also gut, dann zieh deinen Mantel aus und setz dich."

Ich ging zurück zum Esstisch.

„Es riecht hier auch sehr gut."

„Ach ja?", sagte ich, als ich an ihm vorbeiging. „Riecht es nach dem gegrillten Käse, den ich vorhin gemacht habe?"

„Nein", widersprach er, und ich fühlte seine Hand auf meiner Schulter. Also blieb ich stehen und schaute ihn an. „Es riecht nach Feuer und Vanille und noch etwas anderem."

„Ist das etwas Gutes?"

„*Sì*", sagte er sanft, und ich sah, wie seine glühenden Augen sich verengten.

41

Er musterte mich einen Moment und ich lächelte. „Ich denke, er möchte mit dir reden", sagte ich zu ihm, und er wusste, dass ich Michael meinte.

Ich sah zu, als er den Trenchcoat und sein Jackett auszog und auf meinen Sessel legte. Er löste seine Krawatte und ging zur Couch. Dort machte er ein wenig Platz und setzte sich gegenüber von seinem Neffen, der sich ausgestreckt hatte.

Er zog die rot-blau-gestreifte Krawatte aus, faltete sie zusammen und legte sie neben sich, als er sich vorbeugte und Michael anschaute.

„Was möchtest du?", fragte ich.

Er schüttelte den Kopf.

„Na sag schon. Reste? Gegrillter Käse?"

„Der gegrillte Käse war das Beste, das ich heute gegessen habe", murmelte Michael leise und schaute mich über seine Schulter hinweg an.

„Besser als Johnnys Ravioli mit scharfer Tomatensoße?"

„Ja." Er nickte. „Meine Mutter hat ihn genauso gemacht."

Ich hoffte wirklich, dass das etwas Gutes war.

„Gott, ich kann dir genau ansehen, was du gerade denkst." Er lächelte. „Ja, Nate, das ist etwas Gutes."

Ich zuckte mit den Achseln, bevor ich mich wieder Dreo zuwandte. „Offensichtlich ist mein gegrillter Käse gut. Sag mir, was du möchtest."

„Ich möchte keine Umstände machen."

„Ich mache dir wirklich gern etwas zu Essen", versicherte ich ihm.

Er seufzte tief. „Ich möchte nicht, dass du wegen mir anfängst zu kochen, aber wenn du etwas aufwärmen könntest, würde ich mich freuen."

„Kommt sofort."

Nach ein paar Minuten kam er zu mir in die Küche und lehnte sich an die Anrichte, während ich mich in der Küche herumbewegte.

„Ich glaube, wir haben uns noch nie so viel auf einmal unterhalten", stellte ich fest.

„Ich weiß", stöhnte er. „Ich weiß nämlich nie, was ich sagen soll."

„Du könntest einfach reden. Ich beiße nicht."

„Ja, aber du bist so schlau."

„Ja, ich bin brillant", spottete ich.

Er zuckte die Schultern. „Schlauer als ich."

„Wohl kaum", versicherte ich ihm. „Aber wir sollten uns mehr unterhalten. Ich meine, wir haben schließlich ein gemeinsames Kind."

Er nickte. „Ja, das haben wir."

„Also?" drängte ich.

„Na schön", murrte er. „Wir werden uns öfter unterhalten."

Ich kicherte. „Ich will dich nicht dazu zwingen müssen."

„Du bist wirklich ein Klugscheißer."

„Und das hättest du nie herausgefunden, wenn wir uns nicht unterhalten hätten."

Er brummte.

„Kann ich dir ein Glas Wein einschenken?"

„Roten?"

„Zu Tomatensoße?", stichelte ich. „Natürlich roten. Möchtest du Chianti oder... oh, ich habe auch noch einen wirklich guten Côte de Beaune."

„Den Chianti."

„Kommt sofort."

Ich machte ihm einen Teller zurecht, füllte ein Glas für ihn, trug beides zum Tisch und setzte mich. Er stand immer noch in der Küche als ich mich umdrehte.

„Was machst du denn? Komm, setz dich."

Er stieß sich von der Anrichte ab, kam zu mir und setzte sich neben meinen Platz mit dem Laptop.

Ich reichte ihm eine Serviette und eine Gabel und sagte ihm, er solle es sich schmecken lassen.

Sein Blick wirkte verloren, als er mir den Kopf zuwandte. Wenn er mich nicht so angesehen hätte, wenn er sich bedankt hätte oder gegrinst hätte oder irgendetwas anderes getan hätte, wären die Dinge vielleicht anders verlaufen. Aber dieser Blick, voller Sehnsucht, fast so, als ob er Schmerzen litt, traf mich hart.

„Himmel, was ist los?", fragte ich. Ich fuhr mit der Hand durch sein Haar und strich ihm die schwere, glänzende schwarze Mähne aus dem Gesicht.

Er verspannte sich, und ich bemerkte, was ich getan hatte. „Mist, tut mir leid." Ich ließ meine Hand fallen und trat einen Schritt zurück.

Schnell umschlossen seine Finger mein Handgelenk, und sein Griff war so fest, dass er bestimmt blaue Flecken hinterlassen würde. „Ich bin kein kleines Kind."

Ich schielte zu ihm, aber versuchte nicht, mich von ihm zu lösen. „Das weiß ich."

„Du musst dich nicht so um mich kümmern wie um Michael."

„Würde mir im Traum nicht einfallen."

Er starrte mir ins Gesicht.

„Könntest du mich loslassen?"

Er sagte etwas, aber ich verstand ihn nicht.

„Was?"

Er schaute mich an. „*Ho una gran voglia di baciarti.*"

Die Worte waren fast nur ein Flüstern. „Ich weiß nicht, was du gesagt hast."

Von ihm kam nur ein leises Brummen, dann wandte er sich wieder seinem Essen zu.

„Dreo, ich-"

„Nein", unterbrach er mich und schüttelte den Kopf bevor er aufsah. „Es tut mir leid, dass ich mich so benommen habe. Ich habe überreagiert."

„Okay."

„Setz dich hin und rede mit mir. Erzähl mir alles, was passiert ist."

„Na schön, aber du darfst Michael deswegen keinen Vortrag halten. Das habe ich schon getan."

Ein schweres Seufzen. „*Sì.*"

„Ich mag das."

„Was?"

„Wenn du zwischen Italienisch und Englisch hin und her wechselst."

„Ach ja?"

„Das ist schön." Ich nickte, bevor ich in die Küche ging, um mir auch ein Glas Wein zu holen. „Die Frauen sind bestimmt ganz verrückt danach, was?"

Er sagte nichts, aber als ich mich umdrehte, beobachtete er mich.

„Na sag schon", ermunterte ich ihn, als ich zurückkam.

„Kann schon sein."

„Ich wusste es." Ich atmete aus, setzte mich an den Tisch, stützte den Kopf auf meine Hand und schaute ihn an. Ich erzählte, dass Michael das Basketballtraining geschwänzt und Danielle mit nach Hause gebracht hatte. Als ich dazu kam, wie wir sie nach Hause bringen wollten, schüttelte er den Kopf. „Mr. Tulia hat mich also geschlagen, wie es wahrscheinlich jeder Vater getan hätte, denn ich hätte ihn und seine Frau gleich anrufen sollen, als ich nach Hause kam und nachfragen sollten, ob es in Ordnung war, dass Danielle bei Michael war."

„Was?"

„Das macht man unter Eltern so."

„Warum?"

„Man tut es einfach. Man passt auf, man fragt nach. Für sie ist es umso wichtiger, weil Danielle ein Mädchen ist und Michael ein Junge", erklärte ich mit einem Lächeln.

„Dieses Mädchen hätte also die Erlaubnis ihrer Eltern gebraucht, um in mein Appartement zu kommen?"

„Ja."

Er schüttelte den Kopf. „Das ist lächerlich."

Ich tätschelte seinen Arm. „Das ist eine Vorsichtsmaßnahme."

„Das ist altmodisch."

„Eltern sollten wissen, wo ihre Kinder sind. Das ist wichtig."

„Michael ist nicht dein Sohn."

„Nein, aber das wusste Mr. Tulia nicht, als er aus dem Auto stieg."

Er zuckte zusammen. „Danke, dass du dich um Michael kümmerst. Seit er bei mir eingezogen ist… Mir ist heute aufgefallen, dass ich mich darauf verlasse, dass du auf ihn aufpasst, ob ich da bin oder nicht."

„Aber natürlich."

„Das bedeutet mir viel."

Ich nickte. „Sag mal, wer hat dir erzählt, dass Mr. Tulia mich geschlagen hat?"

„Michael hat mich angerufen und es mir erzählt. Er hat gesagt, es war seine Schuld."

„Das war es nicht."

„Das war es doch. Hätte er nicht dieses Mädchen mit zu uns gebracht, dann-"

„Er ist sechzehn, Dreo. Wie warst du mit sechzehn?"

„Ich war vorsichtig", sagte er ruhig.

„Damit du nicht erwischt wurdest", stichelte ich.

„Wahrscheinlich."

„Also, er ist ein toller Junge, und das weißt du auch." Ich kicherte.

„Ja, das weiß ich." Er seufzte.

Mir fiel auf, wie erschöpft er aussah. „Warum gehst du nicht nach Hause und legst dich ins Bett? Ich schicke ihn rüber, wenn er fertig ist."

„Der Wein ist gut", meinte er zu mir, nachdem er einen Schluck genommen hatte, und ignorierte meinen Kommentar. „Aber meine Mutter kocht besser."

„Mütter kochen immer besser als Restaurants." Ich lächelte. „Und Michael sagte, dass es ihr besser geht. Das freut mich. Er sagte, man hätte ihr einen Stent gelegt?"

„Das hört sich schlimmer an, als es war", entgegnete er, lehnte sich in seinem Stuhl zurück und schaute mich an. Er hatte sein Hemd aufgeknöpft und ich konnte das rotgoldene Kreuz auf dem weißen T-Shirt sehen, das er darunter trug. Es war irgendwie liebenswert, dieses Zeichen für den Glauben des Mannes.

„Sie ist also okay?"

„Ihr geht's gut."

Das freut mich. Vielleicht kann er jetzt versuchen, ihr etwas näher zu kommen."

„Wie meinst du das?"

„Er scheint zu glauben, dass sie ihn dir wegnehmen will, deshalb bringt er es nicht über sich, sie zu mögen."

„Ist das so?"

Ich nickte.

„Verdammt, ich hatte keine Ahnung. Ich werde mit ihm reden."

„Sie will ihn dir nicht wegnehmen?"

„Das wollte sie nie. Sie wollte, dass ich wieder zu Hause einziehe. Das macht auch Sinn, wenn man darüber nachdenkt."

Das tat es. „Du scheinst Recht zu haben. Du solltest wirklich mit ihm darüber reden."

„Ja."

Als ich von meinem Weinglas aufsah, hielten seine Augen meinen Blick fest. „Was?"

„Danke, dass er dir etwas bedeutet. Danke, dass du heute da warst. - Vielen Dank für alles."

Ich nickte. „Gern geschehen."

„Erinnert er dich an deinen Sohn?"

„Ein wenig. Er ist netter als meiner in diesem Alter, aber ich nehme an, das liegt daran, dass mein Sohn immer seine beiden Eltern hatte, aber Michael hat bereits jemanden verloren. Er weiß, dass er Glück hat, dich zu haben."

Er lachte höhnisch. „Ich weiß nicht. Ich habe mich in letzter Zeit nicht sehr gut um ihn gekümmert. Er ist lieber bei dir, als zu Hause bei mir."

„Aber du musst arbeiten, um ihn zu versorgen. Er versteht das, und er liebt dich."

„Wir reden kaum zwei Worte miteinander."

Ich zuckte mit den Schultern. „Das kann sich schnell ändern. Meiner war auch eine Weile unausstehlich."

Er lehnte sich vor, und ich sah, dass sein Weinglas leer war.

„Möchtest du noch etwas?"

„*Sì.*"

Ich stand auf und ging in die Küche, aber als ich mich umdrehte, um wieder zu ihm zurückzugehen, merkte ich, dass er da war, direkt hinter mir, sodass ich sein T-Shirt berührte, als ich den Wein einschenkte. Ich hob den Kopf, damit ich in sein Gesicht sehen konnte.

Seine Hand landete auf der Anrichte, direkt neben mir, und ich trat einen Schritt zurück, als er sich näher lehnte.

Ich atmete durch. „Die Tulias haben sich zu Tode erschreckt, als sie herausgefunden haben, dass Michael mit dir verwandt ist."

Er nickte und beobachtete mich. Seine Augen blieben schließlich an meinem Mund hängen. „Und was hast du da gedacht?"

„Ich konnte es nicht nachvollziehen. Ich meine, ich habe Häschen-Hausschuhe, die sind unheimlicher als du."

Ein Moment verstrich, und noch ein weiterer, und schließlich, Wunder über Wunder, lächelte der Mann.

In den letzten vier Jahren hatte ich nicht ein einziges Mal erlebt, dass er lachte. Seine Mundwinkel hoben sich nie, sie zuckten nicht, keine Heiterkeit erreichte seine Augen… nichts. Aber plötzlich und ohne Vorwarnung sah ich ein Lächeln, das mir den Atem nahm, mein Herz stillstehen ließ und meinen Mund austrocknete.

Gott, sein gesamtes Gesicht sah anders aus, wenn er lächelte. Alles wurde weicher, seine Augen, sein Mund. Die harten Konturen wurden sanfter, und er war einfach atemberaubend. Wie hatte ich in der ganzen Zeit, die ich ihn kannte, nicht bemerken können, wie gut er aussah?

Er gab einen Laut von sich, vielleicht ein halbes Kichern, ein fröhliches Brummen, und er ließ den Kopf nach vorn fallen, als er ausatmete.

Ich hatte keine Ahnung, was ich tun sollte, aber nichts zu tun wäre so, als lehnte man ein Geschenk ab oder nutzte eine Lücke in der Deckung nicht. Es wäre ein Fehler. Er vertraute mir, mit seinem Lächeln, damit, dass er sich mir öffnete.

Also stellte ich die Weinflasche beiseite, nahm sein Gesicht mit beiden Händen, damit er mich ansah.

Das dichte, schwarze Haar war genauso seidig wie das von Michael, aber im Gegensatz zu Michaels glattem Haar war Dreos gelockt, und meine Finger verfingen sich darin.

„Du sollst wissen, dass ich keine Angst vor dir habe, in Ordnung? Und wir beide, Michael und ich, mögen dich wirklich sehr."

„Ich mache doch gar nichts… für keinen von euch."

„Du gibst ihm ein Zuhause, und dadurch habe ich ein Kind, um das ich mich kümmern kann", widersprach ich, ließ die Hände sinken und wies mit dem Kopf Richtung Tür. „Jetzt geh schon nach Hause, bevor du in meiner Küche zusammenbrichst."

Er brummte zustimmend und trat zurück.

Ich musste tief durchatmen. Allein das war schon lächerlich, denn wenn Sean Cooper zu jung für mich war, war Dreo Fiore mit seinen achtundzwanzig fast noch minderjährig. Und er schien gefährlich zu sein, außerdem war er der Vormund eines Jungen, der mir ebenfalls viel bedeutete. Es wäre also eine durch und durch dumme Idee. Mal ganz abgesehen davon, dass der Mann hetero war.

„Nate?"

Er war Italiener, und italienische Männer waren einfach viel offener, was körperliche Nähe angeht. Er merkte wahrscheinlich gar nicht, wie nah er mir war.

„*Tesoro.*"

Ich sah ihn wieder an. „Wie bitte?"

„Darauf musst du selbst eine Antwort finden." Das war das zweite Lächeln des Abends. Dieses Mal war ein amüsiertes Lächeln. „Ich gehe jetzt. Und nochmal… Vielen Dank."

„Hey, denk daran, dass er und ich morgen in die Oper gehen. Wir nehmen Danielle mit."

„Wen?"

„Das Mädchen, von dem ich verhindere, dass er sie schwängert."

„Findest du das lustig?", fragte er mit gerunzelter Stirn.

Ich lächelte und nickte.

Er brummte angewidert, was mich nur noch breiter lächeln ließ.

Der finstere Blick, der darauf folgte, war sogar noch besser. Er war wirklich nett anzuschauen.

„Wann wollt ihr euch auf den Weg machen?"

Ich mochte seine ausgeprägte Kinnlinie, wie breit seine Schultern waren und sein pechschwarzes Haar.

„Nate?"

„Tut mir leid. Die Vorstellung fängt um acht an, also müssen wir um sechs los, wenn wir vorher noch etwas essen wollen."

„Du, Michael und Danielle."

„Genau."

„Wo hast du die dritte Karte her?"

Ich zuckte mit den Achseln. „Ich hatte sie für dich besorgt, weil ich dachte, du wolltest vielleicht mitkommen, aber dann habe ich mir überlegt, dass es dir unangenehm sein könnte, mit mir auszugehen, also-"

„Ich weiß, dass du schwul bist, Nate."

„Ja, ich weiß, dass du das weißt", sagte ich. „Aber dennoch. Hier zu Hause offen damit umzugehen oder in der Öffentlichkeit, das ist ein großer Unterschied."

„Da hast du Recht."

„Aber da Danielle mitkommt, ist ja alles geklärt."

Er nickte. „Du hast also am Donnerstag ein Date?"

Ich lachte. „Ja, du hast also gehört, wie ich es Sal erzählt habe?"

„Mit wem?"

„Mit dem Arzt, den du gestern Abend kennengelernt hast. Wir wollten eigentlich heute Abend ausgehen, aber-"

„Du musstest stattdessen meine Rolle übernehmen."

„Ich musste für Michael da sein", verbesserte ich ihn.

Er nickte. „Okay. Danke für das Abendessen, den Wein und die Gesellschaft."

„Jederzeit."

Er ging hinüber zu Michael, der ganz aufs Texten mit seinem Handy, das Eishockeyspiel und seine Hausaufgaben konzentriert war. Dreo beugte sich nach vorne, legte eine Hand auf die Schulter seines Neffen, sagte etwas zu ihm und küsste ihn dann auf die Wange. Italienische Männer - man musste sie einfach lieben.

Ich genoss es, dem Mann beim Gehen zuzusehen, seine fließenden Bewegungen, wie sich seine Muskeln unter seinem Hemd anspannten und dabei den Stoff über den breiten Schultern und den muskulösen Oberarmen dehnten, die offensichtliche Kraft in seiner Gestalt, in jeder seiner Bewegungen. Die Hosen, die seine starken Schenkel, seine Beine, seinen Hintern umschlossen, jede Kurve festhielten. Für einen Moment fiel mir das Atmen schwer, und als er sich umdrehte und mich ansah, setzte ich schnell ein Lächeln auf.

„*Alla prossima.*"

„Gleichfalls." Ich kicherte, denn ich hatte keine Ahnung, was er gesagt hatte.

Schließlich ging er und schloss die Tür vorsichtig hinter sich. Ich ging zurück zum Esstisch, wo immer noch sein Teller stand.

Einen Moment später war Michael auch da. Er nahm den Teller und stellte ihn ins Spülbecken.

„Ist schon in Ordnung, das kann ich machen."

„Der Mann ist ein Schwein." Er schüttelte lächelnd den Kopf. „Er denkt wahrscheinlich, weil du hier wohnst, solltest du auch den Abwasch machen."

„Das muss ich ja auch."

„Er hätte es machen sollen, aber er ist einfach daran gewöhnt, dass ich das mache."

„Das ist nett, hm?"

„Für ihn, ja", grummelte er. „Aber mich nervt es total, von uns beiden sollte ich der Unordentliche sein, nicht er."

Ich kicherte, als er mit dem Abwasch begann.

Er knurrte.

„Vielen Dank."

„Kann ich ein Glas Wein haben?", fragte er und sah über die Schulter zu mir.

„Du kannst eine Pepsi haben."

Er gab einen genervten Laut von sich, und ich lächelte, als ich meine E-Mails abrief.

„Hey."

Ich drehte mich zu ihm um.

„*Allaprossima* heißt so viel wie ‚Wir sehen uns' oder ‚Bis später'."

„Oh. Auf Italienisch klingt es besser."

„Alles hört sich auf Italienisch besser an."

Da konnte ich ihm kaum widersprechen.

5

MICHAEL SAH ihn zuerst. Es gab also keine Möglichkeit, ihn zu ignorieren oder so zu tun, als hätte ich ihn nicht auch gesehen.

„Was zum Teufel?", knurrte er und blieb mitten auf dem Gehweg stehen. „Ist das nicht dein Doktor?"

Sean Cooper hatte offensichtlich ein Date, warum sollte er sonst in dem Restaurant sein. Das hatte nichts mit mir zu tun, das wusste ich. Der Sechzehnjährige neben mir und sein Date aber nicht. Da waren wir drei also - Michael, Danielle und ich - in einer Seitenstraße gegenüber von einem feinen Restaurant in der Nähe der Miracle Mile.

„Ihr zwei versteht das nicht", lachte ich, legte um beide einen Arm und führte sie zum Straßenrand, um ein Taxi zu erwischen.

„Nein", wehrte sich Danielle mit großen Augen. „Ich will den Kerl sehen, mit dem er ein Date hat am Abend, bevor er ein Date mit dir hat!"

„Ich verpasse ihm eine", versicherte Michael mir.

„Ja", stimmte Danielle ihm zu. „Verpass ihm eine."

Ihre schiere Empörung war zauberhaft. Ich begann zu lachen. „Kinder, das hier ist nicht die High School." Ich konnte nicht aufhören zu kichern. „Im richtigen Leben gehen Leute nicht nur mit einer Person aus. Sie gehen mit mehreren aus und entscheiden dann, mit wem sie sich etwas Ernstes vorstellen können."

Zwei Paar Augen starrten mich an, als wäre ich verrückt.

„Im richtigen Leben ist man nicht gleich fest mit jemandem zusammen."

„Wer ist hier fest zusammen?" Danielle schaute mich an. „Die meisten meiner Freunde machen nur miteinander rum."

„Das will ich gar nicht hören", sagte ich zu ihr.

„Also bitte", fuhr sie mich an. „Wir sind nicht mehr in den Fünfzigern, Professor."

„Woher willst du wissen, wie-"

„Ich schaue Fernsehen."

Natürlich tat sie das. „Wir müssen jetzt los, oder wir haben keine Zeit mehr für den Nach..."

„Sollte er nicht wenigstens abwarten, ob es mit euch etwas wird, bevor er mit dem nächsten ausgeht?"

„So läuft das aber nicht."

„Das sollte es aber", sagte sie zu mir.

„Das hier ist kein Disney Film", meinte Michael.

Sie verpasste ihm einen harten Schlag. „Ich weiß, wie das bei schwulen Männern läuft. Meine Tante Susan hat Queer as Folk auf DVD."

Ich musste einfach lachen. Sie war empört, er schaute finster drein, und sie waren beide einfach nur süß. Sie ergänzten sich ziemlich gut.

„Leute, wir gehen morgen aus, nicht heute", wiederholte ich noch einmal. „Was er heute Abend macht, hat nichts mit mir zu tun. Also los jetzt."

„Ich will nur mal gucken", drängelte Michael und stürzte in seinem Anzug mit Krawatte und Kaschmirmantel über die Straße.

„Klasse", freute Danielle sich, ergriff meine Hand und zog mich Richtung Bordstein. „Komm schon, Professor, jetzt müssen wir ihm nachgehen."

„Ihr zwei müsst ins Bett."

Sie drehte sich um und sah mich mit ihren schwarz umrandeten Augen groß an.

„Nicht zusammen, Dummerchen." Ich verdrehte die Augen. „Du musst nach Hause und ins Bett. Morgen ist Schule."

„Professor, ich bin bis Mitternacht auf und an den Wochenenden bis zwei oder drei. Ich weiß nicht, wie du darauf kommst, dass Teenager um zehn ins Bett gehen, aber ich sage dir, das ist nur im Fernsehen so, weißt du?"

Ich seufzte tief.

„Oh, er kommt zurück." Sie quietschte geradezu.

„Und?", fragte sie, ganz in ihrem Element.

„Und" - er schielte zu mir - „ich glaube nicht, dass ich diesen Doktor mag, Nate."

„Warum?"

„Er hat da irgendeinen Typen geküsst."

„Das liegt daran, dass die beiden ein Date haben", versicherte ich ihm.

„Da sind viele Leute dabei. Ich glaube, es ist eine Feier."

„Also-"

„Nate!"

Wir drehten uns um, und dort, auf der anderen Straßenseite, stand Sean Cooper am Bordstein. Er schaute nach links und rechts, bevor er über die Straße eilte und zu uns kam.

„Oh, hey", grüßte ich ihn. „Es tut mir leid, ich kann das erkl-"

„Ich dachte, ihr geht in die Oper."

„Da waren wir auch", sagte ich. „Die Vorstellung ist schon zu Ende. Ich habe die beiden auf einen Nachtisch hergebracht, und dann machen wir uns auf dem Weg nach Hause."

Er nickte und lächelte, und ich hörte Danielle seufzen. Verständlich - der Mann war wirklich schön anzusehen.

„Also, ich habe deinen Spion gesehen und wusste, dass du irgendwo in der Nähe sein musst." Er lächelte und zog mich am Ellenbogen von den Kindern weg. „Nur einen Moment, Leute, okay?"

Ich sah in sein Gesicht, sein perfektes Profil, seine Lippen, die wie gemeißelt schienen. Der Mann war einfach hinreißend.

51

„Also, was du gestern Abend zu mir gesagt hast, dass du nicht nur mir Glück wünschst, sondern auch meiner Patientin… das hat mich nachdenklich gemacht", erzählte er, trat um mich herum und blickte mir in die Augen. „Denn ich habe nur an mich gedacht und was ich wollte, aber nicht, was diese Operation für das Mädchen und seine Familie bedeutet. Dafür wollte ich mich bedanken."

„Oh, also, ich… das wäre nicht nötig gewesen."

„Ich weiß, aber es war mir wichtig, und ich wollte dir das wirklich persönlich sagen. Wir feiern gerade, und ich wollte dich eigentlich einladen, aber du hattest gesagt, dass du schon etwas vorhast und-"

„Es ist alles in Ordnung." Ich lächelte und nickte. „Du hast das Recht auf ein Date, besonders, wenn es etwas zu feiern gibt. Ich wollte nicht stören."

Seine Augen wanderten über mein Gesicht, bevor er nach meinem Trenchcoat griff. „Gehst du jetzt nach Hause?"

„Nachdem wir einen Nachtisch gegessen haben, wie ich bereits sagte."

„Kann ich mitkommen?"

„Du feierst mit deinen Freunden", erinnerte ich ihn. „Und hast du nicht eine Begleitung?"

„Das habe ich", gab er zu und seine Hand hielt meinen Ärmel noch fester. „Aber ich wollte heute wirklich lieber mit dir ausgehen, und ich fürchte, sowohl meine Freunde als auch mein Date sind nur ein schwacher Ersatz."

„Das ist sehr schmeichelhaft." Aber auch ein wenig beunruhigend. Die Vorstellung, dass er einfach so jemanden sitzen lassen und seine Freunde allein lassen würde, hinterließ keinen besonders guten Eindruck. Und ja, hin und wieder versetzte jeder einmal seine Freunde für ein Date, aber das passierte normalerweise vorher und nicht, wenn man schon mit einem heißen Typen und seinen Freunden unterwegs war.

„Ich wollte dich ja fragen, ob wir uns nach der Oper sehen können, aber ich dachte, du findest das vielleicht seltsam oder-"

„Seien wir ehrlich, Sean. Es wäre nicht seltsam gewesen, wenn du vorher nicht ein Date gehabt hättest."

„Ja, aber das Date spielt keine Rolle." Er ließ meinen Einwand nicht gelten.

Vielleicht dachte ich zu viel nach, das kam manchmal vor.

Er atmete tief durch. „Okay, wie wäre das? Ich könnte mich von meinem Date und meinen Freunden verabschieden, eine Flasche Wein besorgen und in einer Stunde bei dir sein. Dann setzen wir uns zusammen, und ich erzähle dir alles von dem Kind, das ich gerettet habe. Dann kannst du mich anhimmeln wie einen Gott und wir können auf deiner Couch rummachen. Wie wäre das?"

„Und was würden wir morgen machen?", neckte ich ihn, denn was er vorschlug würde nie im Leben passieren. Ich würde bestimmt nicht der Grund dafür sein, dass jemand anders sitzen gelassen wurde, denn das war mir in der Vergangenheit selbst oft genug passiert. Einmal hatte ich einem Typen lachend erzählt, dass ich beim ersten Date keinen Sex haben wollte. Da war er einfach aufgestanden und hatte mich im Restaurant sitzen gelassen. Und das, obwohl er gefahren war.

„Morgen lade ich dich zum Essen ein. Dann nehme ich dich mit zu mir nach Hause, wo wir noch eine Weile rummachen, und dann kannst du mich vielleicht in meinem Bett um den Verstand ficken."

„Vielleicht kannst du auch mich um den Verstand ficken", entgegnete ich, ein Wink mit dem Zaunpfahl, denn obwohl ich für beides zu haben war, genoss ich es mehr, passiv zu sein. Genoss es am meisten. Immer. Ich konnte auch den aktiven Part übernehmen, obwohl ich es definitiv nicht bevorzugte.

Er schnaubte. „Ich habe da dieses Kopfteil an meinem Bett...", er schluckte schwer, „...an dem ich mich wirklich, wirklich gerne festkrallen möchte, wenn du meinen Arsch ausfüllst."

„Darüber hast du schon nachgedacht, was?"

„Seit ich dich neulich im Laden gesehen habe." Er nickte und sein Blick umwölkte sich. „Ja."

Ich sah ihn an, und alles, was ich sah, waren Hitze und Verlangen und eine erzwungene Ruhe, als ob er bereit wäre, mich zu packen, sich aber zurückhielt. „Ich denke, du solltest hier bleiben und den Abend genießen und mich dann morgen pünktlich abholen."

Er gab einen wimmernden Laut von sich. „Ich will das wirklich nicht machen. Und nur damit du es weißt, das Date zählt überhaupt nicht. Nur die Feier und meine Freunde."

„Aber du wirst ihn trotzdem mit nach Hause nehmen", stellte ich wissend fest.

„Wenn du mir sagst, dass ich stattdessen später zu dir kommen kann, damit wir uns unterhalten, nur Zeit miteinander verbringen... dann mache ich es nicht."

Er würde eine Gelegenheit für Sex auslassen, um mit mir auf meiner Couch zu sitzen. Das war nett, aber auch irgendwie beunruhigend. Schon wieder. Wenn ich an jemandem interessiert war, würde mir kein anderer genügen, bis ich mit meinem Schwarm alle Möglichkeiten ausgeschöpft hatte. Offensichtlich war er nicht so wählerisch wie ich, und ich war mir nicht sicher, was ich davon halten sollte.

„Nate?"

Aber vielleicht urteilte ich zu schnell, und dies war wahrscheinlich der Grund, warum ich seit einer Weile keinen Sex gehabt hatte. Nach Duncan hatte es ein Paar Kerle gegeben, von denen ich Melissa nichts erzählt hatte, ein paar One-Night-Stands, auf die ich nicht stolz war. Aber im Großen und Ganzen hatten meine Freunde Recht. Ich war viel zu ernst, wenn es um Dates und potentielle Partner ging. Ich redete zu viel, ich war zu neugierig - ich wollte meine Zeit nicht verschwenden, wenn ich mir keine gemeinsame Zukunft vorstellen konnte. Ich wollte nicht nur belanglosen Sex haben. Ich wollte einen Mann finden, der mir etwas bedeutete, der ein Teil meines Lebens sein wollte. Ich wollte eine feste, monogame Beziehung, aber niemand schien eine mit mir zu wollen. Meine Freunde meinten, ich solle das alles lockerer sehen und einfach bei Dates Spaß haben, aber wenn das einfach nur Sex bedeutete... Wie immer stand ich ganz am Anfang.

„Nate?" Dieses Mal etwas leiser.

„Tut mir leid." Ich schüttelte den Kopf. „Du solltest zurückgehen."

„Ich würde lieber - Gott, hast du überhaupt eine Ahnung, wie heiß du bist oder nimmst du das nicht wahr?"

Aber das war ich nicht. Ich war Durchschnitt, und das Kompliment war unangebracht, genau wie der Zeitpunkt, zu dem er es gesagt hatte. Es fühlte sich an, als wolle er etwas gutmachen, weil er sich ertappt fühlte. Und das war nicht nötig. Ich gefiel ihm, weil er mich kannte, und das war alles. „Man kann sich an mich gewöhnen."

„Meine Güte, Nate, du hast keine Ahnung, wovon du redest, obwohl du so schlau bist."

Aber das hatte ich. Ich war kein GQ Model. Ich war der Typ von nebenan, der beliebte Englischprofessor, dem man bei Starbucks zuwinkte und den man seiner frisch geschiedenen Mutter vorgestellt hätte, wenn ich hetero gewesen wäre. „Dann also morgen?"

„Scheint so", brummte er.

„Ich freue mich schon."

„Das hoffe ich", sagte er leise, lehnte sich mir entgegen, hielt sich aber zurück. Schließlich waren Teenager anwesend. „Wir sehen uns um sieben."

„Um sieben", bestätigte ich.

Er ging ohne ein weiteres Wort, und als ich mich zu Michael und Danielle umdrehte, machte sie ein erstauntes Gesicht und biss sich auf die Unterlippe, und Michael sah aus, als würde er am liebsten die Flucht ergreifen.

„Also?"

„Ooh", gurrte sie. „Er wollte dich unbedingt küssen, als er sich dir entgegen gelehnt hat."

MICHAEL WÜRGTE.

Ich ging mit ihnen zu einem tollen Laden, in dem es selbstgemachtes Baklava, Tiramisu, Crème Brûlée und viele andere Desserts gab. Ich hatte Brotpudding und einen Kaffee und sah zu, wie die Kinder sich ein Erdbeertörtchen teilten. Als Michael Danielle fütterte, würgte ich.

„Nate!", quietschte sie und gab mir einen Klaps auf den Arm.

Michael kicherte wissend, weil er wusste, dass ich das mit Absicht getan hatte. „Mädchen sind eklig, stimmt`s?"

„Das stimmt." Ich erschauerte. „Mädchenzeugs."

Danielle gab sich schockiert, während ich an meinem Getreidekaffee nippte. Ich mochte den Geschmack, im Gegensatz zu vielen anderen Leuten.

54

Als wir zu meinem Auto zurückgingen, hakte Danielle sich bei mir und Michael unter.

„Ich habe vielleicht ein Glück." Sie seufzte. „Ich werde von zwei tollen Männern ausgeführt."

„Er ist zu alt für dich", murmelte Michael, aber ich konnte hören, dass er glücklich war.

„Und zu schwul", stimmte sie ihm zu und verstärkte ihren Griff. „Aber das heißt nicht, dass es nicht schön ist, mit euch beiden spazieren zu gehen."

Ich tätschelte ihre Hand. „Du solltest aber deinem Vater unbedingt erzählen, dass Michael sich wie ein Gentleman verhalten hat. Sonst lässt er dich nicht mit ihm zum Winterball gehen."

Sie holte scharf Luft und drehte sich zu ihm um. „Du willst mit mir zum Winterball gehen?"

„Ich - ich würde schon", stammelte er, fing sich aber innerhalb von Sekunden. „Wenn du willst", schloss er mit einem Achselzucken, als ob es so oder so keine große Sache wäre. Als ob er nicht vollkommen deprimiert wäre, wenn sie nein sagen würde.

„Ich würde mich freuen." Sie seufzte und ließ mich los, um sich mit beiden Armen an ihm festzuhalten.

Sie waren zusammen einfach bezaubernd. Wirklich, sie hätten für Postkarten für Jungverliebte posieren können. Ich fühlte mich wie Amor.

Sie saßen hinten in meinem Honda Accord, und als wir vor Danielles Zuhause anhielten, lehnte sie sich vor und gab mir einen Kuss auf die Wange, bevor sie ausstieg. Michael folgte ihr auf dem Fuße und klopfte mir auf die Schulter, als auch er ausstieg.

„Fahrer, warten Sie auf mich", musste er einfach noch hinzufügen.

„Du kannst dir deinen Fahrer sonstwo-"

„Ruhe, oder es gibt kein Trinkgeld."

Ich knurrte, als er ausstieg und die Tür zuschlug, um hinter dem Mädchen her zur Veranda zu stürzen. Man konnte sie reden hören, dann ging das Licht an. Er wollte ihr einen schnellen Kuss geben, aber sie packte ihn am Mantel und küsste ihn, als gäbe es kein Morgen.

Und so fand sie ihr Vater. Auf der Veranda mit verschmolzenen Lippen. Ich war belustigt, Mr. Tulia war belustigt, Danielle schwebte auf Wolke Sieben und Michael war zu Tode erschrocken. Als er wieder ins Auto einstieg, und sich diesmal auf den Beifahrersitz setzte, fragte ich ihn, ob er sein Leben an seinem inneren Auge hatte vorbeiziehen sehen.

„Das habe ich wirklich"

Ich kicherte. „Hey, wo bleibt mein Dankeschön?"

„Du hast Recht." Er drehte sich um, und strahlte mich an. „Verdammt, Nate, du bist wirklich brillant. Ich gehe mit Danielle Tulia zum Winterball. Wie kann ich das je wieder gutmachen?"

„Ich will sehen, was du für Mrs. Chang über La Bohème schreibst."

„Oh Mist, stimmt ja."

Es war lustig anzuhören, wie er sich den ganzen Heimweg über beschwerte.

Wir verabschiedeten uns an der Tür, und in meinem Appartement stellte ich fest, dass ich müder war, als mir bewusst gewesen war. Ich wollte nur den Anzug ausziehen und ins Bett fallen, aber da war immer noch Ashtons Buch, das zu lesen ich versprochen hatte, und es war schon Mittwoch. Ich hatte es ihm für Samstag versprochen, und ich wollte den schnippischen Mann nicht enttäuschen. Und ein Buch über Keats war genau das Richtige für mich.

Als ich es mir im Bett mit einer Tasse Oolong Tee und meinem Laptop gemütlich gemacht hatte, trommelte es plötzlich an der Tür. Ich schlurfte in den dicken Wollsocken, die meine Schwester für mich gestrickt hatte, und einem langärmeligen T-Shirt über den Holzfußboden, um die Tür zu öffnen. Da stand ein ängstlich aussehender Michael, und ich streckte, ohne nachzudenken, die Hand nach ihm aus.

Er machte einen Schritt zurück. „Nein, du musst mitkommen und nach Dreo sehen."

Ich schloss meine Tür und folgte ihm. Ich fühlte mich nur mit Socken auf dem gefliesten Fußboden im Flur wie ein kleines Kind. In der Wohnung war es dunkel, und Dreo stand neben dem Kamin, mit der Hand am Kaminsims, reglos wie eine Statue.

Ich drehte mich zu Michael um. „Ich habe eine Kanne Tee gemacht. Geh rüber zu mir und hol eine Tasse für Dreo."

Er schaute von seinem Onkel zu mir und wieder zurück, bevor er ging. Ich schaltete gedimmtes Licht an und ging zu ihm.

„Was ist passiert?"

Sein Kopf drehte sich zu mir, und seine Augen, die sonst so lebendig wirkten, schienen tot.

„Sag´s mir."

Als er sich umdrehte, verstand ich. Er trug eine Art orangenen Overall unter seinem Trenchcoat, aber das war es nicht. Es war das Blut - in seinem Haar, kleine Spritzer auf seinem Gesicht, auf seinem Hals - das mir sagte, dass etwas Schreckliches passiert sein musste.

„Dreo."

Er zitterte leicht. „Diesen Nachmittag sind Männer in den Club gekommen. Ich war die ganze Zeit bei den Cops. Nur ich und Tony und Sal... und Joey... niemand sonst hat es geschafft."

Also waren seine Freunde, die ich gerade erst kennengelernt hatte, alle tot, außer Sal...? „Mr. Romelli?"

„Tot. Sie sind alle tot."

„Und sie haben deine Kleidung behalten, deinen Anzug..." Ich sah die schwarzen, seltsam slipperartigen Schuhe an seinen Füßen. „...Deine Schuhe."

„Um das Blut zu vergleichen und meine Schuhabdrücke, und sie haben einen Test mit meinen Händen gemacht, um nach Spuren von Schießpulver zu suchen, aber natürlich sind da Rückstände, ich habe ja zurückgeschossen. Ich musste ihnen auch meine Waffe geben."

Er redete und redete, weil er einen Schock hatte, und das wahrscheinlich schon den ganzen Tag, aber niemand hatte sich um ihn gekümmert, weil er ja so ein riesiger, harter, gruseliger Typ war.

„Ich bin echt ein beschissener Bodyguard,

wie man sieht." Er lachte, aber es hörte sich falsch an, zu hoch, verstört und gebrochen.

„Dreo-"

„Ich hätte aufstehen sollen und - hat man noch einen Job, wenn der Arbeitgeber mit einer Schrotflinte weggepustet wurde?"

„Dreo-"

„Nicht, dass es mir um meinen Job geht, nicht mehr. Wirklich nicht, ich meine, ich wollte sowieso aussteigen… das wusste er, Mr. Romelli, weil ich es ihm gesagt habe, aber trotzdem... was hätte ich tun sollen?"

„Okay." Ich atmete tief durch. „Wir machen Folgendes. Zuerst holen wir dich aus diesen Sachen raus und entsorgen sie, und dann schaffen wir dich in die Dusche."

Er zitterte stärker. „Ich hätte nichts tun können. Es ging alles so schnell."

„Wann ist die Beerdigung?"

„Am Samstag", antwortete er. Ich bewegte mich nicht, sagte nichts, ließ nur zu, dass er die Hand an mein Gesicht legte und durch mein Haar fuhr. „Du musst mit mir und Michael mitkommen und mit uns am Grab stehen."

Der Grund dafür spielte keine Rolle. Er wollte mich dabei haben, und ich würde da sein. „Natürlich", versicherte ich ihm, als seine starke, langfingrige Hand meinen Kopf vorsichtig hielt.

„Nate", brachte er heraus. Seine Stimmte war brüchig und voller Schmerz.

„Das kommt wieder in Ordnung", sagte ich und lächelte ihn an. „Darf ich - ist das okay?"

„Ich bin widerlich, ich habe Blut in den Haaren und-"

„Ich denke, du brauchst das."

Seine Augen schlossen sich, und das fasste ich als ein Ja auf. Ich trat näher an ihn heran und schlang meine Arme unter dem Trenchcoat über den hässlichen orangenen Polyester-Overall. Ich fühlte, wie er erschauerte, wie er sich an mich lehnte und dann beide Arme fest um mich schloss, und er schien zum ersten Mal zu atmen, seit ich die Wohnung betreten hatte.

Er roch nach Schweiß und Moschus und Wolle - das kam von seinem Mantel - und ein wenig nach Regen. Ich hörte, dass Michael zurückgekommen war, und ich sagte zu ihm, er solle die Heizung hochdrehen, denn das verdammte Appartement war eiskalt.

„In deinem ist es angenehm", warf er ein und ließ die Worte in der Luft hängen, als er auf eine Reaktion von mir wartete.

Ich wusste, was er wollte.

„Warum nimmst du nicht eine lange heiße Dusche", schlug ich an Dreos Hals vor, „und dann kommt ihr beide rüber zu mir? Michael, bring deinen Laptop mit. Wir können zusammen am Esstisch arbeiten, und Dreo kann sich ausruhen."

Er wollte mich loslassen, aber ich war keine der Tussis, die er sonst umarmte. Der Mann war nur gut sieben Zentimeter größer als ich. Zwar muskulöser, aber nicht muskulös genug, um mich zu irgendetwas zu zwingen. Und ich wollte ihn nicht loslassen. Es fühlte sich richtig an, ihn zu umarmen. Ich wollte nicht darüber nachdenken, warum dem so war, denn im Moment war es wichtiger, dass er es nötig hatte, umarmt zu werden. Er stand kurz vor dem Zusammenbruch, und der starke Halt, den ich ihm bot, war wichtig für ihn.

„Hör zu." Ich drückte ihn fester und sprach in die Kuhle an seinem Hals. „Tu, was ich sage, okay? Nimm eine Dusche, und dann komm mit Michael zu mir."

Ich ließ es zu, als er sich zurückzog. Ihm rannen Tränen aus den geschlossenen Augen, und als ich sie wegwischte, lehnte er sich in meine Hand.

Es erforderte meine gesamte Willenskraft, ihn nicht einfach an mich zu reißen. Sein Bedürfnis nach Trost weckte in mir das Verlangen, ihn nackt in meinem Bett zu haben. Mit mir Sex zu haben, würde ihn daran erinnern, dass er lebendig war. Sex übertrumpfte Tod - ich sehnte mich danach, ihm zu zeigen, dass er noch am Leben war.

„Bitte sagt mir, was das zu bedeuten hat." Michaels Stimme war brüchig.

Ich drehte mich zu ihm um. „Mr. Romelli und die Freunde deines Onkels wurden heute Nacht umgebracht... auch dein Onkel wurde fast getötet. Die Beerdigung ist am Samstag, und wir gehen alle zusammen hin, in Ordnung?"

Er nickte und verarbeitete die Informationen. Offensichtlich war er mehr als alles andere um Dreo besorgt.

„Also, ich muss noch lesen, du musst etwas schreiben. Das können wir zusammen machen, okay?"

Er nickte, bevor er aus dem Zimmer ging. „Ich muss mich umziehen. Ich bin gleich zurück."

„Nate."

Ich drehte mich zu Dreo. Seine dunklen, feuchten Augen waren auf mich fixiert, als er eine Hand auf meine Brust legte.

„Du bist nicht unser Babysitter."

„Das bin ich doch." Ich lächelte. „Das steht so im Freundekodex."

Seine Hand packte mein T-Shirt. „Michael ist dein Freund, nicht ich."

„Wirklich? Bist du sicher?"

Er nahm einen zittrigen Atemzug, und ich beobachtete das Gesicht des Mannes, seine perfekten Gesichtszüge, seinen üppigen Mund, seine lange, gerade Nase und sein kantiges Kinn. Seine harten Konturen, zusammen mit seinen dunklen

Augen, seinen dichten, schwarzen Brauen und den langen Wimpern, ließen ihn düster erscheinen. Einmal hatte ich gesehen, wie seine Augen strahlten, und in diesem Moment erkannte ich, dass ich sie immer so sehen wollte.

„Hast du etwas gegessen?"

Sein Lachen war hart, hoch und ein wenig überdreht „Fuck, du erinnerst mich an ihn, an Mr. Romelli. Er wollte auch immer, dass wir etwas essen."

Ich umschloss seine Hand, die sich immer noch in mein T-Shirt krallte, mit meiner eigenen, und langsam löste er seinen Griff und ließ die Hand sinken. Als Michael wieder zurückkam, verließ Dreo wortlos den Raum.

„Bring ihn mit, lass ihn hier nicht allein."

„Das werde ich nicht", versprach Michael.

„Ich mache noch Tee", bot ich an.

„Mach Kamillentee." Michael verzog das Gesicht. „Dieser Oolong-Mist stinkt nach verschwitzten Socken."

„Okay", sagte ich und fuhr ihm über die Haare als ich an ihm vorbei ging. Zu meiner Überraschung hielt er meine Hand fest und mich so auf.

„Was ist los?"

„Es ist nur - du tust so viel für mich, Nate, und du sollst wissen, dass mir das viel bedeutet, weißt du? Ich meine, das weißt du doch, oder?"

„Natürlich."

„Wir kennen uns seit ich zwölf war, und du bist genauso wichtig für mich wie Dreo. Du bist für mich da, und das bedeutet mir viel. Was du so machst, zum Beispiel als du heute Abend mit diesem Kerl geredet hast... es ist mir egal. Ich wollte dich nur ärgern."

„Das weiß ich", sagte ich und sah ihn an.

Es klang seltsam für einen Sechzehnjährigen, aber als ich ihm die Arme entgegen hielt, war er da und füllte sie aus. Er warf sich so fest gegen mich, dass es beinahe schmerzhaft war. Ich legte seinen Kopf an meine Schulter, beruhigte ihn, streichelte ihn vorsichtig.

„Es ist mir egal, mit wem du schläfst."

Seltsam, dass er das sagte. „Ich weiß."

„Ich hasse Beerdigungen."

„Ich auch", gab ich zu. „Aber das wird schon."

Er nickte an meiner Schulter und ließ mich los, denn er hatte gesagt, was er hatte sagen wollen. Ich verließ schnell das Appartement und ging über den Flur zu meinem Loft

Dort war es kühl geworden, denn es war Mitte November. Da war es draußen kalt und kühlte auch im Haus schnell ab. Ich hatte ein Feuer entfacht, und die Flammen begannen gerade, sich über das Holz auszubreiten, als es fünfzehn Minuten später an der Tür klopfte. Das Licht war gedimmt, es lief leise Musik von John Coltrane, und ich hatte Kamillentee für Michael gemacht.

Der jüngere Fiore trug Jogginghosen, Socken und ein verwaschenes T-Shirt mit einer Sweatjacke darüber. Dreo hatte das gleiche an, außer dass er eine schwere Strickjacke mit Reißverschluss über seinem T-Shirt trug, das eng an seiner definierten Brust anlag und seine Brustmuskeln und seinen Waschbrettbauch deutlich zeigte. Selbstverständlich bestand der Mann aus harten Muskeln. Das war nur logisch, schließlich war der Rest von ihm auch perfekt. Auch wenn mir das vor vorgestern noch nie aufgefallen war. Und jetzt trauerte er, da war es schäbig, an irgendetwas anderes zu denken, als für ihn da zu sein.

Sie gingen an mir vorbei, blieben dann aber jäh stehen und warteten auf mich.

„Was ist denn?" brummte ich Michael an. „Leg seine Sachen ab, mach deinen Laptop an, und dann fangen wir an."

Er gab einen unverbindlichen Ton von sich und ging weiter, wodurch ich mit Dreo allein an der Tür zurückblieb.

„Kann ich dir etwas bringen? Hast du Hunger? Durst?"

Er schüttelte den Kopf.

„Na komm."

Er folgte mir, und ich führte ihn durch den kurzen Flur - an meinem Büro vorbei, dem Gästebad, meinem Schlafzimmer - zum Gästezimmer. Der Raum war in warmen Farben gehalten, Mahagoni und Dunkelrot.

„Leg dich hin." Ich deutete auf das Bett. „Ruf mich, wenn du etwas brauchst."

Er schüttelte den Kopf. „Ich kann nicht - ich gehe besser in mein eigenes Bett."

„Dreo-"

„Das war dumm", murmelte er zu sich selbst, drehte sich um und eilte durch den Flur.

Ich holte ihn ein, als er an meinem Schlafzimmer vorbeikam, ergriff seinen Arm und schubste ihn durch die Tür. Er fing sich schnell, drehte sich wütend zu mir um und funkelte mich an, während ich das Licht einschaltete.

Mein Zimmer, mit den cremefarbenen Wänden mit braunen und waldgrünen Akzenten, dem Holzbett, dem Schrank, dem Ohrensessel und der Ottomane und dem dunkelbraunen Flokatiteppich, war wahrscheinlich der einladendste Raum in meiner Wohnung. Das Bett war aufgeschlagen, da ich ja schon darin gelegen hatte, aber ich wusste sofort, dass ich mich nicht wieder hineinlegen würde.

„Geh ins Bett", befahl ich ihm.

Er blickte mich finster an.

„Jetzt."

Er seufzte schwer, und ich konnte sehen, dass er nachgab.

Der Mann war müde, ausgezehrt und erschöpft bis auf die Knochen. Er zog seine Strickjacke aus, ließ sie auf den Boden fallen, stolperte zu meinem Bett und kroch hinein. Er sackte zusammen, und seine Augen fielen sofort zu, als sein Kopf das Kissen berührte, mein Kissen, unter das er einen Arm schob und es an sich zog. Ich hörte, wie er tief einatmete und dann nichts mehr. Weder ein Geräusch noch eine Bewegung.

Ich hob seine Jacke auf, legte sie ans Fußende des Bettes und schaltete dann das Licht aus, aber ich ließ die Tür offen, damit er Michael und mich hören konnte, falls er aufwachte. Als ich wieder in die Küche kam, machte Michael gerade Tee.

„Und?"

„Er ist in meinem Bett praktisch ohnmächtig geworden."

„Also schläfst du im Gästezimmer?"

„Ich schlafe auf der Couch, du schläfst im Gästezimmer."

„Das ist nicht fair. Du solltest in einem Bett schlafen."

„Ich mag meine Couch", versicherte ich ihm. „Ich hab sie extra zum Schlafen ausgesucht, da Jared oft einen Freund vom College mitbringt, wenn er nach Hause kommt."

„Kommt er dieses Jahr?"

„Nein." Ich seufzte. „Dieses Jahr fährt er mit seiner Freundin zu ihren Eltern nach Connecticut."

„Das tut mir leid", sagte er, dann schien er eine Idee zu haben. „Du kannst rüber kommen und Weihnachten mit uns feiern."

„Wir werden sehen", sagte ich zu ihm, da ich bereits Einladungen von Melissa und Ben, Kollegen von der Arbeit, meiner Schwester Becky und meiner Schwester Rachel hatte. Und nicht zu vergessen, dass wir alle Weihnachten bei meinen Eltern in Phoenix verbringen sollten. Meine Schwester Rachel hatte gesagt, „Nur über meine Leiche", denn sie wollte, dass wir alle zu ihr nach Denver kamen. Becky und ich hatten sie beide ausgelacht, als meine Mutter ihr erstklassige Schuldgefühle gemacht und sie sofort nachgegeben hatte.

„Hast du so ein Theater-Ding?" fragte Michael mich.

„Das nennt man Theaterprogramm, und ja, ich habe eins. Willst du es dir ansehen?"

„Ja."

Ich deutete zu dem Tisch neben der Eingangstür, wo ich es zusammen mit meinen Schlüsseln, meiner Geldbörse, Kleingeld und einer Quittung vom Abendessen aufbewahrte. Als ich mich an den Küchentisch setzte, kam er zu mir und stellte sein Laptop neben meinem auf. So saßen wir beide zusammen, ich las, er schrieb und beide tranken wir unseren Tee.

6

ALS ICH am nächsten Morgen aufwachte, war Dreo nicht mehr da. Ich war nicht wirklich überrascht. Allerdings überraschte mich schon, dass ich Michael schlafend auf dem Flokatiteppich vor dem Kamin vorfand. Er hatte eines der Sofakissen und war mit einer der vielen Wolldecken, die Becky für mich gehäkelt hatte, zugedeckt. Er war nicht ins Gästezimmer gegangen, er schien sich in meiner Nähe wohl zu fühlen.

Ich weckte ihn, sagte ihm, er solle seinen Laptop holen, und schickte ihn los, um sich umzuziehen und seinen Hintern in die Schule zu schaffen. Er war noch etwas verschlafen, aber wach, und bedankte sich für den Abend bei mir.

„Gern geschehen."

„Also heute Abend ist dein Date, hm?" Er wackelte mit den Augenbrauen.

Ich zeigte zur Tür.

„Machst du Frühstück?"

„Für mich selbst", stellte ich klar. „Mach's gut."

Er jammerte und beschwerte sich den ganzen Weg zur Eingangstür. Aber ich hatte gesehen, welche Lebensmittel Dreo zu Hause hatte - allein schon die verschiedenen Sorten Cornflakes waren interessant.

Ein Klopfen hielt mich vom Kaffee aufsetzen ab, und das war ärgerlich. Ich riss die Tür auf, ohne nachzusehen, wer es war, und war überrascht, dass es nicht Michael Fiore war, der davor stand.

„Nathan Qells? Dr. Nathan Qells?"

„Ja." Ich studierte die beiden Männer im Hausflur.

„Ich bin Detective Lee und das ist Detective Haddock vom Chicago Police Department. Dürfen wir bitte hereinkommen und mit Ihnen sprechen? Es geht um eine dringliche Angelegenheit."

Beide Männer zogen Polizeimarken aus den Brusttaschen ihrer Anzüge, aber ich achtete kaum darauf. Die Trenchcoats, der wichtig klingende Tonfall, den der erste Kerl angeschlagen hatte, das alles war meiner Erfahrung nach typisch für Cops. Und mit Polizisten hatte ich Erfahrung, schließlich war ich zwei Jahre mit einem zusammen gewesen. Ich trat zur Seite, damit sie eintreten konnten.

„Bei uns sind Tatortermittler. Dürfen sie auch hereinkommen?"

„Was für ein Tatort? Wo?"

„Ihre Feuertreppe."

„Was ist auf meiner Feuertreppe passiert?"

„Wir glauben, dass jemand hinuntergestürzt ist."

Aber das war unmöglich. Ich hätte doch etwas gehört. „Natürlich." Ich seufzte und bedeutete ihnen, hereinzukommen und machte Platz für einen ganzen

Tross Menschen. Schließlich schloss ich die Tür und wandte mich den beiden Detectives zu, die mich beobachteten.

„Dr. Qells, kennen Sie einen Alfred Mangino?"

„Nein", antwortete ich, bevor ich mich auf den Weg zur Küche machte. Ich brauchte Kaffee.

„Dr. Qells, wissen Sie-"

„Sie können sich setzen." Ich gähnte und rieb meine tränenden Augen. Ich hatte bis in die frühen Morgenstunden gelesen, und jetzt bezahlte ich den Preis dafür. Es war erstaunlich, wie sich die Dinge verändert hatten. Im College hatte ich bis zum Morgengrauen aufbleiben können, ein Nickerchen halten und ich war wieder fit. Ich hatte manchmal drei Tage lang überhaupt nicht schlafen müssen. „Ich brauche Kaffee."

Sie waren eine Weile still, und ich wusste, dass ich sie wahrscheinlich ärgerte, weil ich so ruhig blieb. Detectives sollten Leute nervös machen. Ich hätte alle möglichen Fragen stellen sollen, zum Beispiel warum sie hier waren, aber mein Ex war ein Cop, also war ich an dieses Gehabe gewöhnt.

„Dr. Qells, sind Sie sicher, dass sie keinen Alfred Mangino kennen?"

„Ja", wiederholte ich und schielte zu den Detectives.

Detective Lee war groß, dunkel und sehr gutaussehend, abgesehen von dem düsteren Blick, den er versuchte aufzusetzen. Das lenkte von seinem Aussehen ab. Er übte den Blick wahrscheinlich vor dem Spiegel, damit er noch furchteinflößender aussah. Ich konnte nachvollziehen, dass es für einen Detective notwendig war, ein gewisses Maß Einschüchterung auszustrahlen. Sein Partner war ein wenig älter mit einem ernsten Blick, aber da war noch mehr. Seine Augen zeigten Härte, aber sie waren auch von Lachfältchen umrahmt.

„Dr. Qells, sind Sie wach?"

Das war eine ausgezeichnete Frage. Je länger ich zu Detective Lee schaute, der versuchte, wütend auszusehen und dabei eindeutig versagte, und dann zu Detective Haddock, der aussah, als hätte er einen Kaffee nötiger als ich, desto mehr entspannte ich mich.

„Entschuldigung." Ich seufzte tief. „Ich versuche, mich zu konzentrieren."

„Ausgezeichnet", sagte Detective Lee schnell. „Also, noch einmal, kannten Sie Mr. Mangino?"

„Nein. Wer ist das?"

„Wir glauben, er ist letzte Nacht von Ihrer Feuertreppe in den Tod gestürzt."

„Das ist nicht möglich", versicherte ich ihm.

„Und wie kommen Sie darauf?"

Ich deutete mit beiden Händen nach draußen. „Ich hätte ihn gehört, wenn er auf meiner Feuertreppe gewesen wäre. Da draußen ist ziemlich wenig Platz."

„Waren Sie die ganze Nacht zu Hause?"

„Nein."

63

„Also, dann war der Platz groß genug, Dr. Qells. Es war gestern sehr windig, und wenn er eine Weile… ich meine, wenn er hinaufgeklettert ist, während Sie unterwegs waren, und leise war, bis Sie zu Bett gegangen sind, dann wäre es möglich, dass Sie ihn nicht bemerkt haben."

Da hatte er Recht.

„Sie sind gestern Abend ausgegangen?"

„Ja."

„Darf ich fragen, von wann bis wann?"

Also erzählte ich, dass ich bis nach zehn in der Oper gewesen war, anschließend noch ein Dessert gegessen hatte und dann nach Hause gekommen war. Es war sicher elf Uhr gewesen, als ich mich umgezogen hatte und vielleicht viertel nach elf, als Michael an meine Tür gehämmert hatte.

„Wir haben ihn heute Morgen im Müllcontainer gefunden."

„Wie bitte?"

„Der Mann, Mr. Mangino. Dort haben wir ihn gefunden."

„Oh." Ich hatte von Michael gesprochen und an Dreo gedacht und hatte ihnen überhaupt nicht zugehört.

„Dr. Qells?"

„Entschuldigung, sagten Sie, dass er von meiner Feuertreppe in den Müllcontainer gefallen ist?"

„Ja."

Darüber musste ich erst nachdenken. „Erstaunlich."

„Wieso das?"

„Es ist nur so… anständig." Ich zuckte mit dem Achseln. „Ich meine, er hätte an so vielen Orten landen können, richtig?"

Er sah mich an, als wäre ich verrückt.

Aber es war anständig, ganz egal, was die Detectives davon hielten.

Ich hustete. „Warum glauben Sie, dass es meine Feuertreppe war, von der er gestürzt ist?"

„Der Gerichtsmediziner hat anhand seiner Verletzungen ausgerechnet, wie tief er gefallen sein muss."

„Aber er hätte genauso gut aus dem vierten Stock gefallen sein können."

„Möglich, aber-"

„Detective Lee."

Wir drehten uns alle drei zu dem Tatortermittler um, der eine Tüte mit einer Pistole und einem aufgeschraubten Schalldämpfer in der Hand hielt.

„Okay, das beantwortet also diese Frage", sagte Detective Haddock, als ich mich zu ihm drehte. „Es sei denn, das ist Ihre Waffe, Dr. Qells."

„Nein, ist sie nicht."

Auf meiner Feuertreppe war ein Mann mit einer Waffe gewesen. Das war wirklich seltsam.

„Ist er abgerutscht?", fragte ich, denn das war alles, was mir dazu einfiel.

„Das nehmen wir an, ja."

„Was für eine beschissene Art zu sterben."

Niemand widersprach mir.

„Wie haben Sie ihn überhaupt gefunden?"

„Anscheinend hatten Mr. und Mrs. Grace Besuch von ein paar Freunden, um die Beförderung von Mrs. Grace zu feiern. Sie hatten heute Morgen so viel Müll zu entsorgen, dass er nicht in den Müllschacht gepasst hat."

„Das ist schrecklich", sagte ich und dachte daran, wie grauenhaft es sein musste, wenn man am Morgen nach einer Feier einen Toten im Müll fand.

„Sie sind beide ziemlich aufgewühlt."

Darauf würde ich wetten.

Die Tatortleute waren ziemlich gut und bestätigten ohne Zweifel, dass Alfred Mangino am Abend zuvor wirklich auf meiner Feuertreppe gewesen war. Neben der Waffe hatten sie Fußabdrücke gefunden, mehrere Zigarettenstummel, als ob er eine Weile draußen gewartet hatte, und einen teilweise verschmierten Handabdruck an meiner Fensterscheibe, der aussah, so sagten sie, als hätte er sich dort abgestützt, als er das Gleichgewicht verloren hatte.

„Wie hat er das Gleichgewicht verloren und ist über das Geländer gestürzt?"

„Da können wir nur raten, genau wie Sie, Dr. Qells. Wenn wir mehr herausfinden, lassen wir es Sie wissen", erklärte Detective Lee.

„Wir werden prüfen, auf wen die Waffe registriert ist, aber sehr wahrscheinlich wird die Spur zu Mr. Mangino führen", warf Haddock ein.

Ich nickte.

„Also, Mr. Mangino war Ihnen nicht bekannt?"

Diese Frage hatte ich jetzt schon ein oder zwei oder zehn Millionen Mal beantwortet, aber das war in Ordnung. Er war entweder sehr gründlich oder er hoffte, dass ich von meiner Geschichte abweichen würde. „Ja."

„Also, Dr. Qells, nur zu Ihrer Information, Mr. Mangino ist in unserem System gespeichert. Darum konnten wir ihn anhand der Fingerabdrücke, die er hinterlassen hat, so schnell identifizieren."

„Wer war er?"

„Mr. Mangino war ein Auftragskiller, und wir glauben, er hatte es auf Sie abgesehen."

„Wieso?"

„Wir hatten gehofft, das könnten Sie uns sagen."

„Das kann ich nicht. Ich bin nicht interessant genug, als dass mich jemand umbringen wollte. Das muss eine Verwechslung sein."

„Und dennoch war er auf Ihrer Feuertreppe."

„Hm."

„Entschuldigen Sie, wenn ich das so sage, aber Sie wirken überhaupt nicht besorgt. Sie müssten Todesangst haben."

„Ich habe noch keinen Kaffee getrunken", war meine Erklärung. „Ich bin kaum wach, und ich kann nicht genug darauf hinweisen, dass es dafür wirklich einen andere Erklärung geben muss, denn mal im Ernst", ich legte die Hand auf meine Brust, „ich bin kein Ziel für einen Killer. Mein Leben ist kein Film. Mir wurde kein Mikrofilm zugespielt, und ich habe keinen Mafiamord beobachtet oder sonst irgendetwas, was auch nur annähernd interessant genug wäre. Sie müssen nach etwas anderem außer mir suchen."

„Wer hat in diesem Saustall hier die Verantwortung?"

Ich blickte schnell auf, als sich beide Detectives erhoben, um den Mann zu begrüßen, der gerade mein Appartement betreten hatte. Ich hatte die Stimme erkannt, aber ich wartete darauf, dass er mich erkannte. Er sah gut aus, einer von Duncans besten Freunden, mit dem ich früher viel Zeit verbracht hatte. Es war traurig, dass er nicht bemerkte, dass er in meinem Appartement war, aber warum sollte er auch? Duncan und ich waren oft bei ihm und seiner Frau Lisa gewesen, aber wir hatten sie nicht ein Mal hierher eingeladen. Mein Ex und ich waren nach außen hin nur Freunde, nur Kumpel, die etwas zusammen unternahmen, nicht mehr. Und nachdem Duncan aus meinem Leben verschwunden war, hatte ich weder Jimmy noch Lisa wiedergesehen. Es war schon traurig, aber verständlich. Duncan hatte noch nicht einmal seinen Freunden die Wahrheit über seine Homosexualität anvertrauen können, auch wenn ich das Gefühl hatte, dass zumindest Lisa es gewusst hatte. Deshalb war ich sicher, dass James O´Meara keine Ahnung hatte, dass es mein Appartement war, in dem er stand.

Als Jimmy sich im Raum umsah winkte ich ihm von der Küche aus zu. Es dauerte einen Moment, bevor er erkannte, wen er da vor sich hatte. Ich passte nicht ins Bild, also musste er die Puzzleteile in seinem Gehirn erst zusammensetzen, bevor er zum Sprechen ansetzte.

„Nate?", sagte er nach einer Weile.

„Detective." Ich lächelte und gab mich distanziert. Ich wollte nicht voraussetzen, dass wir nach dieser langen Zeit immer noch Freunde waren.

Er kam eilig auf mich zu, aber hielt an, bevor er den letzten Schritt machte und mich zur Begrüßung umarmte.

Ich lächelte.

Er starrte mich nur an.

Es war unangenehm.

„Detective O´Meara", hörte ich Detective Lee fragen, „Sie kennen Dr. Qells?"

Es verging ein weiterer Moment.

„Oh Scheiße." Jimmys Atem stockte, und er packte mich plötzlich fest an der Schulter und hielt meinen Blick gefangen. „Oh Gott, Nate."

Er klang zittrig, als hätte er einen Elektroschock bekommen. „Was ist los?"

„Nate Qells."

„Ja, das ist mein Name", bestätigte ich.

Seine blassblauen Augen studierten mein Gesicht, und ich bemerkte, wie müde er aussah. Er war nicht im klassischen Sinne gutaussehend, aber mit den ausgeprägten Lachfalten, seinem schiefen, entspannten Lächeln und dem lockigen dunkelbraunen Haar war er so hinreißend, dass ich ihn am liebsten bei mir zu Hause bekochen würde. Viele Frauen würden das auch gerne tun. Und viele Frauen machten sich an ihn ran, bis sie seine Ehefrau sahen. Niemand legte sich mit Lisa O´Meara an. Zum einen war sie sehr attraktiv, langes braunes Haar und große braune Augen, und zum anderen machte sie einem wirklich Angst. Sie sagte gerne, sie würde jeden mit dem Messer bedrohen, der ihn auch nur ansah, da sie Sizilianerin sei. Ich hatte dann immer die Augen verdreht. Und sie hatte mich dafür in die Wange gekniffen. Ich musste lächeln, wenn ich an sie dachte. Es war schön, sie kennengelernt und Zeit mit ihr verbracht zu haben.

„Oh, verdammte Scheiße", stöhnte er und ließ den Kopf nach vorn fallen.

Ich lachte prustend.

„Was ist los, Detective?"

Er ließ mich los und verschränkte die Finger auf seinem Kopf, als er die beiden jüngeren Polizisten ansah. „Das ist Nate Qells, und er ist ein sehr guter Freund von Detective Stiel."

Beide Köpfe flogen zu mir herum.

„Oh Scheiße." Detective Lee zitterte tatsächlich. „Oh, verdammte Scheiße."

„Oh Gott", stöhnte Detective Haddock und imitierte die Reaktion seines Partners. „Sir, Ihr Freund, Detective Stiel… er hasst mich."

„Das bezweifle ich wirklich. Er kann nur manchmal etwas intensiv auftreten."

Der Blick, den ich dafür erntete, brachte mich zum Lächeln. „Sie verstehen das nicht."

Sie standen alle in meinem Wohnzimmer, weil jemand, wahrscheinlich ein Auftragskiller, versucht hatte, mich umzubringen und nur versagt hatte, weil er einen Kopfsprung von meiner Feuerleiter gemacht hatte. Aber das war nur zweitrangig im Vergleich zu der Angst, die mein Ex diesen drei erwachsenen Männern einflößte.

Detective Haddock sah aus, als müsste er sich übergeben, genauso wie Detective Lee. Jimmy rieb sich den Nasenrücken und stöhnte. Ich konnte sie verstehen. Wenn Freunde und Familie von Polizisten in die Schusslinie gerieten, machte das jedem Angst, aber für diese Männer war es noch schlimmer, weil Duncan involviert war. Mein Ex-Freund war furchterregend, das ließ sich nicht beschönigen. Niemand wollte ihm in die Quere kommen, und jetzt musste Jimmy den beiden Detectives erklären, dass Duncan und ich uns nahe standen. Sie waren damit beschäftigt, sich nicht in die Hosen zu machen, nachdem sie versucht hatten, sich mir gegenüber als Machos aufzuspielen. Ich gab mir große Mühe, ein Grinsen zu unterdrücken.

„Ich habe einen Vorschlag", sagte ich fröhlich und alle drei Männer drehten sich zu mir um. „Wie wäre es, wenn wir ihm einfach nichts davon erzählen?"

Niemand gab einen Ton von sich.

„Das wäre das Beste, oder?"

Jimmy gefiel der Vorschlag. Das erkannte ich daran, wie er den Kopf schief legte und die Augen zusammenkniff. Er dachte darüber nach und überlegte sich, was auf ihn zukam, wenn er erwischt würde.

„Ich denke, das ist eine ausgezeichnete Idee", warf Detective Haddock ein. „Es gibt sowieso keinen Grund, warum er sich unsere Fälle ansehen sollte, schließlich ist er jetzt bei den Kapitalverbrechen."

Ich sah zu Jimmy. „Duncan wurde zu den Kapitalverbrechen versetzt? Warum?"

Er nickte und setzte ein Lächeln auf. „Er, äh…" Er räusperte sich. „… Kann nicht in Mordfällen ermitteln, wenn…du weißt schon… Es ist nicht so einfach, wenn man nicht… wie auch immer, er kann nicht mehr in Mordfällen ermitteln."

„Okay." Ich hatte keine Ahnung, was da vor sich ging, aber da es mich wirklich nichts anging, ließ ich es auf sich beruhen.

„Also, hör mal." Seine Miene hellte sich auf. „Meine Tochter Joanna zieht wieder von Sydney nach Hause, und wir geben am Samstag eine Par-"

„Oh, das freut mich für dich, Jimmy", unterbrach ich ihn, aber ich lächelte dabei. „Ich weiß, wie schwer es für dich war, dass sie so weit weg war."

Er schluckte schwer. „Das war es, aber jetzt ist es - es ist okay. Aber wir geben eine Willkommensparty für sie, und wir würden uns freuen, wenn du vorbeikommen würdest."

„Also, ich muss zu einer Beerdigung gehen, daher muss ich unglücklicherweise absagen, aber danke für die Einladung."

„Eine Beerdigung." Seine Augenbrauen zogen sich zusammen. „Das tut mir leid. Wer ist gestorben, wenn ich fragen darf?"

„Ein Freund von mir, sein Boss und ein paar von dessen Freunden. Ihr habt wahrscheinlich davon gehört. Vincent Romelli und ein paar der Männer, die für ihn gearbeitet haben. Ich bin mit Andreo Fiore befreundet."

„Andreo Fiore… Wir wussten, dass er in diesem Gebäude lebt, aber…du kennst ihn?"

„Ja, ich kenne ihn und seinen Neffen. Sie waren beide letzte Nacht hier, was die ganze Angelegenheit, dieser Kerl auf meiner Feuerleiter, noch ein wenig unheimlicher macht, oder?"

„Etwas macht es definitiv." Jimmy nickte und rieb sich den Nasenrücken.

„Ähm - also sind wir uns dann einig", unterbrach Detective Haddock uns vorsichtig. „Wir werden Detective Stiel nicht von all dem hier erzählen, richtig?"

Er bekam ein schallendes Nein als Antwort, als sich meine Eingangstür öffnete, und ein Officer den Kopf herein steckte.

„Hier ist ein Junge, der hereinkommen möchte. Ja oder nein?"

Jimmy gab ihm einen Wink. Eine Sekunde später stolperte Michael Fiore in mein Appartement. Er trug eine Jacke, hatte den Rucksack über seine Schulter geworfen und sah verschreckt aus.

„Was ist los?"

„Ist alles in Ordnung?"

„Mir geht's gut", versicherte ich ihm. „Komm her."

Er war sehr blass, und ich glaubte zu wissen, warum. Wahrscheinlich waren es Polizisten gewesen, die ihm von dem Unfalltod seiner Mutter erzählt hatten.

Als er bei mir war, packte er mich am Saum meines T-Shirts und schaute in mein Gesicht.

„Mir geht es gut." Ich tätschelte seine Wange. „Und ich mache dir etwas zu essen. Stell den Rucksack hin und hol die Eier."

Er nickte, ließ den Rucksack auf der Anrichte liegen und begann lautstark, in der Küche herumzuwuseln.

„Ich muss anfangen zu kochen, ist das in Ordnung?"

„Sicher", sagte Jimmy zu mir und reichte mir die Hand. „Wir haben alles, was wir brauchen. Die Tatortjungs sind so schnell verschwunden wie möglich, okay? Die Officers bleiben hier, so lange die Tatortleute noch hier sind, aber... wir sind fertig."

„Danke." Ich lächelte und akzeptierte seine Kameradschaft als das, was sie war. Eine Geste um der alten Zeiten willen. Ich schüttelte seine Hand. „Es war schön, Sie zu sehen, Detec-"

„Jimmy", korrigierte er mich und schüttelte herzhaft meine Hand. „Und es war auch schön, dich zu sehen, Nate. Ich wünschte nur, die Umstände wären angenehmer"

„Ich auch", stimmte ich zu.

„Er sah gut aus." Jimmy hustete leise. „Als ihr beide Zeit miteinander verbracht habt."

Damit meinte er natürlich Duncan - Duncan hatte gut ausgesehen. Es war nett, dass er das sagte.

Er ließ meine Hand los, drehte sich um und brüllte, und um mich herum geriet alles in Bewegung, ein Wirbel an Aktivität. Die anderen beiden Detectives sagten, sie würden mit mir in Verbindung bleiben und mich über neue Entwicklungen auf dem Laufenden halten. Ich bedankte mich für den seltsamsten Morgen seit langem und nahm dann meine Omelettpfanne aus dem Regal über der Kücheninsel. Menschen rannten herum und versuchten, da war ich sicher, zum Ende zu kommen und meine Wohnung zu verlassen.

„Ich schenke dir einen Kaffee ein, und du erzählst mir, was zum Teufel hier vorgeht", schlug Michael vor.

Kaffee. Das war die beste Idee, die er je hatte.

AUF DER Arbeit besprach ich mit meinen Studenten Tests, sammelte Aufsätze ein und hörte mir Entschuldigungen an. Ich sagte Ashton, was ich bisher von seinem

Roman hielt - er gefiel mir, also war es leicht, ihm ein positives Feedback zu geben - und ich sagte ihm, an welchen Stellen ich Inhaltslücken entdeckt hatte.

„Lücken!" Er war empört.

„Du hängst zu sehr an deinen eigenen Worten, dadurch sitzt du irgendwann fest", warnte ich ihn.

„Ja, schon, aber Inhaltslücken?"

Ich stieß ihn freundschaftlich mit der Schulter an als ich mein Büro verließ.

In meinen Einführungskursen machten wir mündliche Zusammenfassungen, und ich hörte zu und stellte Fragen und sorgte dafür, dass die Studenten zu mir schauten, statt den Raum in all seiner Größe mit Sitzplätzen wie in einem Stadion und dem Meer aus Gesichtern zu betrachten. Als ich sie anlächelte und nickte, legte sich die Nervosität.

Ich war überrascht, als Sanderson Vaughn während der Sprechzeiten mein Büro betrat. Er war wie immer angezogen wie eine Figur aus einem Kitschroman, die perfekte Verkörperung eines Englischprofessors. Kordflicken an den Ellenbogen seines Tweedjacketts, Jeans, Slipper, Krawatte und ein blaues Hemd. Bevor er etwas sagen konnte, hob ich die Hand.

„Was?"

Ich zeigte auf ihn. „Tweed?"

Er zeigte mir den Mittelfinger.

„Na komm schon, Sandy", ärgerte ich ihn. „Polier deine Garderobe etwas auf. Wir haben 2012, um Himmels Willen."

„Lass den Quatsch, Nate. Was hast du zu-"

„Ich habe zu niemandem irgendetwas gesagt, und wenn du mich auch nur ein bisschen kennen würdest, dann wüsstest du das."

„Du willst mir also sagen, dass Greg Butler ganz zufällig gerade in dem Jahr dem College Geld spenden will, in dem du das Mittelalterliche Festmahl nicht organisierst?"

„Das will ich sagen."

„Willst du mich verarschen?"

„Das denkst du also von mir" sagte ich zu ihm. „Dass ich einen reichen Ehemaligen um Geld anbetteln würde, nur damit du schlecht da stehst?"

„Was soll ich denn sonst denken, Nate?"

„Du solltest denken, wie viel Glück du hast, dass-"

Die Tür flog auf und krachte gegen die Wand, was uns beide zusammenzucken ließ und unser Gespräch abrupt beendete.

„Mein Gott!", brüllte Sanderson, und ich erkannte, wen ich da ansah.

„Was machst du hier?"

„Was zum Teufel?" brüllte Sanderson Duncan Stiel an.

„Ich bin jetzt dran", knurrte er meinen Kollegen an. Seine Stimme war tief und hart und bedrohlich.

Sanderson zog sich schnell zurück. Er stellte keine Fragen, aber er sagte mir ohne jeden Druck hinter seiner Drohung, dass wir noch nicht fertig wären, über meinen offensichtlichen Versuch, ihn zu blamieren, zu diskutieren. Als ob ich Zeit und Lust für so etwas hätte. Allein schon die Vorstellung war lächerlich.

Er ging mir auf die Nerven, aber das tat mein Ex auch, der die Tür hinter ihm zuschlug, sich umdrehte und sich mit beiden Händen an meinen Schreibtisch krallte, während er mich mit seinen dunkelgrauen Augen anstarrte. Früher einmal fand ich diese Farbe wie von einem wolkenverhangenen Himmel; romantisch, atemberaubend. Jetzt wirkten sie einfach kalt.

„Ja, Detective?"

„Komm mir nicht mit ‚Ja, Detective'", knurrte er in bester Alphamännchen-Manier. „Was zum Teufel hast du mit Vincent Romelli zu tun?"

Meine Augen blickten kurz zur Uhr, und ich sah, dass meine Bürostunde eigentlich vorbei war, also stand ich auf und fing an, meine Umhängetasche zu packen. Ich begann mit meinem Laptop.

„Nate!", brüllte er mich an und seine Stimme hallte von den Wänden in dem kleinen Raum wider. Er richtete sich auf und schien um den Schreibtisch herumkommen zu wollen.

„Nichts", antwortete ich gereizt. „Weißt du, Duncan, das ist Unsinn. Du hast kein Recht mehr, dich in mein Privatleben einzumischen."

„Wir reden hier nicht über dein Privatleben. Wir reden über Andreo Fiore und einen ermordeten Mafiaboss und einen beschissenen toten Killer in deinem Müllcontainer!"

Ich atmete tief durch. „Nur um das klarzustellen, ich habe Vincent Romelli nie getroffen, ich habe den Killer nie gesehen und Andreo Fiore und ich sind Freunde und Nachbarn, und damit hat es sich."

„Gottverdammt, Nate, du-"

„Ich hätte Vincent Romelli nicht erkannt, wenn er mir auf der Straße begegnet wäre. Und wie ich sagte, ich kenne Andreo Fiore und ich weiß, dass er für Romelli gearbeitet hat, aber das war's dann auch. Und was den Toten angeht, über den weißt du bestimmt mehr als ich."

Er atmete hörbar durch die Nase, während er mich beobachtete, und verschränkte die Arme über der breiten Brust. Ich wusste aus eigener Erfahrung, dass sie mit harten, definierten Muskeln bedeckt war. Ohne Kleidung war Duncan Stiel wirklich ein Kunstwerk. Zu dumm, dass mich das daran erinnerte, was ich nicht mehr haben konnte.

„Wenn wir dann hier fertig sind; ich muss zu einem Treffen der Fakultät und ich habe nachher ein Date, also…du kennst den Weg hinaus."

„Nate-"

„Mach dir keine Sorgen." Ich seufzte, als ich den Trageriemen der Tasche um meine Schulter legte und um den Schreibtisch herumging. „Mir geht's gut."

„Nein, du siehst aus, als hätte dich jemand geschlagen."

Ich stöhnte.

„Nate!"

Und als er mich so anschrie, fühlte sich das… normal an. Ich hatte erwartet, dass ich traurig wäre oder voller Bedauern, wenn ich das erste Mal nach unserer Trennung mit dem Mann redete. Aber ich war weder das eine noch das andere. Ich war überhaupt nichts. Ich war hundertprozentig über Duncan Stiel hinweg.

„Mir geht es gut", beruhigte ich ihn. „Ich habe neulich eine Frau davor bewahrt, ausgeraubt zu werden." Ich lächelte, öffnete die Tür und bedeutete ihm, das Büro zu verlassen. „Und einen Abend später habe ich mein zweitliebstes Kind davor bewahrt, von einem wütenden Vater geschlagen zu werden."

Er sah mich an, als wäre ich verrückt, aber er folgte meiner Aufforderung und ging hinaus in den Flur, während ich die Tür hinter ihm abschloss. Als ich mich zu ihm umdrehte, blickte er immer noch finster drein.

„All das, was du hier machst", fing ich an, „ist unnötig. Jimmy kümmert sich um die Sache. Er wird herausfinden, wen der Kerl eigentlich umbringen wollte, denn wir wissen beide, dass ich es nicht gewesen sein kann. Wer würde mich umbringen wollen? Das macht keinen Sinn."

„Du solltest Angst haben."

„Wovor? Vor tollpatschigen Killern?" Ich hob fragend eine Augenbraue.

Er sah verwirrt aus oder als wüsste er nicht mehr, was er noch sagen sollte.

„Komm schon, Duncan, denk mal darüber nach. Ich bin nicht in Gefahr, nicht wirklich."

Er starrte mich einfach nur an.

„Also, Kapitalverbrechen, hm?" Ich steckte die Hände in die Taschen. „Jimmy hat es mir erzählt. Ich dachte, du liebst Morde."

„Was?"

„Moment, das klang nicht richtig." Ich dachte kurz darüber nach und grinste wegen meiner schlechten Wortwahl. Ich sollte eigentlich besser mit Worten umgehen können.

„Nate."

Ich sah in seine Augen und wartete.

„Du brauchst Schutz."

Ich schüttelte den Kopf. „Nein, das war ein Fehler. Ich weigere mich zu glauben, dass mir jemand etwas antun will. Ich bin sicher, Jimmy findet es heraus - er ist clever."

„Nate-"

„Vielleicht lag es an meiner Gesellschaft", sagte ich in Gedanken, als ich zum ersten Mal wirklich über die ganze Situation nachdachte. Das Timing machte mir Sorgen. Andreo war bei mir gewesen, hatte in meinem Bett geschlafen, das nah bei der Feuertreppe stand. Es machte mehr Sinn, dass er statt mir das Ziel gewesen war. „Verdammt, ich muss los", murmelte ich. Mit dem plötzlichen Verlangen, Dreo zu finden, drehte ich mich um.

„Ich muss mit dir reden." Er packte mich am Oberarm und seine Finger gruben sich in mein Fleisch.

„Über was?", fragte ich ungeduldig. Ich versuchte, nicht verärgert zu klingen, denn das wäre unhöflich. Schließlich hatte er mir früher einmal so viel bedeutet.

Er trat einen Schritt näher, zu nah, aber er ließ mich los. „Ich will nur, dass du weißt, dass ich - ich wollte… ich wollte nicht gehen. Ich vermisse dich wahnsinnig."

„Das tust du?"

„Natürlich."

Ich war überrascht. „Aber du bist einfach so gegangen."

„Was hätte ich denn tun sollen, Nate? Du wolltest etwas, das ich dir nicht geben konnte - auch jetzt nicht geben kann. Ich musste mich zwischen meinem Job und dir entscheiden, und mein Job ist alles für mich."

„Das weiß ich."

„Aber das bedeutet nicht, dass es mir egal war."

Ich atmete tief ein. „Das weiß ich auch."

„Und du?"

„Ich denke, wir wissen beide, was ich für Gefühle hatte."

Er räusperte sich. „Hatte?"

Ehrlichkeit, genau hier im Flur. Das war das Richtige. „Ja. Es ist schon lange her, richtig? Das mit uns."

Er nickte kurz.

„Also, zwischen uns ist alles gut."

„Ich", sagte er und kam näher, dieses Mal nahm er zärtlich meinem Ellenbogen, „vermisse dich wirklich… vermisse uns. Keiner hat mir etwas bedeutet, seit ich damals deine Wohnung verlassen habe."

Das war schmerzhaft zu hören, aber absolut unabänderlich. Er war nicht geoutet, und ich hatte auf die harte Tour herausgefunden, dass ich so nicht leben konnte. Als wir zusammen gewesen waren, was, ehrlich gesagt, nie eine gute Idee gewesen war, hatte ich mich selbst nicht leiden können. Ich war nicht der Typ Mann, der seine Gefühle oder seine Beziehung verstecken konnte. Das war ich noch nie.

Ich war der Typ Mann, der seinem Partner in der Öffentlichkeit den Arm um die Schulter legt, ihn als Partner Bekannten vorstellt, die wir zufällig auf der Straße trafen, und ihn auf jeden Fall zu Veranstaltungen auf der Arbeit mitnahm, weil ich glücklich und stolz und aufgeregt war. Ich hatte nichts davon mit Duncan tun dürfen, und so war unsere Beziehung von Anfang an zum Scheitern verurteilt gewesen. Rückblickend war die Situation lächerlich gewesen, aber damals hatten meine Gefühle mein logisches Denkvermögen überstimmt. Ich war zwei Jahre lang nicht ich selbst. Aber als es vorbei war, als ich wirklich akzeptiert hatte, dass es vorbei war, war es zwar schwer gewesen, Duncan zu verlieren, aber ich hatte mich selbst zurück bekommen. Ich konnte wieder ich sein. Und ganz ehrlich, es war ein guter Tausch.

„Nate."

„Tut mir leid." Ich lächelte automatisch. „Ich habe nur an früher gedacht."

„Ich habe mir Sorgen gemacht." Er atmete hörbar ein. „Darum bin ich hier. Eigentlich mehr als das, ich hatte Angst um dich. Allein der Gedanke, dass du in Schwierigkeiten-"

„Aber das bin ich nicht", versicherte ich ihm und befreite mich aus seinem Griff. „Mir geht es gut. Wie ich dir schon sagte, ich kannte Romelli nicht, und welchen Ruf Andreo Fiore auch immer haben mag, er ist ein guter Mensch, der seinen Neffen liebt. Also", schloss ich seufzend, „Danke fürs Herkommen, es war wirklich schön, dich zu sehen. Eine Aussprache und einen Schlussstrich zu ziehen, das ist immer gut."

Sein Kiefer spannte sich. „Du hast also ein Date?"

„Das habe ich." Ich kicherte. Und du? Bist du mit jem-"

„Es ist wieder wie früher, bevor wir zusammen waren."

Ich verstand. Es bedeutete, ihn vor der Sauna an der Halstead zu sehen, war kein Zufall gewesen. Er war wieder zu alten Gewohnheiten zurückgekehrt. One-Night-Stands mit einem namenlosem Typen nach dem anderen. Das machte Sinn. Duncan Stiel war umwerfend - jeder würde ihn wollen. Das Schwierige war, ihn zu halten, in dieser isolierten Welt, in der er leben wollte.

„Nate?"

Ich traf seinen Blick.

Er lächelte. „Weißt du nicht, was du sagen sollst?"

Sein Blick war verschleiert, sein Lächeln war kaum sichtbar, und ich erkannte, dass er näherkommen und mich festhalten wollte. Ich erinnerte mich daran - sein Blick, sein Atem, sein Geruch - und wie verzweifelt ich mir gewünscht hatte, dass es funktioniert. Der Mann konnte so unglaublich süß sein, und wenn er an den wenigen Abenden, die ich in seiner Wohnung verbracht hatte, von der Arbeit kam, war die Freude in seinem Gesicht, dass ich da war, die ganze Heimlichtuerei wert gewesen. Als er durch den Flur auf mich zukam und seine starken Arme um mich legte und einfach nur die Zeit anhalten wollte, und wollte, dass ich ihn hielt, so fest ich konnte... ich wusste, dass dies echt war, und diese Momente waren es, die mich den Rest ertragen ließen. Es hatte mir fast körperliche Schmerzen bereitet, als ich seinen Wohnungsschlüssel von meinem Schlüsselbund nahm, denn ich wusste, diese ruhigen, zärtlichen Momente waren vorbei.

„Es gibt nichts zu sagen", versicherte ich ihm.

Er nickte. „Das gibt es doch. Du siehst toll aus."

„Du auch." Das war ehrlich gemeint. Ich lächelte erleichtert und drehte mich zum Gehen um.

„Nate."

Ich drehte mich wieder zu ihm.

„Wenn du jemals Polizeischutz nötig hast…" Er lächelte reumütig.

„Bist du der erste, den ich anrufe", versprach ich.

Er steckte die Hände in seine Hosentaschen und ich wandte mich zum Gehen. Am Ende des Flures schaute ich zu ihm zurück. Er stand immer noch da und beobachtete mich.

„Hey, du weißt, dass ich dir nur das Beste wünsche, oder?"

„Ja, ich weiß", versicherte er mir.

Ich stieß die Tür auf und trat hinaus in die kühle Herbstluft. Ich fühlte mich gut. Das abschließende Gespräch lag hinter mir, und es war nicht so verlaufen, wie ich erwartet hatte. Es war leichter gewesen. Aber als ich tief durchgeatmet hatte, brachten mich die Erinnerung wieder in die Gegenwart zurück. Wie am Morgen nach einer Trennung, wenn man sich einen Moment nach dem Aufwachen an alles erinnert, so erinnerte ich mich, dass ich unbedingt mit Dreo reden musste. Ich ging nicht zu meinem Fakultätstreffen, sondern in die andere Richtung und zog dabei mein Handy aus der Tasche und rief Michael an. Ich musste herausfinden, wo sein Onkel war.

DER DEKAN entband mich vom Treffen der Professoren, nachdem ich ihm gesagt hatte, es ginge um einen familiären Notfall, und er versprach, dass mich jemand darüber informieren würde, was ich verpasst hatte. Ich fuhr mit einem Taxi in die Innenstadt zu einem italienischen Restaurant in der Nähe der La Salle. Es war riesengroß und erinnerte mehr an ein Lagerhaus, als an eine todschicke Fressbude. Aber wahrscheinlich war es der aktuellste Anlaufpunkt, wo sich die Möchtegern-Essensexperten jeden Abend trafen. Als ich dort ankam, nach der Mittagessenszeit und lange vor dem Ansturm aufs Abendessen, war es ziemlich leer. An der Bar, die auf dem weitläufigen Betonboden platziert war, sah ich Dreo Fiore, ganz wie Michael es mir am Telefon gesagt hatte, als ich ihn gefragt hatte, ob er wüsste, wo sein Onkel wäre.

Normalerweise legte sein Onkel dem jüngeren Fiore keine Rechenschaft darüber ab, wo er sich aufhielt, aber ich nahm an, dass Dreo nach den jüngsten Ereignissen etwas mitteilsamer geworden war. Ich hatte Recht gehabt. Michael hatte mir gesagt, dass er Dreo ein Ultimatum gestellt hatte: Er könnte ihn entweder wissen lassen, wo er zu bestimmten Tageszeiten sein würde oder er könnte das GPS an seinem Handy einschalten. Dreo hatte ihm einen Überblick gegeben, wann er erwartete wo zu sein, denn die Vorstellung, dass er überall in der Stadt aufgespürt werden konnte, behagte ihm gar nicht. Mit ihm im Restaurant waren fünf oder sechs andere Männer, und ein weiterer war hinter der Bar. Er war zu gut angezogen für einen Kellner, fand ich.

„Tut mir leid", sagte ein junger Mann, der wahrscheinlich am Empfang arbeitete, und trat mir in den Weg. „Wir servieren jetzt noch kein Abendessen, und ich glaube, heute Abend sind wir komplett ausgeb-"

„Oh nein." Ich unterbrach ihn und deutete über seine Schulter. „Ich muss nur mit dem Herrn dort drüben reden."

„Tommy, was gibt es für ein Problem?", rief jemand herüber.

Wir drehten uns beide zu der Stimme um. Es war der Mann hinter der Bar, aber bevor ich meinen Mund öffnen konnte, rief Dreo meinen Namen.

„Hey." Ich hob die Hand, als ich mich wieder zu dem Mann vor mir umdrehte. „Kann ich - ist das okay? Darf ich zu ihm gehen und mit ihm reden?"

„Natürlich." Er trat zur Seite, und es war schwer, seinen Blick einzuschätzen. Beunruhigung? Sorge? Beides? Er schien aufgewühlt zu sein.

Ich lächelte und versuchte so, ihm zu versichern, dass seine Besorgnis unbegründet war, bevor ich den Raum durchquerte. Dreo glitt von seinem Barhocker, und ich bemerkte, dass er größer als zu Hause wirkte, breiter, bedrohlicher, wozu auch der schwarze Anzug mit dem schwarzen Hemd darunter beitrug. Ich hatte ihn nie als so muskulös wie Duncan wahrgenommen, und das war er auch nicht. Er war etwas leichter, schlanker, aber er war genauso groß, stellte ich fest.

„Was ist los? Woher wusstest du, wo ich bin?", fragte er, als ich näherkam.

„Ich habe Michael angerufen, und es tut mir leid, dass ich dich stören muss", entschuldigte ich mich, als ich bei ihm war, und hob leicht den Kopf, um ihn anzusehen, „aber hast du heute schon mit ihm geredet?"

„Michael?"

Ich nickte.

„Nicht seit heute früh. Warum?", wollte er wissen und legte eine Hand an meinen Nacken.

„Dreo, wer ist dein Freund?"

Ich drehte mich um und schaute in Gesichter, die ich zuvor noch nie gesehen hatte.

„Nate Qells. Er wohnt im gleichen Gebäude wie ich", erklärte er dem Barkeeper, und seine Hand glitt auf meine Schulter. „Das ist der Professor, von dem ich dir gestern erzählt habe…du wirst dich erinnern."

Ein Nicken. „Bring ihn her."

„Komm schon", sagte er zu mir und trat zur Seite, damit ich weitergehen konnte. Dabei legte er seine Hand in mein Kreuz und drängte mich vorwärts.

„Professor wofür?", fragte der Mann, als wir zur Bar kamen.

„Englische Literatur", antwortete ich. „Von Beowulf bis Milton. Größtenteils die Literatur der Renaissance."

Er nickte. „Wo?"

„University of Chicago."

Ein zweites Nicken. „Kennen Sie Alla Strada?"

Ich lächelte. „Ich kenne Alla tatsächlich. Sie ist eine ausgezeichnete Professorin. Ist sie Ihre Tochter?"

„Sie ist meine Nichte, die Tochter meines Bruders." Er trocknete sich die Hände an einem Handtuch ab, bevor er sie mir anbot. „Ich bin ihr Onkel, Tony Strada."

Ich ging zu ihm und lehnte mich über das polierte Holz, um seine Hand zu schütteln. „Nate Qells."

„Also", sagte er, als er meine Hand losließ, „Sie sind nicht zufällig einer der Professoren, die dem Ausschuss angehörten, der sie eingestellt hat, oder?"

„Ich hatte das Privileg."

Seine dunklen, whiskeyfarbenen Augen flammten auf. „Sie hat uns erzählt, dass am Ende zwischen ihr und einem Kerl entschieden wurde, der älter war und viel mehr Erfahrung hatte."

„Ja, aber sie hatte Feuer", erwiderte ich. „Auch jetzt noch. Sie macht es nicht des Geldes wegen. Sie will unterrichten. Hat sie Ihnen von ihrem Traum erzählt?"

Er gab einen Laut von sich. „Fangen Sie mir nicht damit an. In den Irak gehen. Dort unterrichten, weil sie Arabisch und Kurdisch spricht - haben Sie Kinder, Professor?"

„Eins, einen Sohn. Ihr Bruder hat also mein Mitgefühl."

Er nickte. „Es muss ihr nur jemand ein Kind machen."

Ich lachte.

„Nein?"

Ich zuckte mit den Schultern.

„Weil Sie wissen, dass sie mit einer Frau in einer Beziehung lebt."

„Das tue ich." Ich tätschelte seinen Arm. „Und ihre Freundin will auch die Welt retten."

„Oh verdammt", knurrte er und deutete zu einem Barhocker. „Setzen Sie sich, Professor. Ich besorge Ihnen etwas zu essen. Was wollen Sie trinken?"

„Eigentlich habe ich ein Date", wich ich aus. „Aber ich wei-"

„Hinsetzen, Professor." Er lächelte und nickte.

Ich wollte nichts essen oder trinken, aber alle, sogar Dreo, sahen mich mit dem gleichen panischen Blick an, als wollten sie sagen *jetzt mach schon und gib dem Mann eine Antwort!*

Ich gab nach. „Ein Bier. Sam Adams, wenn sie haben."

„Kommt sofort."

„Ma guarda chi c'è!"

Ich sah auf, und da betrat Sal den Raum. Er versuchte zu lächeln und eine fröhliche Miene aufzusetzen, aber ich sah die Besorgnis in seinen Augen.

Als er an mir vorbei ging, drehte ich mich auf dem Barhocker um und legte meine Hand an seine Wange. Normalerweise war ich nicht der Typ für solche Gesten, aber in diesem Fall schien es in Ordnung zu sein. Ich konnte fühlen, dass er einen Moment zitterte, als er den Kopf an meine Schulter lehnte. Dass er und Dreo nicht unter Beruhigungsmitteln in einem gepolsterten Raum saßen, war für mich ein Wunder.

Ich rieb seinen Nacken und fragte ihn, wie es ihm gehe. Ich bekam keine Antwort, als er zurücktrat und sein Lächeln wieder aufsetzte.

„Wir kommen schon, klar, oder, Dreo?"

Dreo brummte zustimmend.

Ich drehte mich zu ihm um und fand Dreos unergründliche Augen auf mich gerichtet. Sie waren wirklich ein Anblick, so dunkel, dass man seine Pupillen nicht erkennen konnte. Das Braun war fast schon schwarz, und nur durch die Art, wie das Licht sich manchmal darin fing und sie feurig auflodern ließ, konnte man erkennen, dass es wirklich eine Farbe war. Dass die Augen von langen, dichten schwarzen Wimpern umrahmt waren, verstärkte den Eindruck nur.

„Also, was machst du hier?", fragte Dreo mich endlich.

„Ich wollte dir sagen, dass die Polizei heute Morgen in meinem Appartement war, nachdem du gegangen warst."

Er lehnte sich zu mir und senkte die Stimme, auch wenn Sal hinter ihm laut genug war, dass uns sowieso niemand zuhörte. „Erzähl mir alles. Von Anfang an."

Also erzählte ich: von dem Killer, Alfred Mangino, der gestorben war, nachdem er abgerutscht und in einen Müllcontainer gestürzt war, dass die Polizei sich sehr für Dreo interessiert hatte, und dass sowohl Detective O´Meara als auch mein Ex besorgt um mich waren.

„Ich habe allen gesagt, dass du ein guter Mensch bist, aber sie waren besorgt wegen-"

„Was hast du gesagt?" unterbrach er mich und lehnte sich so nah, dass uns nur noch Zentimeter voneinander trennten.

„Worüber?" Meine Stimme senkte sich, wie immer, wenn sich mein Puls beschleunigte. Nach außen sah man mir meine Nervosität nicht an. Ich hatte im Laufe der Jahre gelernt, sie zu verbergen.

„Darüber, dass ich ein guter Mensch bin."

„Einfach, dass es so ist, und dass du versuchst, dich gut um Michael zu kümmern und dass er das Wichtigste für dich ist."

Er nickte und stand immer noch sehr nah bei mir. „Dein Ex ist ein Cop?"

„Das muss unter uns bleiben, okay? Es war damals ein Geheimnis, und das ist es auch heute noch."

„Wie lange warst du mit ihm zusammen?"

„Ein paar Jahre."

„Wann?"

„Wir haben uns vor etwas über eineinhalb Jahren getrennt."

Er schielte zu mir. „Ich habe nie jemanden gesehen. Michael hat mir gegenüber auch niemanden erwähnt."

„Michael hat ihn nie getroffen, weil mein Ex nie bei mir zu Hause war."

„Warum war er nie in deiner Wohnung?"

„Weil es ein Geheimnis war, wie ich sagte", erklärte ich. „Er war nicht geoutet - das ist er immer noch nicht. Das liegt an seinem Job."

Er sah mich fast traurig an. „Also ist er nie für euch eingestanden und hat gesagt, dass ihr zusammen wart?"

„Er konnte nicht."

„Oder wollte nicht."

„Urteile nicht über ihn, das steht dir nicht zu."

Er neigte den Kopf, als würde er mir unter Umständen zustimmen und zog sich dann zurück und gab mir so Raum zum Atmen.

„Wie geht es dir heute?"

„Wen interessiert´s?"

„Mich interessiert es."

Er zuckte mit den Schultern. „*Non importa.*"

„Dreo?"

„Du hast mich gesucht, weil du dachtest, dass dieser Killer hinter mir her war, und deshalb wolltest du mich warnen, richtig?"

„Ja." Ich nickte. „Und das habe ich jetzt, also… ich sollte gehen."

„Du musst dich setzen und dein Bier trinken und essen, was auch immer er dir bringt", befahl er mir. „Tony kocht für dich, und er kocht nicht für jeden."

„Okay", gab ich nach, und hob den Riemen meiner Tasche, der über meiner Brust gelegen hatte, über meinen Kopf und legte sie vorsichtig auf einem leeren Stuhl links von mir ab.

Er richtete seine Aufmerksamkeit wieder auf die anderen und wandte den Blick von mir ab. Als er so da stand, zwischen mir und Sal und den anderen Männern, spürte ich den überwältigenden Drang, ihn zu berühren, den Schmerz, der unter seiner Oberfläche schwelte, zu lindern.

„Hast du überhaupt geschlafen?", fragte ich stattdessen.

Keine Antwort.

„Dreo?"

Er drehte langsam den Kopf zu mir und kniff die Augen zusammen, so dass ich wieder bemerkte, wie lang und dicht seine Wimpern waren, dieses glänzende Schwarz, das über die blassen Wangen strich, als er sie eine Sekunde lang schloss.

„Du bist total erschöpft."

„Es war ein langer Tag - wir alle sind gerade von Bestattungsinstitut zurück gekommen."

„Wird es getrennte Bestattungen geben?"

„Ja."

„Ist die von Mr. Romelli immer noch am Samstag?"

Er nickte. „Ich brauche dich und Michael an meiner Seite. Es werden viele Leute von außerhalb da sein, und die müssen meine Familie sehen."

Ich bekam keine Chance zu fragen, was er meinte, denn eine himmlisch riechende Schüssel wurde vor mir platziert.

„Bitte sehr, Professor."

Ich sah auf, als Tony Strada ein großes Glas vor mir neben die Schüssel Linguini mit Venusmuscheln stellte. Es roch fantastisch.

„Vielen Dank", sagte ich lächelnd. „Ich weiß nicht, wann ich das zum letzten Mal gegessen habe."

Er nickte, sichtlich zufrieden, und reichte mir einen Löffel, eine Gabel und eine Serviette.

„Nate, ich werde Ihnen die anderen vorstellen."

So lernte ich die Männer kennen, die auch Dreo nicht besonders gut kannte, wie ich feststellte. Er war distanziert ihnen gegenüber, nicht wie bei den Männern, mit denen er und Sal aufgewachsen waren, wie er erzählt hatte. Als mir alle vorgestellt worden waren, fragte ich Sal, ob er und Dreo sich einige Zeit freinehmen würden.

„Warum?", fragte er.

Es stand mir nicht zu, ihm zu sagen, dass er und Dreo und Tony alle eine Gruppentherapie und einen Urlaub auf den Fidschi-Inseln nötig hatten.

Ich schlang mein Essen und mein Bier hinunter und ließ nichts übrig. Ich lobte das Essen überschwänglich, und dass ich es so schnell verputzt hatte zeigte, dass ich ehrlich war. Als Tony mir einen Nachschlag anbot, lehnte ich mit der Erklärung ab, dass ich später noch ein Date hatte und erwartet wurde. Er stimmte mir zu, lächelte und sagte mir, ich solle es langsam angehen.

„Wir sehen uns alle am Samstag bei der Beerdigung", verabschiedete ich mich, als ich aufstand und mich noch einmal bei Tony bedankte.

„*A presto*", sagte Tony leise.

Ich drückte Dreos Arm vorsichtig und ging zur Tür.

„Warte."

Als ich mich umdrehte, sah ich, dass Dreo hinter mir hereilte und dicht bei mir stehen blieb.

„Vielen Dank, dass du hergekommen bist, um mit mir zu reden. Ich werde es ihnen allen erzählen, nachdem du gegangen bist, damit sie Bescheid wissen."

„Warum spielt es eine Rolle, ob sie es wissen?"

„Es spielt eine Rolle."

„Okay." Ich lächelte. „Ich bin froh, dass es dir gut geht. Ich habe mir Sorgen gemacht."

Er nickte, bevor er sich umdrehte und wieder zu den anderen ging.

Draußen merkte ich, wie satt ich war und sagte mir, dass das nicht schlimm war. Dort, wo Sean mit mir hingehen wollte, würde es bestimmt auch einen Salat geben.

7

SUSHI WAR sogar noch besser als Salat. Es gab verschiedene Portionsgrößen, etwas für jeden Hunger. Ich bestellte eine kleine Portion, und Sean hatte Angst, dass es zu wenig wäre.

„Ich hatte ein großes Mittagessen." Ich lächelte ihn über den Tisch hinweg an.

Er holte tief Luft ein. „Du siehst toll aus. Hatte ich das schon erwähnt?"

„Ja." Ich kicherte. „Aber du kannst es gerne nochmal sagen."

Als ich ihm die Tür geöffnet hatte, hatte dem Mann der Atem gestockt, und ich war komplett verzaubert. Dockers und ein Hemd und ein Pullunder waren in meinen Augen nichts Besonderes, aber ihm gefiel es, und nur das zählte.

„Ich-"

Sein Handy brummte und schnitt ihm das Wort ab, und er entschuldigte sich, als er es aus seiner Brusttasche seines Jacketts zog und nicht einmal darauf sah.

„Du solltest nachsehen, oder, Doc?"

Er schüttelte den Kopf. „Ich habe heute Abend keine Bereitschaft." Seine Augen wanderten zu meinem Mund. „Du gehörst ganz mir."

„Was?"

„Ich meine", sagte er mit einem strahlenden Lächeln, „ich gehöre ganz dir."

Ich wies zu seinem Telefon. „Sieh besser nach."

Er seufzte schwer, bevor er auf das Display seines Handys blickte. Als ich sah, wie sich sein Gesicht verzerrte, war ich *so* froh, dass er nachgeschaut hatte.

„Verdammt", stöhnte er und sah mich an. „Scheiße, Nate. Es tut mir so leid, aber einer meiner Patienten, er... ich muss gehen."

„Geh schon. Ich kümmere mich um das hier."

Er diskutierte nicht mit mir, denn er hatte keine Zeit dafür. Er stand nur auf und ging. Als die Kellnerin zurückkam, war sie überrascht, hatte aber Verständnis.

Mein Telefon klingelte, als ich im Taxi auf dem Weg nach Hause war. Es war Sean.

„Hey", sagte ich lächelnd.

„Oh Gott, sei nicht so nett zu mir. Ich habe dich diese Woche schon zum zweiten Mal versetzt."

„Du bist Arzt. Ich verstehe das."

„Aber es ist nicht - Du sollst wissen, dass du mir auch wichtig bist."

„Ich weiß es zu schätzen, dass du extra anrufst, um mir das zu sagen."

„Das tust du?"

„Ja, wirklich."

„Okay, also morgen auf jeden Fall. Lass uns-"

„Ruf mich einfach an, dann können wir uns irgendwo treffen und dann sehen wir weiter, in Ordnung? Oder ruf mich heute Abend an, wenn du fertig bist. Vielleicht können wir dann noch einen Nachtisch essen gehen oder ich besorge dir welchen."

Stille.

„Sean?"

„Ist das dein Ernst? Denkst du, es geht mir nur darum?"

Was wollte er mir jetzt sagen?

„Du denkst, es geht mir nur um eine schnelle Nummer nach der Arbeit?"

„Du hast gesagt, dass du mit mir ins Bett willst", erinnerte ich ihn. „Aber nein, ich-"

„Ich sagte auch, dass ich mit dir ausgehen will. Wann ist aus ,Ich möchte etwas Ernstes' ,Ich will nur ficken' geworden?"

„Das habe ich nicht-"

„Ich gehe mit meinen One-Night-Stands nicht vorher essen, Nate." Sein herablassender Tonfall ärgerte mich.

„Das mit uns ist mehr als nur eine schnelle Nummer für mich. Ich möchte-"

„Hör zu", unterbrach ich gereizt. „Ich dachte, du könntest vielleicht nach der Arbeit vorbeikommen. Wenn du hungrig wärst, hätte ich dir etwas zu essen gemacht oder wenn du nur ein Dessert gewollt hättest, hätte ich dir auch nur ein Dessert gemacht. Ich wollte einfach nett sein, nicht dich mit Sex ködern, aber du hast mir die Worte im Mund herumgedreht. Also, ruf mich morgen an, und wir unterhalten uns dann."

„Ich - Verdammt. Ich will nicht auflegen, aber ich bin jetzt am Krankenhaus, und-"

„Es ist in Ordnung. Morgen", wiederholte ich. „Wir reden morgen."

Als ich auflegte, musste ich tief durchatmen, und als mein Telefon wieder klingelte, antwortete ich genervt.

„Nate?"

Es war eine andere Stimme, älter, betrunken und verwirrt, weil ich ärgerlich klang.

„Tut mir leid", sagte ich mit weicherer Stimme. „Was gibt's?"

„Ich brauche dich."

„Warum? Was hast du angestellt?", neckte ich Ben.

„Ich glaube…" ein tiefer Atemzug „… dass Mel mich betrügt."

Das war unmöglich. Ich kannte meine Ex-Frau, meine liebste Freundin, die Mutter meines Sohnes, und sie hatte nicht einen betrügerischen Zug an sich. Die Frau war loyal bis zum letzten Atemzug. „Unmöglich", versicherte ich ihm.

„Dann schwing deinen Hintern sofort zum Water Lily, und ich beweise es dir."

Was ich zuerst für lustig gehalten hatte, war es absolut nicht. Der Mann stand kurz vor einem Nervenzusammenbruch. „Ja, mein Freund, ich komme", stimmte ich zu, um ihn zu beruhigen. Ich musste ihm zeigen, dass er sich wie ein Idiot benahm und dafür sorgen, dass das Ganze nicht außer Kontrolle geriet.

Ich sagte dem Taxifahrer, was unser neues Ziel war und war zehn Minuten später in der Innenstadt. Nachdem ich ausgestiegen war, sah ich mich nach ihm um und sah ihn winkend vor einem nett aussehenden, kleinen, überfüllten Pub.

Ich eilte zu ihm und konnte sofort sehen, dass ich vorhin am Telefon Recht gehabt hatte. Ich stand vor einem ziemlich betrunkenen Mann. Meine Theorie wurde bestätigt, als ich seinen Atem roch.

„Du meine Güte", stöhnte ich und wedelte mit den Hand vor meinem Gesicht. „Stell dich nicht neben eine offene Flamme, Ben. Verdammt."

„Sie ist da", lallte er und zeigte über die Straße zu einem schicken, teuren französischen Restaurant, dem Water Lily, benannt nach Monets Meisterstück.

„Wer ist bei ihr?"

„Ihr Boss."

„Aus der Galerie?"

„Sie hat nur einen verdammten Boss, Nate."

„Alles klar." Ich verschränkte die Arme vor der Brust. „Wie hast du sie gefunden?"

„Ich wollte sie überraschen, als ich gelandet bin, also habe ich das GPS auf ihrem Handy geortet."

Es erschien mir problematisch zu sein, jemanden ohne sein Wissen mit dem GPS zu orten. Das erlebte ich gerade am eigenen Leib. Anstatt sie anzurufen, war Ben seiner Frau nachgeschlichen und hatte die völlig falschen Schlüsse gezogen. Und ich wusste, dass er Unrecht hatte, denn ich kannte Melissa. Sie würde ihn nie betrügen.

Also gut. „Kann ich bitte dein Handy sehen?"

Er sah mich mit trübem Blick an, und er war wackelig auf den Beinen.

„Bitte?"

Er wühlte in seinen Taschen und fischte das Handy heraus. Es rutschte durch seine Finger, und schließlich warf er es zu mir. Niemand war überraschter als ich, dass ich das verdammte Ding zu fassen bekam.

„Was hast du vor?"

„Sssch", machte ich und legte den Arm um seine Hüfte, als er sich schwer an mich lehnte. Ich lächelte, als ich gefunden hatte, wonach ich suchte. „Also, wo warst du?"

„Was meinst du?" Er rülpste.

„Ich meine…" Ich hustete und führte ihn von der Eingangstür weg und lehnte ihn gegen die Backsteinwand des Pubs. Ich richtete seine Krawatte und sein Jackett und sah ihn an. „Wo warst du, bevor du hier warst?"

„In einem Flugzeug." Er versuchte wirklich, sich auf mich zu konzentrieren.

„Du warst also nicht in der Stadt?"

„Ja, deshalb hat sie - Oh Mist", unterbrach er sich selbst und stöhnte. Ich sah, wie ihm in seiner alkoholbedingten Verwirrung ein Licht aufging. „Oh Scheiße, ich hätte auch da sein sollen?"

„Ja, genau", sagte ich gedehnt und hielt ihm sein Telefon hin. Mein herablassender Tonfall sollte ihn zeigen, was für ein Idiot er war. „Wie du weißt, schickt deine liebevolle Ehefrau dir - und aus irgendeinen Grund auch mir - ihren Terminplan, damit wir beide jeden Tag wissen, wo sie sich aufhält. Keine Ahnung, warum sie das auch mit mir macht. Vielleicht weil wir verheiratet waren oder weil wir ein Kind zusammen haben. Da weiß ich genauso viel wie du. Aber es ist interessant zu lesen, was sie so vorhat. ...heute Abend, wenn du von deiner Geschäftsreise zurück bist, solltest du dich mit ihr und ihrem Boss" - ich deutete auf den Bildschirm, so dass er die Erinnerung sehen konnte - „Milton Horne um acht im Water Lily zum Abendessen treffen."

„Scheiße", stöhnte er erneut.

„Anscheinend findet in der Galerie eine riesige Wohltätigkeitsveranstaltung statt, und sie mussten über ein Thema für den Abend sprechen, und sie dachte, es wäre schön, wenn du auch da wärst, denn, und ich zitiere wörtlich", ich drehte das Handy wieder zu mir um, damit ich vorlesen konnte, „Bens Ideen sind immer so lustig, dass ich mir vor Lachen fast in die Hose mache."

„Oh Gott." Sein Stöhnen war diesmal lauter und er beugte sich nach vorne.

Ich schaltete den Kalender aus und kehrte zum Hauptbildschirm zurück, bevor ich sein Handy in meine Tasche steckte und ihn ansah. „Darf ich fragen, wie du plötzlich darauf kommst, dass deine Frau dich betrügen würde? Was hast du für eine blöde Identitätskrise?"

„Ich habe nicht geda-"

„Geht es um neulich, als sie sagte, sie könnte wirklich eine Affäre haben?"

Er wimmerte.

„Was soll der Quatsch, Ben?"

Er richtete sich auf. „Zwei Paare aus unserem Bekanntenkreis haben diese Woche verkündet, dass sie sich scheiden lassen wollen."

„Ja und?"

„Und sie ist doch schon einmal geschieden, genau wie ich, und-"

„Deine Ex-Frau ist mit dem Poolboy durchgebrannt, Ben", erinnerte ich ihn. „Tut mir leid, aber das ist eine Tatsache."

Er sah erbärmlich aus.

„Übrigens, die Yoga-Outfits, die sie verkaufen, sehen wirklich klasse aus", teilte ich ihm mit.

Sofort funkelte er mich an. „Ich schlage dich tot."

„Wer konnte denn ahnen, dass der Poolboy ein Marketinggenie ist, hm?"

„Ernsthaft. Man wird deine Leiche nie finden", drohte er mir.

Ich kicherte. „Wie auch immer, deine Ex-Frau hat dich verlassen, und Mel's Ex-Mann" - ich grinste und deutete auf mich - „ist schwul." Den letzten Teil hatte ich geflüstert.

Er knurrte.

„Ihr seid also seit sechzehn Jahren verheiratet, und - stell dir vor - euer Schiff segelt ganz ruhig, kaum Wellengang."

„Du benutzt Boot-Metaphern, weil du weißt, dass ich mich gleich übergeben muss", begriff er und klang so, als würde er wirklich jeden Moment anfangen zu kotzen.

Ich lächelte und nahm sein Gesicht in meine Hände. „Idiot, deine Frau vergöttert dich, und du vergötterst sie auch. Ihr habt so viel Glück, dass ihr einander habt, also könnten wir bitte mit diesem Unsinn aufhören?"

„Wir können." Er lächelte. „Du weißt ja, dass ich dich wirklich liebe."

„Aaaha." Ich lachte und zog ihn von der Wand weg. „Hast du etwas gegessen?"

„Nein, nur getrunken."

„Genau wie ich."

„Warum hast du getrunken?"

„Nein, ich meine, ich habe auch nicht zu Abend gegessen."

„Warum? Wo warst du?"

„Ich hatte ein Date."

„Mit wem?"

„Das erzähle ich dir nachher." Ich seufzte und legte den Arm um meinen betrunkenen Freund. „Komm einfach mit, okay?"

„Was auch immer du willst." Er seufzte. „Aber lass mich nicht los."

„So etwas würde ich lieber von einem schwulen Mann hören, als von einem Hetero.

„Tut mir leid." Er hickste.

Ich ging mit Ben in ein Café, das war die beste Lösung. Es gab Kaffee und French Toast und noch mehr Kaffee und Wasser. Je länger wir dort saßen und uns unterhielten, desto besser schien es ihm zu gehen. Als sein Telefon in der Brusttasche meiner Jacke klingelte, nahm ich das Gespräch an.

„Hallo, meine Hübsche."

„Nate?"

„Das ist eine lange Geschichte", sagte ich. Besser, gleich damit herauszurücken.

„Du bist anscheinend bei ihm."

„Ja."

„Wo?"

„Wir sind im Nonna's."

„In Old Town?"

„Ja."

„Okay, ich komme hin."

„Nein, tu das nicht. Ich nüchtere ihn aus, und dann bringe ich ihn nach Hause."

„Oh, hat er im Flugzeug wieder zu viel getrunken?"

„Sozusagen."

„Sozusagen?"

„Gib uns noch eine halbe Stunde, und wir werden da sein."

„Ich nehme dich beim Wort."

„Jawohl, Chef!"

„Okay", sagte sie, und ich konnte das Lächeln in ihrer Stimme hören. „Ich wollte dich sowieso anrufen."

„Einfach so, oder aus einem bestimmten Grund?"

„Ich wollte dich wegen Sean aushorchen."

„Oh, da hab ich Neuigkeiten."

Sie machte einen undefinierbaren Laut. „Ups, warum hört sich das nicht gut an?"

„Ich erzähle es dir, wenn ich da bin."

„Gut. Setz dich in Bewegung."

„Schon unterwegs", versprach ich, bevor ich auflegte.

„Wer war das?", fragte Ben, als ich das Gespräch beendet hatte.

„Deine liebenswerte Ehefrau."

„Ist sie wütend?"

„Warum sollte sie wütend sein? Sie weiß ja noch nicht, was du getan hast."

„Scheiße. *Noch* nicht?"

Ich zuckte mit den Achseln und lächelte.

Dreißig Minuten später, wie ich versprochen hatte, betraten Ben und ich ihr luxuriöses Haus in dem Teil von Oak Park mit den historischen Villen. Ich seufzte tief, als sie durch die Eingangshalle stürzte und sich in die Arme ihres Mannes warf.

„Meine Güte, Ben." Sie klang angewidert, als sie ihn losließ. „Warum stinkst du nach Scotch?"

Es war eine lange Geschichte, aber da ich es gewesen war, den er angerufen hatte, war ich es auch, der sein unzusammenhängendes Geplapper übersetzen durfte.

Zuerst war sie wütend - wie konnte er es wagen, so etwas von ihr zu denken, und seit wann war sie eine Hure, und blablabla - und dann war sie glücklich, denn, du lieber Gott, der Mann musste sie wirklich lieben, wenn er sich solche Sorgen machte. Er war reich und mächtig und erfolgreich und schlau und lustig und so scharf wie Andy Garcia, also hatte er keinen Grund, sich Sorgen zu machen. Aber er tat es doch, weil er den Boden anbetete, auf dem seine Frau ging. Und dann war sie angewidert, denn Milton Horne? Ernsthaft? Würg. Der Mann war absolut

86

unattraktiv, und wenn sie ihn betrügen würde, wäre es mit einem Kerl, der halb so alt wie sie wäre, nicht doppelt so alt.

„Du bist nicht sehr hilfreich", sagte ich zu ihr.

Als sie von ihrem Platz neben mir auf der Couch aufstand, um sich auf seinen Schoß zu setzen und die Arme um ihn zu schlingen, ergriff ich die Flucht und überließ die beiden Turteltauben sich selbst. Sie waren einfach süß, aber ich war kein Voyeur, nicht mal damals, als ich neben zwei Kerlen gewohnt hatte, die es jeden Morgen auf der Feuertreppe getrieben hatten.

Ich musste für ein Taxi zurück Richtung Oak Park laufen, aber als ich dort ankam, sah ich die Bahnhaltestelle. Mein Telefon klingelte, als ich den Bahnhof erreichte.

„Du bist gegangen?", fragte sie mich atemlos.

„Und die Tatsache, dass dir das erst jetzt aufgefallen ist, sollte dir sagen, warum ich gegangen bin."

„Ich, wir... haben uns ein wenig hinreißen lassen."

„Und das wollte ich wirklich nicht miterleben."

„Du bist so prüde."

„Bin ich das?"

Sie lachte. Diesen Klang mochte ich sehr, deshalb musste ich lächeln.

„Danke, dass du ihn zur Vernunft gebracht hast. Ben hat sich Sorgen gemacht, aber jetzt nicht mehr."

„Gut. Hin und wieder sollte jeder einen kleinen Zusammenbruch haben, das erhält die Spannung."

„Ich glaube, du meinst den Sex hinterher, Liebling."

„Könnte sein."

„Aber ich wollte noch hören, wie es mit Sean läuft."

„Mittagessen? Morgen?"

„Oh, ich würde mich freuen. Wir müssen uns sowieso über die Studiengebühren unterhalten."

„Nein."

„Nate. Ich kann es mir leisten, Jareds Studiengebühren für Yale allein zu bezahlen - bitte lass es mich tun."

„Nein. Er ist unser Kind, Mel, deins und meins. Lass es sein. Davon abgesehen, es gibt da diese Geschichte über einen Killer auf meiner Feuertreppe, die ich dir erzählen will."

Es folgte eine lange Pause, während der sie, da war ich sicher, verarbeitete, was ich gerade gesagt hatte. „Wie bitte?"

„Ich erzähle es dir morgen."

„Nate?"

„Komm nicht zu spät", stichelte ich.

„Du hast wirklich Glück, dass ich dich liebe."

„Ich weiß." Ich kicherte und legte auf. Als ich an diesem Abend an dem freien Bereich vorbeikam, wo normalerweise diese Typen waren, die rumbrüllten und manchmal mit Flaschen warfen, fiel mir auf, dass sie nicht da waren. Normalerweise waren sie immer da. Morgens, mittags, abends. Aber jetzt nicht. Der alte Cadillac, auf dem sie immer saßen, war auch nicht da. Das Fehlen des markanten Marihuanageruchs und ihre lauten Stimmen fiel einfach auf. Es war schon seltsam. Ich hatte schon oft mitbekommen, dass die Polizei sie verscheucht hatte, aber am nächsten Tag waren sie immer wieder da. Sals Worte kamen mir wieder in den Sinn, dass ich sie dort vielleicht nicht mehr sehen würde. Ich würde Dreo danach fragen müssen, wenn ich ihn das nächste Mal sah.

8

MELISSA WAR schon vor dem Mittagessen bei mir und wollte wissen, was zum Teufel ich gemeint hatte, als ich von einem Killer gesprochen hatte.

„Er ist in den Müllcontainer gefallen."

„Könntest du bitte von vorne anfangen?" Sie sah mich flehentlich an.

Als wir über die Straße gingen, erzählte ich ihr alles und während sie mir zuhörte, begann sie zu hyperventilieren. Ich erzählte ihr, dass Duncan mich besucht hatte und von den Detectives in meiner Wohnung, und dass das alles ein Riesenirrtum gewesen sein musste, denn ernsthaft, gab es irgendjemanden, der langweiliger war als ich?

„Ja, da fallen mir schon ein paar Leute ein."

„Wirklich?"

Sie verdrehte die Augen, und es dauerte eine ganze Weile, bis es mir gelang, sie zu überzeugen, dass ich in Sicherheit war, dass mich niemand erschießen würde, und dass sie Duncan anrufen könnte, wenn sie wollte.

„Nein, vielen Dank auch." Sie verzog das Gesicht. „Wenn ich nie wieder mit ihm reden muss, ist das völlig in Ordnung."

„Du hast ihn wirklich nicht gemocht." Ich lächelte sie an.

„Ich bin mir sicher, dass er ein anständiger Kerl ist", sagte sie zu mir. „Aber eben nicht der Richtige für dich."

Ich zuckte mit den Schultern. „Da muss ich dir zustimmen."

Es war immer noch kein Ton über Sean gesagt worden, als wir unseren Lieblings-Burgerladen in Hyde Park betraten, und ich war darüber nicht wirklich überrascht. Melissa schon, und das sagte sie mir auch, als wir uns am Tisch gegenüber saßen.

„Er schien wirklich an dir interessiert zu sein."

Ich erzählte ihr von unserem letzten Gespräch, und wie es sich entwickelt hatte. „Ich denke, unser Timing stimmt einfach nicht. Es fühlt sich nicht richtig an", versuchte ich ihr zu erklären. „Kennst du das Gefühl?"

Sie nickte. „Das tue ich. Erinnerst du dich an Ted Evans?"

„Ja." Ich lächelte. „Du bist mit ihm ausgegangen, als Jared ein Jahr alt war."

„Genau, und es machte ihm nichts aus, dass wir verheiratet waren. Es war ihm bewusst, dass ich hetero war und du schwul und wir nur dieses eine Mal miteinander geschlafen hatten. Er wusste auch, dass wir getrennte Schlafzimmer hatten, aber wegen Jared zusammenlebten, bla bla bla - er hat das alles gewusst, und es machte ihm nichts aus."

„Das hat es wirklich nicht", stimmte ich ihr zu. „Es hat mich überrascht, dass nichts daraus wurde."

„Aber das ist genau das, was ich meine, verstehst du? Er war alles, was ich mir hätte wünschen können, aber es hat einfach nicht funktioniert. Wir wollten etwas unternehmen, aber es kam etwas dazwischen, manchmal bei ihm, manchmal bei mir. Wir hatten viel Spaß miteinander, aber wir waren kein einziges Mal zusammen im Bett."

„Und das bereust du?"

„Das habe ich lange, aber jetzt weiß ich, dass es die Dinge nur verkompliziert hätte. Manchmal will man etwas so sehr, dass man nicht realisiert, dass der Zeitpunkt einfach nicht der Richtige ist. Ich war nicht bereit, etwas anderes als eine Mutter zu sein. Jared war alles für mich, und das ist er in gewisser Weise immer noch, aber er hat jetzt sein eigenes Leben, und ich kann jetzt mit sechsundvierzig tun und lassen, was ich möchte. Viele meiner Freunde müssen sich jetzt noch mit Drittklässlern und Verhütung herumschlagen, und ich habe das Gott sei Dank schon lange hinter mir."

„Wolltest du nie noch mehr Kinder?"

„Die habe ich doch. Ich habe Bens Kinder und, naja, Ben, richtig?"

Ich musste lachen. „Na schön."

Sie nahm meine Hand. „Ich war sehr gerne deine Ehefrau, und eine Weile dachte ich, vielleicht, ja vielleicht ändert sich seine Orientierung und er will mich auf die gleiche Art wie ich ihn."

„Mel-"

„Nein." Sie hob die Hand und schnitt mir das Wort ab. „Ich wollte dich. Ich habe gesehen, wie du mitten in der Nacht mit Jared auf dem Arm in der Wohnung - zu Bob Marley? - auf und ab gelaufen bist."

„Ja. Er hat Bob geliebt. Ich mache mir immer noch Sorgen, dass er am Lenkrad einschläft, weil ‚No Woman, No Cry' im Radio läuft, wenn er spät nachts unterwegs ist."

Sie schüttelte den Kopf. „Hör auf damit."

„Ich sag ja nur."

„Also, ich habe gesehen, wie du ihn ins Bett gebracht hast oder wie du mit ihm auf der Brust auf der Couch eingeschlafen bist. Ich hab mir so sehr gewünscht, dass ich an seiner Stelle wäre."

„Warum erzählst du mir das jetzt? Das bricht mir das Herz."

„Das wollte ich nicht."

„Du weißt, dass ich dich liebe."

„Ja." Sie nickte. „Ich weiß, aber dadurch tat es nicht weniger weh. Aber es veränderte sich, Stück für Stück, Jahr für Jahr. Es änderte sich von ‚Nate muss mich nur fragen' zu ‚Ich verdiene etwas Besseres, genau wie er'."

„Wir haben beide festgestellt, dass wir mehr wollten."

Sie starrte mich an.

„Oh Gott, was?"

„Aber genau darum geht es mir, verstehst du? Mein Timing mit Ted war beschissen, genau wie mit jedem anderen Typen, mit dem ich zusammen war, bis ich dafür bereit war. Als ich Ben kennengelernt habe, wusste ich es einfach. Ich war soweit, und ich stürzte mich auf die Gelegenheit, zu-"

„Du hast dich auf Ben gestürzt, meinst du wohl", lachte ich.

„Ich sollte dir eine reinhauen."

„Tut mir leid."

„Du hingegen…" Sie ließ den Satz in der Luft hängen, tief in Gedanken versunken.

„Ich? Was ist mit mir?"

„Dein Problem ist nicht das Timing."

„Das hast du aber gerade gesagt."

„Okay." Sie holte tief Luft. „Ich meine, bei dieser Sache mit Sean und dir geht es ums Timing, aber normalerweise ist dein Problem mit den Männern, dass du noch nie verliebt warst."

„Fängst du schon wieder damit an?"

„Brian Palmer."

„Er ist nach San Diego gezogen." Ich kicherte.

„Und du hättest mit ihm gehen können, wenn er dir genug bedeutet hätte."

„Ich war verrückt nach Brian."

„Es war unkompliziert mit euch. Und das war es nicht mehr, als er umgezogen ist."

„Ich-"

„Marc Takashima."

„Marc wollte, dass ich bei ihm einziehe. Ich war aber noch nicht soweit."

„Und weil es zwischen euch nur Alles oder Nichts gab, war es vorbei."

Ich stöhnte.

„Emmet Wallace."

„Er wollte bei mir einziehen, aber so etwas kann man nicht überstürzen, Mel. Entweder bist du so weit, oder nicht."

„Schon klar."

„Du machst dich lächerlich."

„Duncan."

„Okay, warte mal. Ich habe Duncan geliebt. Ich wollte, dass er bei mir einzieht. Ich wollte alles von ihm."

„Und trotzdem hast du dir von ihm vorschreiben lassen, wie eure Beziehung ablief. Du hast dich zwei Jahre lang versteckt. Wenn Duncan nicht da war, warst du der Nate, den ich kannte, und wenn du bei ihm warst, hast du dich in seine willenlose Marionette verwandelt. Ich habe dich gehasst, wenn du bei ihm warst. Und das war ein weiterer Beweis dafür, dass ihr einfach nicht zusammen gepasst habt. Du hast wie immer die Dinge einfach laufen lassen, weil das einfach und bequem war, und früher oder später hättest du dich zu Tode gelangweilt und hättest die Beine in die Hand genommen."

„Das hätte ich nicht!", fuhr ich auf.

„Das hättest du wohl! Ich warte noch immer darauf, dass du dich wirklich und wahrhaftig Hals über Kopf in jemanden verliebst."

„Ich habe Duncan geliebt", versicherte ich ihr, denn das hatte ich wirklich.

„Ihn gern gehabt, meinst du wohl?"

„Rede nicht so von oben herab."

„Das tue ich nicht, Schatz. Du bist derjenige, der meint, dass es da keinen Unterschied gibt."

Ich seufzte tief. „Das tue ich nicht. Nicht wirklich."

„Ich weiß, dass du das nicht tust. Nicht wirklich", sagte sie spöttisch. „Du klingst nur so."

„Das klingt irgendwie arrogant."

Ein schnelles Nicken.

„Ich habe Duncan wirklich geliebt."

„Das weiß ich, aber du warst nicht in ihn verliebt."

„Und das soll jetzt verständlicher sein?"

„Ja." Sie kicherte. „Wie ich bereits sagte, ich habe noch nie erlebt, dass du verliebt warst."

„Also, es hat wehgetan, als er mich verlassen hat."

„Aber das hast du so entschieden, Nate. Du hättest dich weiter von ihm verstecken lassen können."

„Also wenn ich weiter zugelassen hätte, dass ich sein Geheimnis war, dann hätte dir das bewiesen, dass ich ihn wirklich geliebt habe?"

„Nein, wenn du einen Weg gefunden hättest, dass es funktioniert, irgendeine Möglichkeit, das hätte bewiesen, dass du ihn geliebt hast. Du bist ein intelligenter Mann, Nate, und wenn du etwas wirklich willst... Ich habe miterlebt, was deine Willenskraft erreichen kann."

„Du hast mehr Vertrauen in mich als ich es habe."

„Dafür sind Freunde da."

Ich nickte.

„Du siehst heute übrigens sehr gut aus."

Ich trug einen dicken braunen Strickpullover unter meiner Jacke und eine Jeans. „Ich sehe aus wie ein Mitglied einer Studentenverbindung."

„Du siehst zum Anbeißen aus." Sie lächelte. „Gehen wir zum Buchladen, wenn wir hier fertig sind. Das fehlt mir. Wir haben das früher ständig gemacht."

„Du bist jetzt eine vielbeschäftigte Dozentin."

„Für dich bin ich nie zu beschäftigt."

Freitags war immer ein guter Tag, um mit meiner Ex-Frau zwischen meinem Kurs am Morgen und dem am Nachmittag Zeit zu verbringen. Als ich zurück war, war Ashton gerade auf dem Weg nach Hause. Er sagte mir, dass ich mit den

Inhaltslücken recht gehabt hatte, und dass er seinen Roman überarbeiten würde, also sollte ich sofort aufhören zu lesen.

„Aber ich bin schon fertig", meinte ich zu ihm. „Ich muss meine Anmerkungen nur noch aufschreiben."

„Das kannst du dir sparen, bis du die überarbeitete Fassung bekommen hast."

„Ich wette, Stephen King behandelt seine Beta-Leser nicht so."

„Was willst du?"

„Die Kürbisbrownies von Levi."

Er verdrehte die Augen. „Seit wann haben die Fähigkeiten meines Freundes in der Küche etwas damit zu tun, dass du liest, was ich geschrieben habe?"

„Seit gerade eben." Ich grinste.

Er stöhnte und wollte sich verabschieden.

„Ist das ein Ja?"

„Das ist ein Ja!"

Es machte wirklich Spaß zu gewinnen.

Ich sah, dass Sanderson vor meiner Bürotür wartete, also machte ich kehrt, bevor er mich sah. Jedenfalls dachte ich, dass er mich nicht gesehen hatte, aber als ich hörte, wie er meinen Namen rief, ergriff ich die Flucht. Ich eilte die Treppe hinunter zu Tylah Greys Büro - sie war eine der drei neuen Assistenz-Professoren, die erst seit Kurzem in unserer Abteilung waren - hastete hinein und schloss die Tür.

Große braune Augen musterten mich. „Will ich es wissen?"

„Ich verstecke mich vor Vaughn", flüsterte ich und ging um ihren Schreibtisch herum, kauerte mich neben ihr auf den Boden und legte die Hände auf ihre Oberschenkel.

„Oh mein Gott", quiekte sie. „Nate, du kannst doch nicht-"

Ein lautes Klopfen an dem Milchglasfenster in ihrer Tür unterbrach sie, und eine Sekunde später hörte ich, wie die Tür krachend aufflog.

„Sanderson", keuchte sie, hauptsächlich wegen meinem Bart auf ihrem Oberschenkel, und nicht, weil er einfach so hereingestürmt kam.

„Nein." Sie lachte, als ich unter ihrem Rock pustete, und schnipste gegen meine Stirn. „Warum verfolgst du Nate?"

„Was ist so lustig?", schnauzte er sie an.

„Du. Du wirfst Türen und schreist herum und benimmst dich wie ein eifersüchtiger Ehemann auf der Suche nach seiner untreuen Frau. Was ist denn los?"

„Ich muss mit ihm über das Mittelalterliche Festmahl reden, aber er reagiert nicht auf meine E-Mails. Wir sollen uns morgen früh mit der Eventplanerin treffen, und ich weiß nicht, ob ihm der Termin passt."

Ich zeichnete „Nein" mit der Fingerspitze auf ihr Knie.

„Ich glaube, er hat am Samstag schon etwas vor. Wenn ich du wäre, würde ich dem Termin auf Sonntag verlegen."

„Woher weißt du das?"

„Wir stehen uns eben nah", frotzelte sie und fügte noch „Alter" hinzu.

„Alter?"

„Wirklich", sagte sie und senkte die Stimme.

„Oh Gott", stöhnte er, und ich hörte, wie sich die Tür hinter ihm schloss, als Tylah in ein Lachen ausbrach.

„Du solltest nicht lachen", sagte ich zu ihr. „Gott, erinnere mich daran, dass ich mich nie mit dir zusammen vor den Nazis verstecke."

„Dein Atem an meinen Oberschenkeln hat bei mir Gänsehaut verursacht. Meine Güte, Nate, willst du mich umbringen?"

Ich wackelte mit den Augenbrauen. „Erinnerst du dich an die Szene in *Breakfast Club*... Moment, wie alt bist du?"

„Ich erinnere mich an Judd Nelson unter dem Schreibtisch in *Breakfast Club*, und du bist wirklich süß." Sie lächelte zu mir hinab und ihre Hand glitt über mein Kinn, meinen Bart. „Jetzt sieh zu, dass du aus meinem Büro verschwindest!"

„Und wenn er zurückkommt?"

„Dann schlag ihn K.O." Sie strahlte, als ich mich neben ihr aufrichtete.

„Lass uns zusammen zu Abend essen."

„Ich brauche keine Almosen."

„Das hat nichts mit Almosen zu tun. Ich mag dich irgendwie."

Sie schüttelte den Kopf. „Ich mag dich irgendwie auch, auch wenn du wirklich nervst und meine Studenten ständig sagen ‚Dr. Qells sagt dies' und ‚Dr. Qells sagt jenes' - das bin ich wirklich leid, muss ich sagen."

„Sag ihnen einfach, sie sollen die Klappe halten."

„Ernsthaft? Du denkst, das ist ein gute Idee, wenn ich irgendwann eine Festanstellung angeboten bekommen möchte?"

Ich zuckte mit den Schultern.

„Und einige von uns brauchen tatsächlich Doktoranden, um mit der Masse an Studenten fertig zu werden, aber sie wollen alle nur für dich arbeiten."

„Ich habe nur Ashton."

„Ja, weiß ich. Sie hoffen alle, dass er in den Lake Michigan fällt, damit sie seinen Platz einnehmen können."

Aber das war nicht wahr. „Na komm schon", bettelte ich. „Lass uns zusammen zu Abend essen."

„Nein." Sie kicherte. „Davon abgesehen habe ich ein Date.

Ich habe ihn über It´s just Dinner kennengelernt."

„Über was?" fragte ich.

„Das ist eine Online Dating Seite wie Parship und so weiter, aber da geht es nur um zwei Dates. Man geht zwei Mal zusammen Essen und wartet ab, wie man sich versteht."

„Wirklich?"

„Ja, wirklich. Bist du auch interessiert?" Sie sah mich hoffnungsvoll an.

„Du scheinst ja schon erfolgreich gewesen zu sein."

„Ja, aber du kannst dich immer noch registrieren, und dann könnten wir zu einem Doppeldate gehen."

„Nein, vielen Dank." Ich verzog das Gesicht.

„Ich will einfach nicht mehr mit College Professoren ausgehen."

„Warum nicht? Wir sind doch nett."

„Die meisten von euch sind entweder verheiratet, total seltsam oder schwul."

„Ist das dein Ernst?"

„Absolut."

„Und Sanderson?"

„Soll das ein Witz sein? Ich wette, seine Freundin ist eine Domina."

„Oder sein Freund?"

„Nein, er ist bei weitem nicht cool genug, um schwul zu sein."

Sie war wirklich lustig.

„Und jetzt verschwinde." Sie scheuchte mich hinaus. „Ich will mich auf mein heißes Date vorbereiten, also muss ich mich endlich auf den Weg machen."

„Und du erzählst mir am Montag alles?"

„Nur wenn du mir von dem Treffen mit Sanderson und der Eventplanerin am Sonntag erzählst."

„Abgemacht."

Sie wies zur Tür.

„Ich geh ja schon, meine Güte."

Als ich über den Rasen ging, hörte ich, dass jemand meinen Namen rief, und als ich mich umdrehte, sah ich, dass Sanderson Vaughn hinter mir hereilte. Ich hatte den kindischen Drang, wegzurennen. Immerhin war ich schneller als er. Aber ich riss mich zusammen und wartete auf ihn.

„Du bist so ein Arsch!", brüllte er, als er nah genug war, dass ich ihn hören konnte.

Ich stöhnte.

„Und das denke nicht nur ich. Du hast in unserer Abteilung genauso viele Kritiker wie Freunde."

Ich glaubte ihm. Ich war kein Mensch, den jeder mochte. Ich war eher ein Querulant.

„Hast du mich gehört?"

„Das habe ich."

Er knurrte fast schon. „Also, Sonntag. Können wir uns mit der Eventplanerin treffen oder nicht?"

„Wir können", versicherte ich ihm. „Wo und wann?"

„Im Four Seasons um elf Uhr zum Brunch."

„Okay."

Er sah mich finster an. „Soll ich dich abholen?"

„Ich werde da sein", versicherte ich genervt. „Ich brauche keinen Babysitter. Wir sehen uns um elf."

„Gut", blaffte er, bevor er sich umdrehte und davonstapfte. Er kam nicht weit.

„Dr. Qells!"

Ich blickte über seine Schulter und sah Gwen Barnaby, eine meiner Lieblingsstudentinnen, die sich auf den Bachelor-Abschluss vorbereitete. Sie kam direkt auf uns zu. Es war unmöglich, den schwärmerischen Blick auf Sandersons Gesicht nicht zu bemerken, als er sie ansah. Der Mann war wie verzaubert, und das zu Recht. Die junge Frau war schlicht und einfach eine Göttin mit ihren langen blonden Locken, riesigen blauen Augen und Kurven, die selbst Botticelli beeindruckt hätten.

„Hey, Gwen." Ich lächelte als sie bei mir war und meine Jacke festhielt. Das machte sie immer, wenn sie mit mir sprach. Es war einfach ihre Art.

„Ähm." Sie kaute auf ihrer Unterlippe. „Ich habe mich entschieden, den Master-Studiengang hier am College zu belegen, und da wollte ich fragen, ob Sie mein, ähm... mein-"

„Selbstverständlich." Ich lächelte sie an.

„Oh." Ihre blauen Augen strahlten. „Vielen Dank, Dr. Qells." Sie seufzte tief. „Jetzt weiß ich, dass alles gut wird. Meine Mom war besorgt, wegen - Sie wissen schon."

„Ich weiß", beruhigte ich sie.

Sie beobachtete mich, mein Gesicht. Sie sah mich genau an. „Vielen Dank, dass Sie mir verziehen haben."

„Da gibt es nichts zu verzeihen."

Sie schüttelte den Kopf. „Doch, das gibt es."

Ich kicherte. „Mein Ego ist nicht so zerbrechlich."

Sie nickte. „Ich weiß, aber... als ich Sie in meinem ersten Semester erst in Einführung hatte und dann nochmal im Shakespeare-Kurs, habe ich jedem erzählt, dass Sie der schlimmste Lehrer überhaupt sind."

Das wusste ich.

„Ich habe Ihnen eine wirklich schlechte Bewertung gegeben - ich glaube, es waren sogar zwei."

Das wusste ich auch.

„Aber als ich dann auch andere Professoren hatte, habe ich mich dauernd gefragt, wieso die mir ständig vorschreiben wollten, was ich machen soll, und da ist mir ein Licht aufgegangen." Plötzlich lächelte sie. „Sie haben so eine Art, uns dazu zu bringen, zu tun, was sie von uns erwarten, ohne es direkt zu sagen, mehr so von hinten durch die Brust ins Auge. Das ist echt clever und hinterhältig."

Ich wackelte mit den Augenbrauen.

„Sie haben mir etwas beigebracht, ohne dass ich es gemerkt habe."

„Wie ein Zauberer."

„Außer, dass da kein Trick dabei war. Ich habe den Scheiß - den Stoff, ich meinte den Stoff, wirklich verstanden."

„Das weiß ich."

Sie hielt den Atem an, als wäre sie wirklich aufgeregt, weil jetzt alles geklärt war. „Also, okay, wir sehen uns dann am Montag während Ihrer Bürozeiten?"

„Das klingt gut."

Ihre Finger klammerten sich fester in meinen Mantel, als sie mir direkt in die Augen sah. „Sie… bedeuten mir wirklich viel."

Ich lächelte, als sie ihre Hand fallen ließ.

„Tschüss."

Ich sah ihr nach, als sie davonging.

„Warum sollte ihre Mutter besorgt sein?"

Ich hatte Sanderson ganz vergessen. Ich drehte mich um und runzelte die Stirn. „Es steht mir nicht zu, über Privatangelegenheiten meiner Studenten zu reden, die sie mir anvertraut haben."

„Du bist wirklich ein Arsch."

„Jep", stimmte ich zu und ließ ihn stehen.

Die junge Frau hatte ein Problem mit verschreibungspflichtigen Medikamenten, das sie im letzten Jahr besiegen konnte, aber sie hatte vor drei Monaten einen Rückfall gehabt. Nachdem sie einen Entzug gemacht hatte, ging es ihr wieder besser. Ihre Eltern, die eigentlich nicht für ihre Ausbildung hatten bezahlen wollen, auch wenn sie es sich bequem leisten konnten, hatten beschlossen, dass sie sie unterstützen würden, wenn das Lernen ihr half, clean zu bleiben. Denn weil sie bei einem ihrer zwei Jobs, die sie hatte, um das College zu finanzieren, einen Arbeitsunfall gehabt hatte, war sie überhaupt erst mit Schmerzmitteln in Kontakt gekommen. Sie hatte mir die Geschichte erzählt, als sie ein Semester aussetzen musste. Aber als sie zurückgekommen war, sah sie viel besser aus, und jetzt bat sie mich, ihr Mentor und Betreuer zu sein. Ich war mehr als glücklich, sie zu unterstützen.

ALS ICH später die Haltestelle der Hochbahn hinter mir ließ, klingelte mein Handy.

„Hi." Ich lächelte in mein Telefon.

„Ich, ähm", druckste Michael am anderen Ende der Leitung herum, „wollte wissen, wo du bist."

„Ich bin fast zu Hause. Wo bist du?"

„Ich bin bei Tony Strada zu Hause in Northbrook."

„Okay."

„Wie war dein Date mit dem Arzt?"

„Er musste zu einem Patienten."

„Habt ihr ein neues Date ausgemacht?"

97

„Warum fragst du mich über mein Liebesleben aus?"

„Nein, es ist nur … ich wollte es einfach wissen."

„Okay."

„Bist du böse auf mich?"

„Nein, warum sollte ich böse sein?"

„Keine Ahnung."

Er klang seltsam.

„Was ist los?"

„Ist es schlimm, dass ich mich nicht beschissen fühle?"

Ich hatte den Faden verloren. „Du meinst, wegen Mr. Romelli und den Freunden deines Onkels?"

„Ja."

„Warum sollte das schlimm sein?"

„Alle sagen wie traurig es ist."

„Aber du hast sie kaum gekannt, oder? Ich meine, selbst den Freunden von Dreo hast du nicht besonders nah gestanden."

„Nein."

Plötzlich war ich traurig und musste an Franks Mutter denken, und dass es Freitag war, und dass ich nie die Carbonara Soße probieren würde, über die wir gesprochen hatten, als er in meinem Appartement gewesen war. Aber natürlich ging es nicht um das Essen, sondern um die guten Absichten des Mannes.

„Ich weiß nicht, was ich sagen soll."

„Du musst gar nichts sagen."

„Wie soll ich mich fühlen?"

„Du kannst fühlen, dass es eine schreckliche Sache ist, die da passiert ist, aber du könntest nie so am Boden zerstört sein wie Dreo oder Sal. Sie waren dabei. Das ist der Unterschied."

„Um Sal wäre ich traurig gewesen. Er kommt manchmal vorbei, aber da ist er auch der einzige."

Das machte Sinn. Sie waren Dreos Freunde gewesen. Er war mit ihnen aufgewachsen, aber sie waren in Dreos Augen kein guter Umgang für Michael gewesen, abgesehen von Sal. Man sah so etwas plötzlich mit anderen Augen. Es war mir genauso ergangen, nachdem Jared geboren worden war. Leute, mit denen ich immer gut ausgekommen war, waren auf einmal nicht mehr gut genug, um in die Nähe meines Kindes zu kommen.

„Ich verstehe", versicherte ich ihm. „Du bist nicht todtraurig, aber das erwartet man von dir, also fühlst du dich fehl am Platz."

„Genau. Jeder achtet auf mich, weil Dreo total fertig ist und ich das auch sein sollte. Aber ich denke nur ‚Ihr könnt mich mal, ich bin nicht traurig‘."

Aber etwas fühlte er, wahrscheinlich Wut. „Denkst du an die Beerdigung deiner Mutter?"

„Nein", schnauzte er mich an, woran ich erkannte, dass er genau das getan hatte.

„Denkst du daran, dass all diese Leute nicht so traurig gewesen sind, als deine Mutter gestorben ist?"

„Was?" Seine Stimme schwoll an. „Wie kommst du denn darauf?"

Volltreffer. Ich verstand ihn. Ich war vor etwa hundert Jahren auch einmal sechzehn gewesen. „Tut mir leid, ich weiß nicht, wie ich darauf gekommen bin."

Er sagte nichts, also wartete ich. Nach einer langen Zeit räusperte er sich. „Was hast du jetzt vor?"

„Ich gehe ins Fitnessstudio, dann nach Hause zum Duschen und Umziehen und treffe mich dann mit Freunden zum Abendessen."

„Oh."

Er klang sehr enttäuscht. „Oder ich könnte zu dir kommen, wenn du möchtest."

„Nein, das möchte ich nicht." Er klang spöttisch.

Ich war so froh, dass ich nie wieder sechzehn sein musste. Allein schon die Vorstellung war anstrengend. „Okay, dann sehen wir uns."

„Sicher", sagte er und legte auf.

Ich hatte gerade meine Tasche abgestellt und meinen Laptop ausgepackt, als mein Handy wieder klingelte.

„Ja, Michael."

„Du brauchst das nicht so komisch zu sagen." Er klang empört.

„Tut mir leid." Ich kicherte. „Ja, Michael?"

„Dreo sagt, er will nicht, dass ich allein nach Hause gehe, bis die Sache mit dem Kerl auf deiner Feuertreppe aufgeklärt ist."

Manchmal war es so, als beginnt man ein Gespräch mit ihm in der Mitte statt am Anfang. „Pardon?"

„Der Kerl. Der auf deiner Feuertreppe."

„Ja, den Teil habe ich verstanden, aber der Rest ist mir nicht ganz klar."

„Ich möchte nach Hause, aber Dreo will nicht, dass ich allein zu Hause bin."

„Naja, ich bin zu Hause, also kannst du zu mir kommen"

„Nein, er will auch nicht, dass du allein zu Hause bist."

„Wirklich? Seit wann?"

„Seit all dem."

„Gestern Abend war ich allein."

„Ja, aber Dreo sagt, dass Leute für ihn auf dich aufgepasst haben."

„Das klingt nicht beruhigend, sondern verstörend."

„Ich hab ihm gesagt, dass du das sagen würdest."

Ich lachte und hörte ihn seufzen.

„Aber wie auch immer, Dreo macht sich Sorgen, und er will mich nicht aus den Augen lassen."

„Das könnte in der Schule schwierig werden."

„Ich glaube, er wird mit dir darüber reden, dass ich in der nächsten Zeit nach der Schule zu dir kommen kann. Zumindest in der nächsten Woche."

„Das ist kein Problem." Ich lächelte in das Handy. „Aber sag ihm, dass ich jetzt zu Hause bin, also wenn dich jemand fahren-"

„Kannst du mich abholen?"

Damit hatte ich gerechnet. „Sicher. Wo bist du genau?"

Ein tiefer Atemzug, und ich wusste, dass er zum ersten Mal, seit Beginn dieses Gesprächs, froh war. Es war ihm nur darum gegangen, dass ich ihn abholte.

„Kann ich dir die Wegbeschreibung geben?"

„SCHIESS LOS."

Ich hörte ihm nur mit halbem Ohr zu, nachdem ich die Adresse in das GPS meines Handys eingegeben hatte. Ich achtete nicht auf ‚und dann links' oder ‚geradeaus bis zu dem blauen Haus mit dem hässlichen Vorgarten'. Ich rief meine Freunde an, um ihnen abzusagen und duschte schnell.

Ich fuhr mit dem Auto von Lincoln Park, wo ich wohnte, nach Northbrook, wo Tony Strada wohnte. Es war dunkel, als ich dort ankam, etwa halb acht, und die Straße war voller geparkter Autos. Als ich mich dem Haus näherte, sah ich Leute rauchend und wegen der Kälte warm eingepackt auf der Veranda.

„*A bello!*"

Ich hörte den Ruf, aber ich fühlte mich nicht angesprochen.

„Hey, Qells!"

Ich drehte mich nach der Stimme um und blickte auf Alla Strada, die Tony Stradas Nichte und meine Kollegin war.

„Hey." Ich lächelte und ging die Treppe hinauf.

„Hast du nicht gehört, wie ich ‚Hey, mein Hübscher' gerufen habe?"

Ich schüttelte den Kopf, als wir uns umarmten. Als wir uns losließen, schielte ich auf die Zigarette.

„Erzähl Jen nichts davon, sonst tritt sie mir in den Hintern."

„Was machst du hier?"

„Meine Familie und die Romellis kennen sich schon lange. Mein Onkel hat für Vince Romelli gearbeitet, aber das weißt du ja, oder? Er hat gesagt, dass ihr euch neulich getroffen habt."

„Das stimmt. Er hat für mich gekocht."

„Soll das ein Witz sein?"

„Nein, warum?"

„Er hat einfach so für dich gekocht?"

„Er schien ganz in seinem Element zu sein."

Ihre Augen wurden riesengroß.

„Ich meine, das Essen muss schon fertig gewesen sein, weil ich es mir so schnell gebracht hat. Er hat also nicht nur für-"

„Allein, dass er es dir angeboten hat, ist eine große Sache. Was hast du zu ihm gesagt?"

„Wir haben uns nur unterhalten."

„Na klar."

„Das mit Mr. Romelli tut mir wirklich leid."

„Das geht uns allen so." Sie seufzte. „Aber was machst du hier?"

„Ich will Michael Fiore abholen."

„Ich kenne die Fiores." Sie lächelte. „Und Michael ist Monas Junge, richtig?"

„Ja", seufzte ich und dachte an sie, wie ich sie von all den Bildern kannte, die Michael mir gezeigt hatte. „Sie ist gestorben, als er zwölf war."

„Ja, ich erinnere mich an sie. Sie war hübsch und schlau - sie war Krankenschwester."

„Ja, das war sie." Ich nickte. „Also, ich bin hier, um ihn abzuholen."

„Lebt er nicht bei seinem Onkel... Andreo, richtig?"

Ich nickte.

Sie öffnete die Tür und die Hitze und der Geruch von Essen war überwältigend. Da waren so viele Leute, und es war laut und hell und chaotisch, und es war hoffentlich das, was die Familie von Mr. Romelli jetzt brauchte, und nicht das genaue Gegenteil.

Als ich Mrs. Romelli in der Küche traf, umgeben von ihren Brüdern und deren Frauen, bedankte sie sich für mein Kommen und sagte, dass es schön wäre, mich zu sehen, und dass ich etwas essen sollte. Die ganze Zeit, während wir uns unterhielten, hielt sie meine Hand und bedeckte sie mit ihrer anderen. Sie ließ mich nicht los.

„Ich werde etwas essen", versicherte ich ihr.

„Gut." Sie hustete. „Und Sie werden mit zur Kirche kommen, für Dreo und Michael?"

„Ja, Ma´am, das werde ich."

Sie nickte, drückte meine Hand ein letztes Mal und sagte mir, dass Michael draußen oder im Keller sei.

„Nate." Alla nahm meine Hand. „Suchen wir nach-"

Aber sie wurde aufgehalten und ihr wurden Fragen gestellt.

„Come andiamo?"

„Tutto bene?"

„Come stai?"

„Bene grazie", antwortete sie wieder und wieder, und ich erkannte, dass es nur Begrüßungen von Freunden und Familie waren.

Manchmal waren ihre Antworten länger, und ich wartete geduldig und hörte ihrem wunderschönen italienischen Singsang zu, bis sie sich loseisen konnte und wir uns wieder durch die Menge kämpften. Ich ging Leuten aus dem Weg, und Gesichter wandten sich mir zu und lächelten. Ich klopfte auf viele Rücken, drückte Schultern und schüttelte Hände. Ich wanderte durch das Haus zu der schweren

101

Schiebetür, die in den Garten führte, aber es war niemand draußen. Es war zu kalt, um sich länger auf der Terrasse aufzuhalten. Alla verabschiedete sich anschließend. Sie sagte, sie müsse ihren Vater und ihren Onkel finden und zeigte mir die Treppe, die in dem Keller führte.

„Versuch es dort unten. Da sammeln sich die Kinder normalerweise."

Ich befolgte ihren Rat, aber als ich unten war, stellte ich fest, dass er nicht in dem riesigen Raum war. Ich hatte keine Ahnung, wo er sein konnte. Ich machte mich wieder auf den Weg nach oben und zog mein Handy aus der Tasche, um ihn in diesem Meer von Menschen anzurufen.

„Man hat mir gesagt, du seist hier."

Mein Blick zuckte bei dem Klang der rauchigen Stimme nach oben, und dort, stand Dreo.

„Ich kann deinen Neffen nicht finden", sagte ich, als ich die Treppe hinaufstieg.

Er bewegte sich nicht, also blieb ich stehen und wartete, als ich die letzte Stufe vor ihm erreichte. Seine Augen verengten sich, als er auf mich hinab starrte.

„Lässt du mich vorbei?"

„Sicher, tut mir leid."

Ich wollte an ihm vorbei gehen, aber ich blieb stehen. Er sah müde aus. „Du musst dich ausruhen." Der Mann sah mehr als erschöpft aus.

„Ja, und?", gab er scharf zurück, als ob er mich herausfordern wollte, noch mehr zu sagen.

Ich hob die Hand, entschied mich aber im letzten Moment dagegen, ihn zu berühren. „Du solltest nach Hause gehen. Du brauchst Schlaf."

„Ich kann nicht."

Ich schüttelte den Kopf und drehte mich um, um an ihm vorbei zu gehen, aber seine Finger hielten mein Handgelenk wie einen Schraubstock fest. Anscheinend würde ich nirgendwo hingehen. „Dreo?"

„Es ist gut, dass du hier bist. Ich muss mit dir reden."

Aber er sprach nicht weiter, er sah mich nur an.

„Geht es dir gut?"

Er hustete leise. „Bist du nur wegen Michael hier?"

„Und um nach dir zu sehen", gab ich zu.

Er nickte. „Dann sieh nach mir."

Ich hatte keine Ahnung, was er meinte, bis mir ein Licht aufging. Wenn ich erkannte, was jemand brauchte, konnte ich demjenigen helfen. Und in diesem Moment interessierte es keinen einzigen Menschen auf der Welt, wie es Andreo Fiore ging, also musste er hören, dass es zumindest mich ein wenig interessierte.

Ich nahm seinen Arm und zog ihn vorsichtig die Treppe hinauf und durch den Flur. Wir gingen weiter, bis ich niemanden mehr reden oder lachen hörte. Schließlich zog ich ihn in die Waschküche und drehte mich um und sah ihn an. Er war wie betäubt.

„Meine Güte, du kannst ja kaum die Augen aufhalten."

„Ich muss mit dir reden", sagte er, als er die Tür hinter sich schloss.

„Worüber?" fragte ich und stützte mich mit einer Hand auf die Waschmaschine.

„Über das, was mit Vincent Romelli passiert ist."

„Dreo, es geht mich wirklich nichts an, was-"

„Das tut es doch, verdammt", knurrte er. „Du und Michael, ihr seid alles was ich habe."

Ich und Michael? Michael konnte ich nachvollziehen, aber- „Bist du sicher, dass du wach bist? Ich glaube, du-"

„Es hat sich herausgestellt", unterbrach er mich erneut und legte seine Hand neben meine auf die Waschmaschine, „dass Frank Alberone von der Spinato-Familie einfach das Gebiet von Romelli übernommen hat."

„Ich weiß rein gar nichts über-"

„In Chicago gibt es nur die Spinato-Familie und die Cilione-Familie, und alle anderen arbeiten entweder für eine der beiden oder haben enge Beziehungen mit einer der Familien."

Ich nickte.

„Manchmal werden Territorien neu verteilt, wenn ein neuer starker Mann auftritt, und dann ändert sich einiges."

„Und das ist mit Mr. Romelli passiert?"

„Genau. Alberone ist der Neue, und er ist der Cousin von jemandem in der Cilione Familie, und ich nehme an, dass sie sich zusammengesetzt und Änderungen beschlossen haben."

„Und das hat Mr. Romelli niemand gesagt?"

„Das hat man bestimmt. Er hat nur nicht zugehört."

„Also, was hat das alles zu bedeuten?"

Er trat näher, und seine Hand rückte näher zu meiner. „Das bedeutet, dass Tony Strada ein schlauer Mann ist, und sich deshalb nicht nächste Woche erschossen wiederfinden wird oder aus dem Lake Michigan gefischt werden muss. Er ist schon dabei, sich mit allen zu arrangieren."

„Mein Gott, Dreo."

„Non farci caso."

„Sag mir nicht, dass ich mir keine Sorgen machen soll!"

Plötzlich lächelte er. „Seit wann sprichst du Italienisch?"

Das tat ich nicht, es war einfach… „Ich wusste, was du sagen würdest."

Er legte den Kopf zur Seite und sah mich direkt an. „Du glaubst, du kennst mich?"

„Bist du in Sicherheit?" fragte ich und ignorierte seine Frage.

Ihn durchlief ein leichter Schauer, so unmerklich, dass man es nicht bemerkt hätte, wenn man ihn nicht direkt ansah. Der Mann konnte seine Gefühle meisterlich unter seiner perfekten Oberfläche verbergen.

„Dreo", sagte ich. Ich dachte nicht nach, ich trat nah an ihn heran und legte meine Hände an sein Gesicht, strich über seine Haut und hielt ihn fest, als ich in seine Augen sah. „Geht es dir gut?"

Er schluckte schwer. „Nichts davon betrifft mich oder Sal, denn... ich habe Mr. Romelli ein paar Tage vor seinem Tod gesagt... dass wir aussteigen. Wir haben Pläne, weißt du? Zusammen. Tony weiß Bescheid, und er kann es jetzt besser denn je nachvollziehen."

„Natürlich", stimmte ich ihm zu und wollte ihn loslassen.

Seine Hände legten sich um meine Handgelenke und hielten sie fest, so dass ich sie nicht zurückziehen konnte. „Ich habe mit Tony gesprochen." Er atmete tief durch und schien zufrieden zu sein, dass ich ihn berührte. „Und er wird uns gehen lassen. Er wird sich an Mr. Romellis Wort halten."

Ich versuchte wirklich, mich auf etwas anderes zu konzentrieren als auf die Augen dieses Mannes, die aus geschmolzenem Onyx zu bestehen schienen, oder der sinnlichen Form seines Mundes.

„Also, Sal und ich", flüsterte er beinahe und gab endlich meine Handgelenke frei, so dass meine Hände von ihm abfielen, „wir sind beide frei."

„Bist du glücklich?"

„Das bin ich. Wir beide."

Ich räusperte mich. „Du willst mit Sal zusammen eine Firma gründen?"

Er nickte. „Das haben wir schon, aber jetzt können wir Vollzeit daran arbeiten."

„Und was ist das für eine Firma?"

„Wir sind Bauunternehmer. Trockenbauwände, Malerarbeiten und solche Dinge. Mir macht es Spaß, genau wie Sal, und niemand schießt auf uns."

„Mach darüber keine Witze."

Er stöhnte. „Alles, was ich je getan habe, alles was Sal je getan hat, war Mr. Romelli zu beschützen, seine Bodyguards zu sein. Also haben wir zu Tony gesagt, dass jetzt, wo neu eingeteilt wird, wer wofür zuständig ist, er uns einfach da raus lassen soll. Mr. Romelli wollte uns gehen lassen, und das hat Tony jetzt auch getan."

„Also ist alles geklärt."

„Ja." Seine Augen hielten meinen Blick fest und sahen tief in mich hinein. „Ich meine, ich muss mein Leben ändern, bevor ich darauf stolz sein und jemanden darin haben kann, der mir etwas bedeutet."

„Also hast du es getan."

„Sì."

Es entstand eine längere Pause, und keiner von uns bewegte sich oder sagte ein Wort.

„Ich sollte Michael finden", sagte ich endlich und schaute in seine dunklen Augen.

„Ja", stimmte er mir zu.

Aber ich bewegte mich nicht, und nach einer Minute war es mir peinlich, weil ich dachte, er wollte noch mehr sagen, vielleicht sogar noch mehr tun. „Mach´s gut", sagte ich leise, ging an ihm vorbei zur Tür und legte die Hand auf die Klinke.

Er lehnte sich vor und versperrte mir mit seinem Unterarm den Weg nach draußen.

„Du musst mich gehen lassen."

„Noch nicht", flüsterte er

„Hör zu" - ich drehte mich herum, mit dem Rücken zur Tür - „ich bin mir nicht sicher, was du andeuten willst, und vielleicht merkst du nicht mal, dass du-"

„Ich merke es", sagte er schnell.

Ich holte tief Luft. „Und?"

Er sah traurig aus, und ich fühlte mich plötzlich sehr dumm.

„Dreo", platze ich heraus, „Du musst mir entweder sagen, was du von mir willst oder du musst mir sagen, dass du nichts willst."

Er atmete aus. *„Ho voglia di te."*

„Auf Englisch."

Er lehnte die Stirn gegen den Unterarm, mit dem er mir den Weg versperrte. „Ich weiß nicht."

„Was hast du gesagt?", fragte ich und sah in seine dunklen Augen.

„Ich sagte, ich will dich, aber ich weiß nicht, was ich damit genau meine."

Ich räusperte mich. „Ich denke, du willst eine Familie, Dreo, und dir gefällt die Vorstellung von dir und mir und Michael. Wenn du das Leben mit Mr. Romelli hinter dir gelassen hast, dann kannst du bestimmt auch eine Frau finden, die die Richtige für dich ist."

„Das ist nicht nötig."

„Das ist Quatsch. Du hast dich jeden Tag um Mr. Romelli und jeden Abend um Michael gekümmert, und die einzige Person, mit der du sonst regelmäßig Kontakt hattest, war ich, von daher macht es Sinn, dass du gewisse-"

„Nein, macht es nicht", fuhr er mich an. „Man entwickelt nicht einfach Gefühle für jemanden, nur weil er da ist. Glaub mir."

„Ich meine ja nur, dass-"

„Würdest du einfach deinen Mund halten?"

Der herablassende Ton war zu viel für mich. „Na schön, dann benimm dich wie ein Mann."

Wir standen da, starrten uns an, und er war mehr als wütend - es war ihm deutlich ins Gesicht geschrieben - aber da war noch etwas anderes.

„Du meinst also, ich hab keine Eier in der Hose."

„Ja, genau das meine ich."

Seine Augen wurden zu Schlitzen. „Du weißt schon, dass viele Leute Angst vor mir haben."

„Ich nicht. Niemals."

Er stöhnte und legte eine Hand vorsichtig an meine Kehle und drückte meinen Kopf mit dem Daumen nach hinten. „*Tesoro... dammi un bacio...*"

Ich hätte nie gedacht, dass ich nochmal Schmetterlinge im Bauch haben würde, dass mein Herz so laut schlagen konnte, dass es alles andere übertönte, dass meine Knie tatsächlich weich werden konnten.

„*Per piacere*", flüsterte er, als er sich zu mir beugte und meine Lippen mit seinen berührte.

Mein Atem stockte, und ich sah, wie sein Mund sich zu einem teuflischen Lächeln verzog und mich küsste.

Der Kuss war hart und fast schon schmerzhaft, verzehrend und rau, voller verzweifelter, rasender Hitze. Dreo nahm sich, was er wollte. Ich konnte fühlen, wie er mich beherrschte und stöhnte tief in seinen Mund. Ich begehrte ihn, und selbst, als ich den Kuss unterbrechen musste, um zu atmen, hielt ich ihn weiter fest.

„Alles okay?" Die Frage klang, als wollte ich ihm die Wahl lassen zu gehen, auch wenn ich mich an seine Anzugjacke klammerte.

Er nickte kaum merklich.

„Ich bin dran."

„Bitte", sagte er leise, und für mich gab es kein Halten mehr.

Meine Augen schlossen sich, als sich unsere Lippen wieder trafen und mein Mund legte sich auf seinen, meine Zunge glitt in seine feuchte Hitze, schmeckte ihn, umschlang seine Zunge, während wir uns aneinander rieben. Es war langsam und träge, tief und intensiv. Eine meiner Hände glitt um seinen Kopf und streichelte seinen Nacken, die andere über seine Brust und strich seine harten Brustmuskeln.

Das Grollen in seiner Kehle war sehr tief und sehr sexy, und als ich seine Zunge mit der meinen streichelte, fühlte ich, dass seine Hände über meinen Hintern fuhren und seine Finger fest zudrückten.

Es war sinnlich und betörend. Er verschlang mein Stöhnen, als ich meine Arme um seinen Hals legte und ihn noch härter küsste. Ich fühlte, wie mir heiß und kalt zugleich wurde, und dass er genauso auf mich reagierte. Alles außer seinem süßen Mund war vergessen, es gab nur noch das Verlangen.

Vier Jahre verwandelten sich in einen einzigen Moment voll brennendem, schmerzhaftem, alles verschlingendem Verlangen. Ich war überwältigt. Normalerweise hinterfragte und analysierte ich alles, aber dafür blieb mir keine Zeit. Der Mann hörte nicht auf, ließ mich nicht los. Stattdessen hatte ich, als ich mich von ihm löste, nur eine Sekunde Zeit, bis seine Zähne wieder an mir knabberten. Ich hörte, wie er einen schnellen Atemzug nahm, bevor seine Zunge wieder jeden Winkel meines Mundes erkundete, mein Zahnfleisch, meine Zähne, die Innenseiten meiner Wangen.

Seine Hände zogen meine Hüften zu seinen heran, und er begann, sich an mir zu reiben und presste sich gegen meinen harten Schritt. Das Gefühl, seinen Körper zu spüren, seine Hitze... ich war verloren.

Ich unterbrach den Kuss, um zu atmen, und sofort schob er meinen Kopf zurück, damit er seine Lippen auf meine Kehle pressen konnte. Er saugte und biss, und ich zuckte in seinen Armen, als er mich einzuatmen schien und seine Hände meine Hintern kneteten.

„Fuck, Nate", stöhnte er zittrig. „Ich weiß nicht, was ich-"

Ich hatte Gelegenheit gehabt, Luft zu holen, also hob ich den Kopf und zog ihn zu mir herunter, um unseren Kuss wieder aufzunehmen. Ich stieß meine Zunge in seinen Mund. Seine Lippen waren geöffnet, bereit und verlangend.

Er hob mich hoch, und ich schlang meine langen Beine um seine Taille, als er mich gegen die Tür drückte. Mein Kopf war jetzt über ihm, und ich schloss meinen Mund über seinen, meine Zunge glitt hinein. Der Kuss war genauso wild wie zuvor, genauso hungrig und verlangend.

Ich wimmerte laut und fühlte, wie er daraufhin erzitterte, sein großer, harter Körper bebte, als er begann, gegen meinen Schritt und die Innenseiten meiner Oberschenkel zu stoßen.

Meine Hände gruben sich in sein Jackett, während ich seinen Mund bearbeitete und fühlte, wie er sich mir ergab, sich mir hingab, um mit ihm zu tun, was ich wollte.

Seine Hüften drängten härter, fester, und ich versuchte, meine Lippen von ihm zu lösen, aber er saugte meine Unterlippe in seinen Mund. Er biss hinein und ließ mich nicht los.

Erneut verlor ich mich in unserem Kuss, aber er drückte mich mit seiner Brust gegen die Tür, löste seine Lippen von meinen, holte tief Luft und ließ mich wieder auf meine Füße. Wir atmeten beide schwer, hatten die Stirn an die des anderen gepresst und zitterten vor ungestilltem Verlangen.

„Nate", krächzte er und sein heißer Atem berührte mein Gesicht. „Wirst du mich in dein Bett lassen?"

„Ja", antwortete ich ehrlich, denn so heiß es auch mit Duncan gewesen war, so sehr ich Sean Cooper gewollt hatte, kam doch nichts der brennenden Hitze gleich, die ich gerade mit diesem Mann in meinen Armen erlebt hatte.

„Schwörst du´s?"

„Ich schwöre es", versicherte ich ihm und nahm die Arme von seinem Hals.

„Tu das nicht", murmelte er, lehnte sich vor und drückte seinen Mund gegen meinen Halsansatz. Er leckte die Stelle, bevor er die Haut in seinen Mund saugte.

Das würde ein Mal hinterlassen, was er meiner Meinung nach auch beabsichtigte.

Ich hielt mich an ihm fest, als er meinem Mantel öffnete, meinen Pullover hochschob, das T-Shirt aus meiner Jeans zog und mit den Händen über meine erhitzte Haut strich.

„*Sonno pazzo di te.*" Er flüsterte die Worte gegen meinen Hals.

„Was hast du-"

„Ich bin so verrückt nach dir. Ich will dich überall berühren."

107

Ich würde ihn tun lassen, was er wollte. Als er etwas vor sich hin murmelte, fragte ich ihn endlich, was dieses Wort bedeutet, das er so oft benutzte.

„Ich nenne dich ständig *tesoro*", erinnerte er, „und du hast mich noch nie danach gefragt."

„Es heißt nicht ‚Nervensäge' auf Italienisch?"

„Nein", hauchte er, bevor er sich an meinem Kiefer entlang küsste und sein Gesicht an meinem Bart rieb. „Es bedeutet Schatz, Nate Qells, und das bist du für mich."

„Was meinst d-"

„Du und Michael, ihr seid mein Zuhause."

Das war ich?

„Ja", sagte er, als hätte ich die Frage laut gestellt.

Als er mich mit halb geschlossenen Augen ansah und über seine dunklen, geschwollenen Lippen leckte, hörte ich, wie schwer er atmete. Ich erschauerte. Ich hätte es zugelassen, dass er mich an Ort und Stelle nahm, wenn er gewollt hätte, ohne auch nur eine Sekunde zu zögern. Ich wollte ihn so sehr. Ich fiel gegen ihn, als seine Hände zu meinem Gürtel wanderten und die Gürtelschnalle klimperte, als er sie öffnete und schließlich den Knopf und den Reißverschluss meiner Hose öffnete.

„Nate", stöhnte er, als seine Finger meinen feuchten Schwanz umfassten.

Ich erschauerte heftig, und es erforderte all meine Willenskraft, nicht auf der Stelle zu kommen, nicht auf seine Hand und seine Hose zu spritzen. Ich verlor nie die Kontrolle, aber jetzt stand ich kurz davor. „Du musst aufhören oder ich mache eine riesige Schweinerei."

„Mach nur", meinte er, während er an meinem Schaft zog und drückte. „Du bist… das ist so wundervoll."

Ich ergab mich für einen Moment dem Gefühl der prickelnden Elektrizität, die über meine Haut, meinen Rücken und durch meinen Körper raste, als ich in seine Faust pumpte.

„Ich will an dir saugen, so sehr - mich mit diesem Ding ersticken."

Ich versank, und ich konnte mich nicht erinnern, wann es das letzte Mal so intensiv gewesen war.

„*Voglio fare lámore con te*", flüsterte er in mein Haar.

„Ich verste-"

„Ich will mit dir Liebe machen."

„Fuck", knurrte ich und langte nach ihm. Eine Hand griff in seinen Pullover und die andere in seinen Nacken und ich zog ihn zu mir herunter, damit ich meine Zunge in seinen Hals stecken konnte.

Er richtete sich auf und ließ meinen tropfenden Schwanz los. Er legte stattdessen die Arme um meine Taille und presste die gesamte Länge seines Körpers an mich. Eine Hand fuhr an meiner Hose hinunter und packte meine rechte Arschbacke.

„Du bist so heiß", stöhnte er leise in mein Ohr. „Ich wusste, dass der Anblick unter all diesen Klamotten unglaublich sein würde, aber verdammt, Nate, ich will dich so sehr."

Ich konnte auch an nichts anderes denken.

„Ich wette, du brauchst es tief und hart, oder?"

Aus meiner Kehle erklang ein Wimmern. „Oh ja."

Er knurrte und presste sich noch enger an mich. „Ich will deine Haut spüren… überall."

Ich bearbeitete genüsslich seinen Mund, und er knetete meinen Hintern, und wir rieben uns hart aneinander, bis ich meine Hände auf seine perfekt gemeißelte Brust zwängte und ihn hart wegschob.

Für einen Moment standen wir einfach da und rangen nach Atem.

„Was soll der Mist?", keuchte er.

„Wenn wir so weiter machen, werde ich dich anbetteln, mich direkt hier in der Wäschekammer zu ficken."

Er starrte mich nur aus schwarzbraunen Augen, von langen, dichten Wimpern umgeben, an.

„Komm mit mir nach Hause in mein Bett. Lass mich dir zeigen, wie es sein kann, und lass mich dich hinterher die ganze Nacht halten. Geh nicht nach Hause. Bleib bei mir", flehte ich.

Er sah mir direkt in die Augen, hielt meinen Blick fest und studierte mein Gesicht.

„Bitte."

Nach einem langen Moment nickte er. „Ich suche Michael, dann treffen wir uns an deinem Auto."

Noch während ich sprach, rechnete ich damit, dass er ablehnte. Dass er dies nicht tat, dass seine Augen besitzergreifend über mich wanderten, dass er mir bedeutete, näher zu kommen, und dass er mein Gesicht zwischen seine Hände nahm und mich küsste, als ich dem nachkam… überwältigte mich. Er war so jung, und trotzdem hatte er keine Scheu, sich nehmen, was er wollte und herauszufinden, wohin die Leidenschaft uns führen würde.

Ich wurde in seinen Armen schlaff und fügsam, überließ ihm die Kontrolle über den Kuss, wie er an meinen Lippen saugte, seine Zunge um meine schlang und mich festhielt.

„Du bist so wunderschön." Er sprach die Worte an meinem Mund. „Bitte ändere nicht deine Meinung, bitte sag nicht nein zu mir, wenn wir nach Hause kommen."

Das Wort *Nein* wäre mir nie in den Sinn gekommen.

9

ICH SAH in die andere Richtung, als Michael ins Auto einstieg, und drehte mich erst zu ihm, als er die Tür geschlossen hatte und das Licht ausgegangen war. Ich hatte das Haus durch die Hintertür verlassen und war außen herumgegangen, denn ich wusste, wie ich aussehen musste.

Unordentliche Kleidung, verwuscheltes Haar, die Lippen dunkelrot und geschwollen. Ich sah aus, als wäre jemand über mich hergefallen. Dreo sah genauso aus, aber ich war auch noch rot in Gesicht, und als ich ins Auto stieg und in den Spiegel sah, stellte ich fest, dass meine Pupillen erweitert waren, so als hätte ich Drogen genommen. Jeder über achtzehn würde mir ansehen, was passiert war. Zum Glück hatte Michael - jung und unschuldig, wie er war - keine Ahnung.

„Geht's dir gut?", fragte er besorgt. „Du siehst ganz erhitzt aus."

Ich räusperte mich. „Mir geht's gut.

„Ich dachte, Dreo würde mit… oh, da kommt er."

Michael öffnete die Autotür, und ich fühlte mich erneut wie im Rampenlicht, aber ich beobachtete trotzdem, wie Dreo näher kam. Michael wollte seinem Onkel den Beifahrersitz überlassen, aber Dreo bedeutete ihm, sitzen zu bleiben. Er kletterte auf den Rücksitz, und Michael schloss gleichzeitig die Beifahrertür.

„Fahren wir nach Hause", sagte Michael. „Ich bin bereit für den Kung Fu-Film Marathon.

„Keine Hausaufgaben?" fragte ich.

„Hausaufgaben sind am Sonntagabend dran, nicht am Freitagabend", erklärte Dreo mir. „Gönn dem Jungen mal eine Pause."

„Genau, Nate, gönn mir mal eine Pause."

„Okay." Ich seufzte tief.

„Abgesehen davon müssen wir morgen wegen der Beerdigung alle früh aufstehen. Das wird ein langer Tag."

Der Gedanke war ernüchternd.

„Also", sagte Dreo leise und lehnte sich zwischen den Sitzen hindurch nach vorne. „Ich glaube, ich hätte dich und Nate gerne am selben Ort, zumindest, bis die Polizei etwas herausgefunden hat. Damit ich weiß, dass ihr in Sicherheit seid."

Michael drehte sich zu ihm um. „Heißt das, wir übernachten heute bei Nate?"

„Wenn er uns lässt"; sagte Dreo sanft.

„Ich lasse euch", antwortete ich und blickte kurz in den Rückspiegel. Da waren die dunklen Augen, ihr Blick erhitzt und fest, und obwohl ich ihn nicht mal berührte, stockte mir der Atem.

„Hey, halten wir noch kurz beim Laden und besorgen uns Weingummi und Popcorn. Nate macht in seines M&Ms, genau wie du, Dreo.

Ich kicherte und drehte mich um, um Dreo anzusehen, und stellte fest, dass er mich ansah. „Du magst auch M&Ms in deinem Popcorn?"

Er nickte, und das Lächeln, das seine wunderschönen Lippen umspielte, verursachte bei mir ein flaues Gefühl im Magen. „Das tue ich, aber nur die normalen."

„Das versteht sich von selbst."

Er zuckte mit den Schultern.

„Das ist komisch."

„Das ist gut."

Im Laden ging ich zum Gang mit dem Wein. Ich suchte nach einem Rotwein für den Braten, den ich am Sonntagabend machen wollte, wie ich Dreo und Michael gerade erzählt hatte.

„Das ist bescheuert."

„Ist es nicht."

Ich sah mich um, und da stand ein wirklich hübsches Paar. Eine muntere Brünette mit Stupsnase und ein Kerl an ihrer Hand, der dachte, dass sie nicht ganz richtig im Kopf war, danach zu schließen, wie er die Augen verdrehte, aber sie dennoch verehrte.

„Man trinkt keinen Wein zu Makkaroni und Käse. Das ist einfach bekloppt."

„Entschuldigen Sie", sagte sie und legte die Hand an meinen Oberarm.

„Kate", sagte er warnend. Seine Augen schauten kurz zu mir, als er lächelte.

„Ja?"

„Wenn Sie Wein zu Makkaroni und Käse trinken wollten, welchen würden Sie aussuchen?"

„Ich bin kein Experte", wiegelte ich ab.

„Okay, aber Sie haben schon eine Flasche in der Hand, und die haben Sie offensichtlich aus einem bestimmten Grund ausgesucht. Ich wüsste nicht mal, wo ich anfangen sollte."

Aber da sie nun einmal fragte... „Naja, zu Makkaroni und Käse sollte man wohl etwas Leichtes wählen. Ich würde wahrscheinlich einen Chablis aussuchen, denn sein mineralischer Unterton passt sowohl zu Pasta, als auch zu Käse."

Beide sahen mich an.

„Siehst du?" Die junge Frau drehte sich zu ihrem Verlobten um. Ich hatte den Diamantring bemerkt. „Ich hab´s dir doch gesagt."

„Okay." Er hob ergeben die Hand, die nicht die seiner Verlobten hielt. „Anscheinend kann man Wein dazu trinken, also welchen nehmen wir, wenn es Ihnen nichts ausmacht?"

Ich hatte nicht bemerkt, dass uns ein weiteres Paar zugehört hatte, aber als ich ihnen einen guten Chablis empfahl, kam ein Mann näher und bat mich, ihm einen starken Rotwein zu empfehlen, der zu den Steaks passte, die er für Freunde zubereiten wollte. Ich sagte zu ihm, dass ich nicht in dem Laden arbeitete, aber er bat mich, ihm den Gefallen zu tun. Die Augen seiner Frau hinter ihm wurden riesig, als wollte sie sagen *Lieber Gott, bitte.*

„Letztes Mal hab ich diesen Wein ausgesucht, und meine Frau fand ihn sehr trocken. Es war ein Cabernet oder eine Mischung aus Cabernet und Merlot, ich weiß nicht mehr genau, aber niemand mochte ihn."

Ich nickte, und seine Frau klimperte mit den Augen. „Es war grauenhaft."

Der Mann stöhnte, ich kicherte und seine Frau warf die Hände in die Luft.

„Hätte ich lügen sollen, Ed?"

Er sah mich hilflos an.

„Also, mit einem Côtes du Rhône liegt man nie falsch", schlug ich vor und holte einen aus dem Regal. „Er ist nicht zu schwer, wissen Sie?"

„Vielen Dank." Er lächelte und nahm die Flasche, die ich ihm reichte. Seine Frau berührte mich am Ellenbogen, und sie verabschiedeten sich.

„Nate?"

Ich drehte mich um, und da waren Sean Cooper und ein Mann, den ich noch nie zuvor gesehen hatte. Es dauerte einen Moment, bis ich begriff, was da vor sich ging.

„Wer ist das, Seanie?"

Seanie? Warum kürzte er den Namen nicht ab? Coop klang jedenfalls besser als Seanie.

„Das ist mein alter Englischprofessor vom College, Dr. Nathan Qells."

Alt? War *alt* wirklich nötig gewesen?

„Hallo, Englischprofessor." Der äußerst attraktive Mann lächelte und reichte mir die Hand. „Es ist mir ein Vergnügen, Sie kennenzulernen. Mein Name ist Bryce, Bryce Easter."

„Freut mich, Bryce", gab ich zurück und nahm seine Hand.

„Also, Englischprofessor, hm?" Er kicherte und lächelte Sean zu, bevor er sich wieder mir zuwandte. „In wie vielen ihrer Kurse war dieser Kerl hier denn?" fragte er und legte einen Arm um Seans Schultern.

„Nur in dem Einführungskurs Englisch." Ich lächelte und musterte sie. Sie waren ein schönes Paar, und ich fragte mich, ob dies derselbe Mann war, wie im Restaurant vor ein paar Tagen. Wenn nicht, dann kam der gute Doktor ganz schön rum. Dann hätte Sean in einer Woche mehr Dates gehabt, als ich in drei Wochen. Aber im Ernst, daran war nichts verkehrt. Genau wie ich Michael und Danielle gesagt hatte, als wir ihn bei seinem Date gesehen hatten, man musste mit vielen Leuten ausgehen, bevor man eine fundierte Entscheidung treffen konnte, mit wem man sein Leben verbringen wollte.

„Kann ich einen Moment mit dir reden?", fragte Sean, packte mich am Oberarm und zog mich den Gang entlang, weg von Bryce.

Ich drehte mich um und sah ihn an.

„Ich dachte, ich gebe dir ein paar Tagen, um dich zu beruhigen. Du hast dich ziemlich aufgeregt, als wir das letzte Mal miteinander geredet haben."

Ich merkte, dass ich wirklich nichts zu sagen hatte. Es spielte keine Rolle. Wir kamen nicht voran - es war vorbei, und das wussten wir beide. Unsere Terminpläne und Lebensstile - nichts davon war kompatibel, und das hatte nichts mit dem Alter zu tun, nur mit Prioritäten. Michael, und plötzlich auch Dreo, hatten in meinem Leben höhere Priorität als Ausgehen, und die Medizin war ihm wichtiger als ich. Das verstand ich vollkommen.

„Ich denke, unser Timing passt einfach nicht", sagte ich lächelnd zu ihm. „Findest du nicht auch?"

Er sah mir ins Gesicht, und ich merkte, dass er meine Ehrlichkeit zu schätzen wusste. „Das tue ich." Er seufzte schwer. „Ich habe das Gefühl, als wollte ich etwas erzwingen, das einfach nicht da ist."

„Das geht mir auch so", stimmte ich ihm zu. „Aber trotzdem vielen Dank, ich fühle mich sehr geschmeichelt."

Er schüttelte kurz den Kopf. „Du verstehst es einfach nicht."

Ich wollte mir nicht mal die Mühe machen, das zu vertiefen - eigentlich wollte ich ihm nur kurz auf die Schulter klopfen und gehen.

„Bist du fertig damit, den Weinkenner zu spielen?" hallte Dreos Stimme durch den Gang.

Ich drehte mich um und bewunderte seine Bewegungen, als er näher kam, sein Selbstvertrauen, wie breit seine Schultern waren und das Lächeln auf seinen geschwungenen Lippen. Es war schon seltsam, dass ich ihn vor letzter Woche nie wirklich angesehen hatte. Der Mann war mir einfach nie aufgefallen.

„Was hast du-"

„Wir gehen jetzt", sagte Dreo grimmig und packte mich am Arm. „Komm schon, wir gehen nach Hause."

Er klang sehr besitzergreifend und kompromisslos. Obwohl ich immer gedacht hatte, dass ich ein solches Verhalten verabscheuen würde, stellte ich fest, dass das genaue Gegenteil der Fall war. In all meinen Beziehungen waren die Männer und ich gleichberechtigte Partner gewesen. Niemand gehörte dem anderen, keiner gab allein den Ton an. Das war immer in meinem Sinne gewesen, aber es war auch ganz schön, ein wenig herumkommandiert zu werden. Sogar Duncan Stiel, das große Alphamännchen, hatte so etwas nie getan, außer im Bett, und schon gar nicht in der Öffentlichkeit. Ich hätte nie erwartet, dass mir das gefiel. Dreo Fiore, der jünger war als ich, ließ mich durch den Klang seiner Stimme, dem Blick in seinen Augen und dem festen Griff an meinem Oberarm wissen, dass er dafür sorgen würde, dass ich mitkam, wenn ich es nicht von allein tun würde.

Es fiel mir schwer, mich zu konzentrieren, wenn er mir so nah war. Ich bekam wieder dieses flaue Gefühl im Magen.

„Nate?", hörte ich Sean sagen.

„Wer ist das?", fragte Bryce, als er zu uns kam.

„Hi", sagte Dreo gut gelaunt und sah die beiden Männer an. Er ließ mich nur los, um einen Arm um meine Schultern zu legen und mich fest an sich zu drücken.

„Wir haben uns neulich im Krankenhaus getroffen, als Nate dort war", erinnerte er Sean und damit auch Bryce.

„Ja", entgegnete Sean zögernd. „Ich wollte nicht…"

„Schön, dich kennenzulernen", sagte er zu Bryce. Ich versuchte zu lächeln, trotz der köstlichen Hitze von Dreos Körper, die meine Sinne durchflutete.

„Gleichfalls", meinte Bryce staunend, und starrte Dreo geradezu mit offenem Mund an. Das konnte ich nachvollziehen, denn der Mann war einfach unglaublich. Sean sah gut aus, und auch Bryce war sehr attraktiv, aber Dreo war sexy und gefährlich, und das machte ihn, zusammen mit seiner äußeren Schönheit, geradezu atemberaubend.

„Ihr seid zusammen?", fragte Sean und blickte zu mir.

„Na klar." Dreo lächelte lässig und verstärkte den Griff um meine Schultern.

„Trefft ihr euch auch mit anderen?", fragte Bryce und sah uns beide an.

Dreo lachte und küsste mein Ohr, bevor er mich losließ. „*Sì, lui è mio*", fügte er noch hinzu und ließ uns stehen, um nach etwas anderem zu sehen.

„Was hat er gesagt?", fragte Bryce fröhlich.

„Etwas wie ‚er gehört mir'", sagte ich, denn auch wenn ich mir bei der genauen Übersetzung nicht sicher war, erkannte ich Besitzansprüche, wenn ich sie hörte.

„Wie lange bist du schon mit dem Mafioso zusammen?", fragte Sean abfällig.

„Das spielt keine Rolle", gab ich zurück und reichte Bryce die Hand. „Es war schön, dich kennengelernt zu haben und einen ehemaligen Studenten wieder zu treffen."

„Es war auch mir eine Freude, Nate. Ich wünschte, ich hätte auch einen so gut aussehenden Englischprofessor gehabt."

Das war nett von ihm, aber es war mir wirklich egal. Ich musste Dreo finden.

Er war im Gang mit dem Kaffee und suchte etwas. Als er sich zu mir umdrehte, sah ich ein unverschämtes Grinsen auf seinem Gesicht.

„Was?", fragte er, als er Getreidekaffee in meinen Einkaufskorb fallen ließ. „Du magst Getreidekaffee?"

„Ja, seit du neulich welchen für mich gemacht hast. Was ist los?"

„Nichts", sagte ich und rieb meine Augen. „Du warst eben sehr charmant."

„Ich kann, wenn ich will." Er grinste und zog mich am Mantelkragen hinter sich her.

Wir liefen durch einen anderen Gang, und ich nahm Champignoncremesuppe mit. Er lachte leise und stupste mich mit der Schulter an.

„Was?"

„Nichts. Du fandest das eben nicht seltsam, oder?"

„Nein."

Er nickte. „Das ist gut."

„Was ist los?"

„Anders als der Mann von eben habe ich nicht mehrere Beziehungen gleichzeitig, nur eine. Also wenn ich in deinem Bett bin, bin ich der einzige und du bist der einzige in meinem. Verstehen wir uns?"

„Das tun wir. Aber nur damit du es weißt, Sean Cooper und ich waren nie zusammen im Bett, und-"

„Was früher war, interessiert mich nicht", stellte er klar. „Mich interessiert nur die Gegenwart. Ziehen wir das durch?"

Ich sah ihn an. Er hatte die Frage so sachlich gestellt, aber sein Gesichtsausdruck und sein fester Blick sprachen eine andere Sprache. Ich antwortete ihm ehrlich. „Das möchte ich. Und du?"

Er nickte. „Okay."

„Aber wir sollten schon Sex gehabt haben, bevor wir zusammenziehen, oder?", neckte ich ihn. „Ich meine, was ist, wenn es dir nicht gefällt?"

Sein Blick flog zu mir, und ich wusste sofort, dass ich mit dem Feuer spielte, bevor er so nah an mich herantrat, dass ich den Kopf heben musste, um ihm ins Gesicht sehen zu können. „In den letzten vier Jahren habe ich an nichts anderes gedacht, als daran, deine Beine auf meine Schultern zu legen und mich in dir zu versenken", sagte er mit rauer und tiefer Stimme, die Hitze durch meinen Körper jagte. „Dass es mir nicht gefällt, wird nicht das Problem sein, denke ich."

Ich musste Luft holen. Und als er dann lächelte… diese neue Seite von ihm, die er mir da zeigte, vom harten, gefühllosen Kerl zum feurigen Liebhaber, war überwältigend.

„Komm schon." Er legte einen Arm um meinen Nacken und zog mich nah zu sich heran. „Ich will nach Hause und ins Bett."

Mir blieb das Herz stehen.

„Ich kann nicht erwarten, herauszufinden, wie du schmeckst."

„Du solltest so etwas nicht-"

„Ich sollte", flüsterte er und lehnte sich näher. Ich fühlte seinen Atem heiß und feucht an meinem Ohr, bevor er mein Ohrläppchen in den Mund saugte und leicht hinein biss und sich dann weiter bewegte. Seine Lippen wanderten so schnell hinter mein Ohr, dass er fertig war, bevor wir am Ende des Ganges auf Michael stießen.

„Du bist immer noch ganz rot", stellte der jüngere Fiore fest und legte den Kopf schief. „Bist du sicher, dass es dir gut geht?"

Tatsächlich hatte ich von Kopf bis Fuß Gänsehaut.

„Ihm geht's gut", versicherte Dreo. Er legte die Hand in mein Kreuz und drängte mich weiter. „Komm schon."

Alles schien sich zu drehen, und ich achtete nicht darauf, wohin ich ging. Als ich den Laden verließ und mich nach links wandte, stieß ich mit einem Kerl zusammen, weil ich nur an Dreo denken konnte.

„Oh, Entschuldigung", murmelte ich und trat um ihn herum.

„Was glaubst du wohl, was du hier machst?" fauchte er und schubste mich hart.

115

Da waren drei Typen, die plötzlich viel zu dicht vor mir standen. Sie brüllten und bedrohten mich, und ich fragte mich, was zum Teufel hier gerade passiert war, als ich zurückgerissen wurde und Dreo vor mir stand.

„Lasst es gut sein", sagte er zu ihnen.

„Fick dich!"

Dreo erwiderte darauf nichts. Ich hatte mich selbst verteidigen und meine eigenen Kämpfe ausfechten müssen, seit ich zehn Jahre alt war, und ich blickte gerade rechtzeitig um ihn herum, um zu sehen, wie der erste Typ ihn angriff. Er war wirklich schnell, mein strahlender Ritter, und bevor sein Angreifer einen Treffer landen konnte, trat Dreo ihm gegen das Knie. Der Mann stürzte kopfüber auf den Gehweg, und sobald er am Boden lag, trat Dreo ihm hart in die Rippen, damit er auch nicht wieder hochkam. Nach den Wehlauten zu urteilen, die er von sich gab, würde er so schnell nicht aufstehen.

Die anderen beiden stürzten sich auf Dreo, aber bevor ich mich einmischen konnte, hatte er einen der beiden hart in die Seite geschlagen, worauf sofort ein Kinnhaken und ein Faustschlag ins Gesicht folgten. Ich hörte ein Knirschen, gefolgt von einem Schmerzensschrei, als Dreo zu dem dritten Kerl herumwirbelte. Der holte weit aus und versuchte, ihn zu treffen, aber Dreo fing seinen Arm ab und schleuderte ihn mit dem Geräusch von Fleisch, das auf Zement landete, auf den Rücken.

„Heilige Scheiße", keuchte Michael und starrte Dreo an, der über den Kerl stieg, der ausgestreckt am Boden lag, und wieder zu uns kam.

„Na los, fahren wir nach Hause", sagte Dreo, packte uns und zog uns hinter sich her.

Im Auto starrte Michael, der jetzt auf dem Rücksitz saß, seinen Onkel noch immer an.

„Dreo, das war unglaublich", bemerkte er staunend. „Wirklich."

„Das war bedauerlich", widersprach Dreo. „Aber hör zu, wenn du dich jemals drei Typen gegenüber siehst, so wie Nate gerade, tritt den ersten so fest du kannst von der Seite gegen das Knie, okay?"

„Von der Seite gegen das Knie?"

„Genau", gab Dreo zurück. „Wenn du ihn dort triffst, steht er nicht wieder auf. Einen Tritt in die Eier kann man schnell verdauen, wenn man genug Adrenalin im Körper hat."

Michael schien verstanden zu haben, denn er nickte, und ich lächelte. Er litt gerade an einem leichten Fall von Heldenverehrung, das war offensichtlich. Es passierte schließlich nicht jeden Tag, dass man wortwörtlich vor ein paar gruseligen Typen gerettet wird. „Achte immer auf deine Umgebung. Die meisten Kämpfe können vermieden werden, und das sollte man möglichst auch tun. Wenn Nate darauf geachtet hätte, wohin er geht, anstatt etwas anderes im Kopf zu haben, dann wäre er nicht mit diesen Typen zusammengestoßen."

„Dreo", setzte ich an, „ich-"

„Du musst vorsichtiger sein", ermahnte er mich und legte die Hand in meinen Nacken.

Ich wollte mich nicht bewegen, und ich wollte nicht, dass er seine Hand wegnahm, die gerade die Verspannungen dort bearbeitete.

„Du blutest nicht mal", sagte Michael zu Dreo.

„Warum sollte ich bluten?" fragte er, als hätte sein Neffe den Verstand verloren.

„Das war so cool", sagte Michael nur.

Dreos Finger fuhren durch mein Haar, und es kostete mich all meine Willenskraft, mich diesem sinnlichen Streicheln nicht entgegen zu lehnen.

„Also", begann Michael nach einer Minute und räusperte sich. „Du streichelst Nate."

Ich versteifte mich, aber Dreo zog seine Hand nicht zurück.

„Das tue ich", sagte er zu seinem Neffen.

„Also, ähm, ich werde heute Nacht in Nates Gästezimmer schlafen, richtig?"

„Richtig."

„Wo wirst du schlafen?"

Dreo blickte über seine Schulter zu Michael. „Bei Nate, wenn das in Ordnung ist. Ist es das?"

Es folgte Stille, und ich hielt den Atem an. Denn mich zu mögen war eine Sache, mich zu mögen, wenn ich mit seinem Onkel zusammen war, eine ganz andere.

„Was, wenn du Streit mit Nate hast? Was passiert dann?"

„Nichts ändert sich zwischen dir und Nate, *ragazzo*."

Ich spürte eine Hand auf meiner Schulter. „Nate?"

„Ich verspreche es", sagte ich und tätschelte seine Hand. „Zwischen uns wird sich nichts ändern, egal was passiert."

Er atmete tief durch, ich konnte es hören. „Dann ist es in Ordnung."

„In Ordnung." Dreo atmete erleichtert aus und legte seine Hand auf meinen Oberschenkel. „In Ordnung."

Als wir zu Hause ankamen, stiegen wir wortlos aus dem Auto und fuhren mit dem Aufzug nach oben. Sie gingen in ihr Appartement und ich ging in meines. Als ich meine Tür geschlossen hatte, merkte ich plötzlich, was ich getan hatte.

Fünfundvierzigjährige Männer fingen keine Beziehung mit Achtundzwanzigjährigen an. Auf jeden Fall nicht mit Achtundzwanzigjährigen, die wahrscheinlich immer noch Mafiaschläger waren, ganz egal, was sie einem weismachen wollten. Und schon gar nicht mit Achtundzwanzigjährigen, deren sechzehnjähriger Neffe bei ihnen lebte, und der von ihnen erwartete, dass sie sich wie Erwachsene verhielten. Meine Güte, wie zerfetzt hätte ich mein Herz den gerne?

Mein Telefon klingelte und ich schrak zusammen.

„Hallo?"

„Steht der Kung-Fu-Film Marathon noch?", fragte Dreo mit einem rauen Flüstern.

Ich nickte. Ich dachte nicht daran, dass er mich nicht sehen konnte.

„*Caro*?"

„Ja." Ich räusperte mich. „Was heißt, ähm-"

„Liebling. *Caro* bedeutet Liebling."

Ich war wirklich ein Idiot, aber seine Stimme, wie tief sie klang, fast schon atemlos, und der Kosename, das machte mich einfach... es war lächerlich. Wann war ich so notgeil geworden?

„*Voglio fare l'amore con te.*"

„Das hast du schon mal gesagt. Was-"

„Ich will... du weißt, was ich will."

Seit ich fünfzehn war, war ich nicht mehr so nervös und aufgeregt mit einem solch flauen Gefühl im Magen gewesen. Mein Gott! Viele Jahre lang war ich ein unkomplizierter, cooler, eleganter Liebhaber gewesen, und er machte das alles zunichte. Es gab immer ein bestimmtes Muster, eher eine Art Checkliste, der ich gefolgt war, wenn ich mich für jemanden interessiert hatte. Ich ging nach der üblichen Vorgehensweise vor - Abendessen, Küssen, zweideutige Unterhaltungen - das war mein Ritual für Eroberungen, aber mit Dreo... mit Dreo trieb ich haltlos dahin. Normalerweise war ich derjenige mit einem Plan. Ich legte fest, wann und wo, und das verstanden die Männer manchmal nicht. Sie dachten, nur weil ich passiv war, war nicht ich es, der die Regeln festlegte, der bestimmte, wo es langgeht.

„Wir kommen gleich rüber. Ist das in Ordnung?"

„Natürlich. Ich lasse die Wohnungstür unverschlossen. Ich muss duschen."

„Okay."

Ich legte auf und ging zur Tür, schloss sie auf und öffnete den Riegel, dann ging ich in mein Schlafzimmer, zog mich aus und ging nackt ins angrenzende Bad. Nachdem ich mich abgeschrubbt und meine Haare gewaschen hatte, stand ich unter dem heißen Wasser, ließ den Kopf zurückfallen und versuchte, mich zu entspannen. Ich schloss die Augen und konzentrierte mich aufs Atmen. Ich hatte keine Ahnung, wie lange ich unter der Dusche stand.

„Kommst du da jemals wieder raus?"

Ich drehte das Wasser ab und öffnete die blickdichte Tür der Dusche. Durch den Dampf sah ich Dreo in der Tür stehen mit der Hand am Türknauf. Ich trat heraus und langte nach meinem Badetuch, aber es war nicht da.

„Ich habe es", flüsterte er und schloss die Tür hinter sich.

Ich beobachtete, wie er näher kam, sah die Beule vorn in seiner Jogginghose und wie er mich von Kopf bis Fuß betrachtete. Als ich die Hand hob und ihn zu mir heran winkte, vernahm ich ein Wimmern.

Nichts war so erregend, wie ohne den leisesten Zweifel zu wissen, dass der Mensch, den man begehrte, einen genauso sehr begehrte. Als sich seine Hände an meinen Hals legten und mein Kinn anhoben, als sich sein Mund dem meinen näherte, brachte mich sein heiseres Stöhnen zum Lächeln.

„*Dammi un bacio*", hauchte er, bevor er endlich meine Lippen berührte und mich küsste.

Es hatte den selben betörenden Effekt wie beim ersten Mal, nur dass es jetzt, da ich nackt war, unmöglich war, dass er nicht bemerkte, nicht sah, wie ich auf ihn reagierte. Ich erzitterte unter seiner Berührung, als seine Zunge auf meine traf, sie streichelte, sie schmeckte. Er saugte hart, und ich unterbrach den Kuss, als ich nicht mehr atmen konnte. Mein Kopf fiel nach hinten, und seine Lippen machten sich über meine Haut her, wo sich mein Hals und meine Schulter trafen. Als er hinein biss, packte ich seine Haare und hielt mich an ihm fest, und er bog mich noch weiter nach hinten, so dass sein Kopf auf meiner Brust lag. Dann schloss sich sein Mund um meine harten Nippel. Er saugte und knabberte, und als sich seine Finger um meinen Schaft legten, durchfuhr mich unwillkürlich ein Zucken, wie von einem Stromschlag. Ich wäre gestürzt, wenn er mich nicht festgehalten hätte. Er war größer und stärker als ich, und so ließ er mich zu Boden gleiten und fixierte mich mit seinem Gewicht.

„*Guardami.*"

Ich konnte kaum atmen.

„Ich sagte, du sollst mich ansehen."

Es war schwer, die Augen zu öffnen - ich ertrank in meinen Gefühlen - aber es gelang mir gerade rechtzeitig, um zu sehen, wie er die Spitze meines Schaftes in seinen heißen, feuchten Mund nahm.

Alles in mir verlangte danach, in ihn zu stoßen, aber ich hielt still als seine Lippen mich tiefer aufnahmen, nicht zu tief, damit er noch atmen konnte, während seine Hand mich weiter streichelte und seine andere Hand mit meinen Eiern spielte.

Ich hatte so viele Fragen, denn Dreo schien wirklich zu wissen, was er da tat, und vorhin… Er hatte von mir geträumt, seit er mich kennengelernt hatte? Ich wollte definitiv Antworten von-

„Ich wollte, dass es perfekt wird", knurrte er, bevor ein mit Gleitgel befeuchteter Finger in mich glitt.

Ich würde nie das Gesicht des Mannes vergessen, als ich unter ihm zuckte. Er genoss es, dass er diese Reaktion bei mir hervorgerufen hatte: seine Augen, wie sie glitzerten, sprachen eine deutliche Sprache, genauso wie das Schürzen seiner köstlichen Lippen. Mein Gleitgel, das neben ihm geöffnet auf dem Badezimmerboden lag, überraschte mich. Er hatte meinen Nachtisch durchsuchen müssen, und der Gedanke, dass er es unbedingt finden wollte, dass er danach gesucht hatte, weil er mich wollte, ließ mich erzittern.

„Ich hätte nie damit gerechnet…" Er hielt den Atem an. „…Dass du mich wollen könntest."

„Du bist so wunderschön. Jeder würde dich wollen."

119

„Nein", sagte er, seine Stimme war ein tiefes Grollen in seiner Brust. „Wenn ich bei dir bin, wenn ich nur neben dir stehe, bin ich anders, leichter, weicher… Dein Einfluss, du veränderst mich."

„Ist das…" Ich erzitterte und Hitze durchströmte meinen Körper, „…Etwas Gutes?"

„Oh ja", sagte er und streichelte weiter meinen tropfenden Schwanz.

Als er einen zweiten Finger in meinen Arsch steckte, stöhnte ich laut und heiser. Seine tiefen, dunklen Augen, halbgeöffnet unter schweren Lidern, ließen mein Herz anhalten.

„Es tut mir leid", murmelte er. Der Druck seiner Faust verschwand von meinem schmerzenden Schwanz, als er ein Kondom aufhob, das neben dem Gleitgel lag, und an seinen Lippen führte. „Das Bett wird warten müssen."

„Das ist mir egal", sagte ich zu ihm und bog mich ihm entgegen, als er seine Finger spreizte und mich dehnte, sie in mir drehte, die Muskeln rieb und lockerte und mich gleichzeitig entspannte und erregte.

Das Geräusch, als die Verpackung des Kondoms geöffnet wurde, als seine Finger in mich hinein und wieder heraus glitten und über meine Prostata rieben, all das ließ mich erschauern.

„Heb deine Beine hoch."

Was? „Willst du mich nicht auf den Knien?"

„Verdammt, nein", erwiderte er, und seine Stimme grollte in seiner Brust, als er mich über die raue Bademateatte zog und mich dabei anhob. Ich fühlte die Spitze seines Schwanzes an meinem Eingang. Ich hatte nicht einmal hingesehen. Seine Augen, die waren einfach zu hinreißend, um den Blick von ihnen abzuwenden. Aber als er gegen mich stieß, musste ich hinsehen.

Der Mann war riesig. Lang und dick und wunderschön. Allein ihn zu sehen ließ mich wimmern. „Oh Gott, bitte."

„Nate… *ho bisogno di essere dentro di te…* Ich muss in dir sein."

„Ja, bitte ja."

Seine Finger konnten nicht um seinen Schwanz herumfassen, als er ihn an meine zuckende Öffnung hielt. „Ich mache langsam."

Das würde er nicht - ich würde ihn nicht lassen. Es war kein kleiner Naivling, den er gleich ficken würde. Ich war ein Mann, und ich kannte meinen Körper gut. Ich lebte schon lange mit ihm.

Ich drängte im gleichen Moment gegen ihn, als er in mich eindrang.

„Nate!", schrie er, überrascht und überwältigt, unfähig zu atmen, als seine Hüften nach vorne zuckten.

Sofort wurde ich auf seiner harten, samtigen Länge aufgespießt, und als er sich zurückzog und wieder in mich stieß, nahm er mir die Luft zum Atmen.

Ich erinnerte mich, warum ich es so sehr liebte, passiv zu sein. Das Gefühl des Ausgefülltseins, das köstliche Reiben über meine Prostata, das Gefühl der Dehnung, das zum Teil Schmerz und zum Teil Vergnügen war, das leise Brennen, das zu einer großen Hitze heranwuchs - Ich hatte es so sehr vermisst. Nicht, dass ich die Männer in meinem Bett bereut hätte, die nach Duncan gekommen waren, aber Gott... so gehalten und ausgefüllt zu werden war himmlisch.

Als der Mann in mich fuhr, hart und tief, stöhnte ich seinen Namen.

„*Sei così bello...* du siehst so wunderschön aus."

Ich konnte in einem Anzug oder einem Smoking gut aussehen - ich konnte mich schick machen, wenn ich wollte - aber noch nie hatte mich jemand als schön bezeichnet. Niemand außer Dreo Fiore. Seine Worte, der heisere Klang seiner leidenschaftlichen Stimme und in welchem Winkel er in mich hinein stieß, all dies sorgte dafür, dass sich in meinem Rücken Hitze sammelte. Die Art, wie seine Faust meinen Schaft hielt - wie er zog und rieb - und wie er beobachtete, wie sein Schwanz in mich hinein und wieder heraus glitt, all das war mehr, als ich ertragen konnte. Die Welt um mich herum brach zusammen, und ich ergab mich.

„Dreo, ich kann nicht-"

„Gott, du bist so eng und heiß und - komm, verdammt!"

Was er von mir verlangte und was mein Körper verlangte, war schließlich zu viel für mich. Ich konnte den heranrollenden Höhepunkt nicht mehr aufhalten.

Meine Eier zogen sich zusammen, meine Muskeln verkrampften sich, und ich kam über seine Hand und meinen Bauch. Mein Körper zuckte heftig und anhaltend, der Orgasmus verzehrte mich.

Er versenkte sich noch tiefer in mir, drängte in mich, während ich immer noch von Wellen der Lust erschüttert wurde. Er hob mich hoch, fasste mich an den Kniekehlen und hämmerte in meinen Körper.

Ich konnte fühlen, wie meine Muskeln um ihn herum flatterten und dann fest zupackten. Er kam brüllend und packte mich so hart, dass er bestimmt Male hinterließ. Aber es war genau das, was wir beide brauchten. Was für Laute ich von mir gab, Wimmern, Betteln, Stöhnen, während ihm der Atem stockte und sein Kopf zurückfiel und er über mir erstarrte.

Er sah aus wie aus Marmor gemeißelt: seine glatte olivfarbene Haut, perfekte Gesichtszüge, Brust und Bauchmuskeln wie geschnitzt und lange, harte, muskulöse Beine. Nicht ein Mal in den letzten vier Jahren hatte ich ihn wirklich gesehen. Seine dichten Wimpern, die sich bogen, seine adlerhafte Nase und seine vollen Lippen. Ich wunderte mich über meine eigene Blindheit, wie ich in seiner Gegenwart überhaupt ein Wort hatte herausbringen können.

„*Amo guardarti.*"

Ich lächelte ihn an, als er vorsichtig meine Beine absetzte, meine Füße auf den Teppich stellte und sich langsam aus mir zurückzog. „Was hast du gesagt?"

Seine Augen waren so weich, so dunkel und voll von besitzergreifender Rohheit. Ich merkte, dass mich noch nie zuvor jemand so angesehen hatte. Ich würde schnell süchtig danach werden.

„Ich sagte, dass ich es liebe, dich zu beobachten", erklärte er mir. Er verknotete das Kondom, stand auf und zog seine Jogginghose hoch, bevor er es in den Mülleimer neben dem Waschbecken warf.

Ich konnte mich noch nicht bewegen, und als er zurückkam und über mir stand, sagte ich ihm, er solle hinausgehen, damit ich mich saubermachen könnte.

„Und das war's? Du schickst mich weg?"

„Was willst du?"

„Nein, du bist dran, es zu sagen."

Ich setzte mich auf, nahm seine Hand und zog ihn zu mir herunter. Seine Augen beobachteten mich mit schweren Lidern, als ich mich breitbeinig auf seinen Schoß setzte und meine Arme hinter seinem Kopf verschränkte. Ich lehnte mich vor, presste meine Brust gegen seine und genoss das Gefühl.

„Wie sagt man…" Ich lächelte, leckte meine Lippen und bemerkte erfreut, wie er den Atem anhielt, „…'Ich wurde nur für dich gemacht' auf Italienisch?"

„Ero fatto per te", antwortete er, während seine Augen auf meinen Mund fixiert waren.

„Du wirst mir die richtige Aussprache beibringen müssen", hauchte ich und neigte meinen Kopf näher, damit ich über seine Unterlippe lecken konnte. „Ich würde mich freuen, es zu lernen."

Ich fühlte, wie er erzitterte. Er fing meine Zunge und schluckte mein Lachen als er mich küsste. Er hielt mich mit den Armen fest umklammert und sein Mund schloss sich über meinen als gehöre er ihm. Ich drängte gegen ihn, schwankte in seiner Umarmung und hielt mit meinen Oberschenkeln seine Hüften noch fester.

Wer hätte gedacht, dass ein Mann, der siebzehn Jahre jünger war als ich, so gefangen von mir sein konnte.

Unsere Zungen spielten miteinander, seine Hände berührten mich überall, und ruhten schließlich auf meinem Hintern. Er unterbrach den Kuss, um zu atmen.

„Sei fatto apposta per le mie mani." Sein Flüstern strich über meine Haut, und sein heißer Mund an meiner Kehle sandte Hitze in sengenden Wellen durch meinen Körper. „Du wurdest für meine Hände gemacht."

Gott, das hoffte ich wirklich. Ich wollte sie immer auf mir spüren.

„Nate?"

„Ich will es", sagte ich zu ihm, denn ich fühlte tief in mir ein Sehnen, das mich zittern ließ, als sei mir kalt. Emotionen, die in mir aufwallten und mich zu überwältigen drohten. „Ich will es mit uns versuchen… willst du das auch? Kannst du es?"

„Was meinst du mit ‚kannst du es'?", fragte er und beobachtete mein Gesicht. Er fuhr meine goldenen Augenbrauen nach, berührte meine Wimpern und meinen Bart.

„Deine Familie und-"

„Michael ist meine Familie, und er ist mit uns einverstanden. Weißt du, ich habe nicht einfach nur das Sorgerecht für ihn, er gehört ganz mir. Meine Schwester wollte, dass ich ihn adoptiere, falls ihr irgendetwas passiert, und nicht nur, dass ich sein Vormund werde. Sie war sehr schlau und sie wusste... sie wollte nicht, dass ich Probleme bekomme.“

„Was wusste sie?“

Seine Arme schlangen sich wieder um mich. Er wollte sichergehen, dass ich ihn nicht loslassen würde. „Sie wusste, dass ich schwul bin, denn ich habe es ihr erzählt.“

Ich strich ihm das seidige Haar aus dem Gesicht. Es war wellig, fast schon gelockt, sein dichtes, glänzendes Haar, von dem ich scheinbar nicht die Finger lassen konnte. „Ich habe Sie immer nur mit Frauen gesehen, Mr. Fiore.“

„Man kann unmöglich schwul sein, wenn man bei der Mafia für das Grobe zuständig ist, Dr. Qells“, sagte er zu mir, während seine Hände über meine Oberschenkel strichen. „Und Michael hat mit seinen Freunden darüber geredet, und die haben mit ihren Freunden geredet... und so sprach sich herum, dass sein Onkel ein Frauenheld ist, und das war es, was Mr. Romelli hören wollte.“

„Es war den Frauen gegenüber nicht fair. Du hast ihnen Hoffnungen gemacht.“

„Ich habe sie in schicke Restaurants eingeladen. Du kannst mir glauben, dass sie ihren Spaß dabei hatten. Davon abgesehen ist es kein Drama, keinen Sex mit mir gehabt zu haben.“

Ich zitterte leicht. „Da muss ich dir widersprechen.“

Sein Brummen war zutiefst männlich, sehr selbstgefällig, eher ein Knurren. Auf was hatte ich mich da bloß eingelassen?

„Ich meinte nur-“

„Dass dir gefallen hat, was wir gerade auf dem Boden deines Badezimmers gemacht haben.“

„Ja.“

„Mir auch“, stimmte er mir zu und legte meine Beine um seine Hüften, um mich noch fester halten zu können. „Und deshalb schlafe ich auch nicht mit Frauen.“

Ich nickte.

„Und deshalb“, sagte er seufzend, während er mit dem Finger über mein Rückgrat fuhr, „wirst du der einzige sein, mit dem ich so etwas tue. Solange, bis du mir sagst, dass ich gehen soll.“

Ich wusste nicht, was ich davon halten sollte. „Das würde ich nie von dir verlangen.“

„Das solltest du aber.“

„Ich habe kein Recht-“

„Doch, das hast du“, versicherte er mir. „Genauso, wie ich es von dir verlange... niemand außer mir.“

Eine Million Dinge schossen mir durch den Kopf, nicht zuletzt, dass das alles zu schnell ging, viel zu schnell, aber dann atmete ich tief durch und mein Gehirn schaltete sich ein.

Er gestand mir nicht seine unsterbliche Liebe, er wollte nur eine Chance, herauszufinden, ob es mit uns funktionieren konnte. Das wollte ich auch. Und wir waren keine Fremden, ich kannte den Mann seit vier Jahren.

„*Sono pazzo di te*", flüsterte er und lehnte sich vor, um den Mund an meine Kehle zu legen und über meine Haut zu lecken, bevor er zubiss und an der Stelle saugte.

Sengende Hitze zuckte wie ein Peitschenschlag über meinen Rücken und ich zuckte in seinen Armen.

„Sag mir, dass du auch verrückt nach mir bist... *tesoro... caro...*"

Sein Mund und seine Hände und seine stahlharten Oberschenkel unter meinen Beinen, das samtige Gleiten seiner Haut über meine Haut, die Muskeln, die sich anspannten, um mich zu halten, all das war so neu, und dennoch so schmerzlich vermisst. Normalerweise erwarteten meine Liebhaber von mir, dass ich die Regeln festlegte, weil ich der Ältere war, aber nicht dieses Mal. Dieses Mal war es anders. Ich konnte schon jetzt fühlen, dass es in eine vollkommen andere Richtung gehen würde. Ich war verängstigt und aufgeregt zugleich und schon tief darin verstrickt. Denn ich nahm mir nicht nur einen neuen Liebhaber, ich erweiterte eine bestehende Freundschaft und übernahm Verantwortung für ein Kind. Einen sechzehnjährigen Jungen, der sich auf mich verließ und mir vertraute, galt es auch zu berücksichtigen.

„Nate."

Meine wandernden Gedanken kehrten zu dem Mann zurück, der mich in seinen Armen hielt.

„Ich muss die Worte nur dieses eine Mal hören, ich-"

„Was du musst, interessiert mich nicht", sagte ich zu ihm. Ich veränderte meine Position, erhob mich und befreite meine Beine. Mit den Knien auf dem Teppich neben seinen Hüften presste ich meine blanke Brust gegen seine. Meine Hände hielten sein Gesicht, strichen über seinen Kiefer, zeichneten seine Oberlippe und seinen Nasenrücken nach. „Aber ich werde dir andere Dinge sagen, wie etwa, dass das, was wir gerade getan haben, du und ich... dass das unglaublich war, und ich kaum erwarten kann, es wieder zu tun. Ich werde dir sagen, dass ich hoffe, du willst neben mir in meinem Bett schlafen, denn es gibt für mich nichts Schöneres, als neben einem Geliebten zu liegen. Und schließlich, dass mich nichts mehr freuen würde, als zu sehen, wohin das mit uns führen kann. Und das ist mein Ernst."

„Wirklich?" Er schien so zufrieden. Seine Augen waren feucht und voller Freude.

„Ja."

Sein Lächeln veränderte sein Gesicht, machte ihn zu einem komplett anderen Mann.

„Ich bin froh, dass du aus den Geschäften von Mr. Romelli ausgestiegen bist."

„Das bin ich auch, Genauso wie Sal", sagte er, und seine Augen flatterten für einen Moment. „Und Sal weiß über mich Bescheid, und er weiß, was ich mir mit dir wünsche, also ist zwischen uns alles in Ordnung."

„Jetzt hab ich den Anschluss verloren."

Er sah mit ruhigem Blick in meine Augen. „Ich mag keine Geheimnisse, also musste ich Sal einfach die Wahrheit sagen, was ich mir mit dir aufbauen will."

„Aber du hast mir nie gesagt, was du dir gewünscht hast."

„Jetzt weißt du es."

Ich lächelte, als ich fühlte, wie seine Hände meinen Arsch packten.

„Weißt du, was ich will?"

„Nein."

„Ich will in dir kommen und zusehen, wie es wieder herausläuft." Er stöhnte leise. Der Klang seines Atmens und der Ausdruck in seinem Gesicht sagten mir, wie sehr er es wollte. „Ich will mich testen lassen, und wenn ich die Testergebnisse bekomme und du sehen kannst, dass ich negativ bin, kann ich das dann machen? Wirst du mich lassen?"

„Vielleicht will ich ja auch dich ficken", erwiderte ich, auch wenn sein Finger gerade meine Spalte hinunter glitt und ich mich ihm entgegen drückte.

Er lachte, und es war tief und grollend, warm und sexy. „Ich denke, du willst mich wirklich wieder in dir haben."

Keine Spielchen, ich spielte keine Spielchen. „Ja", gestand ich und ließ meinen Kopf auf seine Schulter fallen. Ich liebte seinen Geruch, seine geschmeidige, olivfarbene Haut, den Schweiß und den Salzgeschmack.

Er atmete langsam aus und umarmte mich einfach, zufrieden, sich nicht bewegen zu müssen.

„Wir sollten aufstehen", sagte ich schließlich. „Michael ist da draußen wahrscheinlich fürs Leben gezeichnet. Es tut mir leid, dass ich geschrien habe - ich konnte nicht anders."

„Es gefällt mir, dass du die Kontrolle verloren hast." Er lächelte und legte die Hände an mein Gesicht. „Und Michael ist noch zu Hause. Ich habe ihm gesagt, dass ich einen Moment allein mit dir reden müsste, und dass ich ihn anrufen würde, wenn wir fertig sind."

Ich starrte ihn an. „Ist es das, was du vorhattest?"

„Um ehrlich zu sein, nein", gestand er, stand auf und zog mich auf die Füße. „Ich wollte wirklich mit dir reden."

„Über was?", fragte ich und beobachtete ihn, als er sich in die Dusche lehnte und sie aufdrehte.

„Ob du uns vielleicht eine Chance geben würdest."

„Aber dem habe ich ja schon zugestimmt."

„Ja, ich weiß. Es ist viel leichter, den Mut für diese Frage zu finden, wenn man vorher Sex hatte."

Ich lächelte breit, und aus seiner Kehle entkam ein zufriedener Laut, bevor er sich zu mir beugte und mich küsste. Dass er einfach nicht anders konnte als mich zu packen, mich an sich zu drücken und in meinen Mund einzudringen, war heißer, als ich mir je vorgestellt hätte. Ich würde mich daran gewöhnen müssen, dass er mich mit Knutschflecken und blauen Flecken markierte. Der Gedanke gefiel mir. Normalerweise gingen Männer vorsichtig mit mir um, aber Dreo war zu hungrig, als dass ihn dies interessiere. Ich liebte es.

„Himmel", brachte er hervor, schob mich unter die Dusche und schloss die Tür. „Wir werden es nie aus diesem verdammten Badezimmer hinaus schaffen, wenn ich dich nicht in Ruhe lasse."

„Mir macht das nichts aus", lachte ich. Ich hörte, wie er knurrte, als ich mich unter dem Wasserstrahl drehte und mich zügig einseifte.

„Das wird es, wenn du nicht mehr in der Lage bist, dich zu bewegen."

„Ich lasse es darauf ankommen." Ich seufzte, spülte mich ab und trat wieder heraus. Ich schüttelte den Kopf, so dass ihn die Wassertropfen trafen.

Er langte nach mir, packte mit der Faust in meine nassen Haare und zog mich erneut für einen Kuss zu sich heran. Danach zu schließen, wie er meinen Mund bearbeitete, schienen ihm die Töne, die ich machte, zu gefallen.

Wir schafften es so schnell nicht aus dem Bad heraus.

IRGENDWANN WAR Michael das Warten leid gewesen. Er war in mein Appartement getreten und hatte uns gesagt, wir sollten endlich aus dem Badezimmer herauskommen und mit ihm fernsehen. Seine Forderung war laut und deutlich gewesen. Ich fand es hinreißend.

Er saß zwischen uns, was Dreo gewaltig störte, denn meine Flanellpyjamahose und mein langärmeliges T-Shirt waren, so sagte er, das schärfste, was er je gesehen hatte.

„Du solltest öfter ausgehen", flüsterte ich, bevor ich aufstand, um heiße Schokolade zu machen.

Er folgte mir in die Küche und lehnte sich gegen die Anrichte, während er mir zusah, wie ich einen kleinen Topf hervorholte, um die Milch zu erhitzen.

„Du stellst nicht einfach etwas Wasser in die Mikrowelle?"

Ich sah ihn über meine Schulter hinweg an. „Richtige heiße Schokolade macht man nicht so."

„Was meinst du damit?"

„Mit Wasser."

Er betrachtete mich von Kopf bis Fuß.

„Aber mal im Ernst", neckte ich ihn. „Flanellpyjamahosen sind nicht heiß."

„Das sagst du."

Mir schlug das Herz bis zum Hals, und ich musste mich darauf konzentrieren, was ich gerade tat, statt auf das Blut, das in meine Lenden strömte. Wieso war mir bloß nie aufgefallen, wie absolut wundervoll der Mann war? Ich wollte über seinen ganzen Körper lecken.

„Du bist ganz rot."

Weil ich kurz davor stand, in Flammen aufzugehen.

„Das ist hinreißend."

„Sexy hat mir besser gefallen."

„Oh, das natürlich auch."

Oh Gott.

Als ich damit fertig war, Zimt auf die Schlagsahne zu streuen, weil ich wusste, dass Michael das liebte, trug ich Dreo auf, die Tassen in das Wohnzimmer zu bringen.

„Ich wüsste gerne, welche Klamotten dich stattdessen anmachen", murmelte er. Sein Atem verursachte bei mir Gänsehaut, als er meinen Nacken streifte.

„Naja, also... da wären zum Beispiel Chaps und Stringtangas und noch vieles mehr, Mr. Fiore."

Als seine Hand über meinen Hintern glitt, lehnte ich mich unwillkürlich vor und schloss die Augen. Es war erst drei Wochen her, dass ich mit einem Typen etwas gehabt hatte, den ich von der Party eines Freundes mitgenommen hatte, aber da war ich der Aktive gewesen, weil der Kerl es von mir erwartet hatte. Das war ich normalerweise immer, denn ich fühlte mich nicht wohl dabei, wenn ein Fremder diese Kontrolle über mich hatte. Und da nicht ich derjenige gewesen war, der sich unterwarf und Vertrauen hatte, war es zwar ganz nett gewesen, aber nichts Außergewöhnliches. Ich war seit Duncan nicht mehr passiv gewesen.

Ich musste den Mann kennen, mit ihm vertraut sein und mich bei ihm wohlfühlen, wenn ich zulassen wollte, dass er in mich eindrang. Auch wenn ich es liebte, mich danach sehnte, ausgefüllt und gedehnt zu werden, brachte ich es einfach nicht fertig, einem Fremden derart zu vertrauen, so wie meine Freunde es taten. Alle meine Beziehungen hatten auf die gleiche Weise angefangen. Ich hatte die Kontrolle, ich war es, der über den anderen bestimmt hatte. Selbst Duncan war zu Beginn derjenige gewesen, der den Arsch hingehalten hatte. Aber jetzt... jetzt war es von Anfang an anders. Es fühlte sich anders an, weil zwischen uns die Basis einer Freundschaft bestand. Und Dreo war so selbstbewusst, so leidenschaftlich. Ich fühlte mich bei ihm so sicher, dass nein zu sagen mir nie auch nur in den Sinn gekommen wäre. Er würde mir nicht wehtun. Nicht körperlich, nicht seelisch, nicht emotional. Er sah in mir, so unglaublich es auch war, einen Schatz, von dem er nicht wusste, womit er ihn verdient hatte. Der Blick in seinen Augen war sinnliche Hitze und Staunen zugleich. Ich hatte keinen Zweifel daran, dass der Mann mich wollte, und nicht nur das. Es verlangte ihn danach, herauszufinden, wohin das mit uns führen konnte.

Und als der Mann mit der Hand über meinen Hintern strich, konnte ich mich nicht mehr beherrschen, denn er hatte mir gegenüber im Bett, beim Sex, die Dominanz gezeigt, die ich so sehr begehrte.

Ich zischte und presste mich gegen ihn.

„Komm, lass uns in dein Bett gehen", bettelte er und fuhr mit seinem harten Schwanz durch meine Spalte.

„Michael ist noch da."

„Michael kommt auch allein klar."

Der Mann machte mich einfach fertig.

„*Mi piaci da morire*", flüsterte er mit warmem Atem und weichen, feuchten Lippen, die meine Haut streiften, in mein Ohr.

„Was hast du gesagt?", fragte ich. Wann immer Dreo mich berührte, fühlte ich mich wie Fünfundzwanzig statt Fünfundvierzig.

„Ich sagte, dass ich dich ein bisschen mag." Er lachte mit rauer und tiefer Stimme.

„Du lügst", sagte ich und mein Körper kühlte etwas ab. Ich löste mich aus seinem Griff und ging zurück zum Kühlschrank. Dass der Kühlschrank groß und stabil gebaut war, zeigte sich, als ich Sekunden später dagegen gedrückt wurde und er nicht wackelte. „Du hast gesagt, du seist verrückt nach mir."

Er widersprach mir nicht, er kam nur hinter mir her und spreizte seine Hand auf der Edelstahl-Oberfläche, damit ich mich nicht bewegen konnte.

„Was hast du vor?", fragte ich.

„Wenn ich das nur wüsste", sagte er und fixierte meinen Blick. „Es ist nur - ich liebe meinen Neffen, aber ich wünschte mir wirklich, er würde ins Bett gehen. Ich muss mit dir reden."

„Du willst nicht reden." Ich kicherte, als ich bemerkte, wie er an meinem Körper hinunter sah, bevor er einen Oberschenkel zwischen meine Beine brachte.

„Nein", knurrte er mit schwerer Stimme. „Nicht wirklich."

„Hey."

Seinen Augen blickten in meine.

„Wir werden es doch versuchen, richtig?", fragte ich lächelnd. „Das haben wir gesagt, oder?"

Er nickte.

„Wir müssen nicht reden", versicherte ich ihm. „Wir lassen es einfach auf uns zukommen und hoffen das Beste."

„Nicht hoffen. Wir werden hart daran arbeiten."

Ich legte eine Hand auf seine Brust, und er bedeckte sie mit seiner Hand. „Ja. Und jetzt bring Michael die Tasse."

Wir waren wieder bei unserem Teenager auf der Couch, als ein Klassiker anfing, *Die 36 Kammern der Shaolin*.

„Ist der gut?", fragte Dreo.

Michael und ich sahen ihn beide an als wäre er verrückt.

„Meine Güte." Seine Augen wurden groß. „Was habe ich denn gesagt?"

„Du hast den Film noch nie gesehen?", fragte Michael entgeistert.

„Ernsthaft?", fügte ich hinzu.

„Gibt es noch andere gute Kung Fu Filme außer *Der Mann mit der Todeskralle*?"

„Zu erst Mal", setzte Michael pikiert an, „*Der Mann mit der Todeskralle* istnicht einfach ein Kung Fu Film. Er sticht aus dem Genre heraus. Dir ist bestimmt bewusst, dass es ohne *Der Mann mit der Todeskralle* kein *Mortal Kombat* oder*Tekken* oder-"

„Um Himmels Willen, ja, ich habe es kapiert", stöhnte Dreo. „Aber darum geht es jetzt nicht." Er deutete zum Fernseher. „Was ist das für ein Film?"

„Du meinst es wirklich ernst." Ich sah ihm mit gespieltem Entsetzen an. „Du hast noch nie *Die 36 Kammern der Shaolin* gesehen?"

„Bisher habe ich auch ohne überlebt."

Ich stöhnte.

Er brummte kurz als wir drei es uns gemütlich machten, um einen der besten Kung Fu Filme anzuschauen, der je gedreht worden war.

„Ihr zwei wisst schon, dass ihr total-"

„Schhhh", machten wir beide gleichzeitig.

Dass er dachte, wir wären verrückt, war offensichtlich.

Ich musste irgendwann eingenickt sein, denn als ich aufwachte, lag mein Kopf auf Dreos Brust und seine Hand strich durch mein Haar und massierte meinen Schädel.

„Hey", sagte er leise und seufzte tief.

„Wo ist Michael?", fragte ich verschlafen und setzte mich auf. Da merkte ich, dass ich praktisch auf seinem Schoß saß.

Er wies mit dem Kopf zur Seite, und da sah ich seinen Neffen, der am anderen Ende der Couch schlief, auf der auch Dreo und ich zusammen gekuschelt waren.

Ich lehnte mich zurück und lächelte, als ich mir die Augen rieb. „Es tut mir leid. Wir sind wohl beide eingeschlafen, nachdem wir dir erklärt haben, wie toll der Film ist."

„Das spielt keine Rolle. Es war nicht der Film, auf den es ankam."

Ich sah ihn immer noch ganz verschlafen an.

„Ich habe es mehr als alles andere genossen, mit euch beiden hier zu sein", sagte er zu mir, und seine Hand fuhr zu meinem Nacken und zog mich zu sich. Er hob mein Kinn mit seiner anderen Hand an. „Das war so, wie es sein sollte. Es fühlte sich richtig an."

Das ergab eigentlich keinen Sinn, aber als er mich noch näher zu sich zog und seine Lippen über meine strichen und unsere Münder sich perfekt zusammenfügten, vergaß ich, was ich hatte sagen wollen.

„Bleib..." Er küsste mich. „...Hier. Geh nicht weg."

„Soll ich mich auf deinen Schoß setzen?", neckte ich immer noch schläfrig.
„Oh ja."

Wie seine Stimme brummte und brach, ganz heiser und erhitzt, das war so heiß, dass ich ein Stöhnen nicht unterdrücken konnte.

Seine Hände lagen unter meinem T-Shirt auf meiner Haut, strichen über meinen Bauch, meine Hüften, hinunter in meine Pyjamahose über meinen Hintern, und mir entkam ein fast schon jammernder Laut. Der Kuss war feucht und hart und tief. Unsere Lippen schienen eins zu sein, als sie einander bearbeiteten, saugten und knabberten. Atmen konnten wir nur in kurzen Zügen, und ihm stockte vollends der Atem, als aus meiner Brust ein Schnurren erklang. Erst als Michael sich bewegte, trennten wir uns keuchend voneinander und starrten uns an.

Ich stand auf und ging zum Kaminsims, als er seinen Neffen weckte und ihn ins Gästezimmer brachte. Es war wirklich süß, wie Dreo dem stolpernden Michael die Hände auf die Schultern legte. Ich versuchte, mich darauf zu konzentrieren, um mein rasendes Herz zu beruhigen.

Minuten später war er zurück und schlang die Arme um mich, einen um meinen Nacken, den anderen quer über meine Brust.

„Na komm, ich bringe dich ins Bett", sagte er, nachdem er mich fest an sich gedrückt hatte.

Es war schön, wie er zurück trat und mich an der Hand vorsichtig hinter sich herzog. Er wollte noch die Lichter ausschalten und eine Runde durch die Wohnung machen, wie er es in seiner Wohnung auch machte, bevor er zu Bett ging.

Ich lag mit dem Gesicht nach unten, als er zurückkam. Ich hörte, wie er die Tür hinter sich schloss, bevor ich seine Hand auf meinem Arsch spürte, die meine Hose und Unterhose gleichzeitig herunterzog.

„Dreo", wisperte ich, als ich seinen Mund auf meiner rechten Arschbacke fühlte.

„Tut mir leid", sagte er schnell, und für einen Moment befürchtete ich, dass er aufhören würde, weil er seinen Namen als Ablehnung verstanden hatte, obwohl er doch eine Einladung gewesen war.

Als ich den Kopf hob und mich umblickte, sah ich, dass er seine Jogginghose bis zu den Knien herunter schob und eine Flasche Gleitgel öffnete, während er ein verpacktes Kondom zwischen den Zähnen hielt.

„Ich lasse dich jetzt noch nicht schlafen."

Ich erschauerte und legte mich wieder hin. Meine Hand glitt zwischen meine Beine und meine Finger umfassten meinen Schwanz, als er sich auf meine Beine setzte.

„Sag ja, Nate", befahl er mir, und ich hörte, wie die Folie geöffnet wurde.

„Oh Fuck, ja."

Den Laut, den er von sich gab, teils Stöhnen, teils Knurren, purer Sex und Anerkennung, nahm mir den Atem.

Ich streckte meinen Arsch in die Luft, damit ich ihn schneller in mir aufnehmen konnte. Ich keuchte, als ich fühlte wie sein langer, dicker, harter Schaft zwischen meine Arschbacken glitt, sie teilte und sich gegen meinen Eingang presste.

130

Ich hatte es so sehr vermisst. Das Fordern, das Verlangen, und nun kamen auch die Spuren auf meinem Körper hinzu, die der Beweis dafür waren, dass ich genommen worden war. Es war ein Grundinstinkt. Es war nichts, was ich außerhalb des Schlafzimmers mit anderen teilte, mein Verlangen, dominiert zu werden. Ich hatte Duncan angebettelt, seine Handschellen bei mir zu benutzen, aber er hatte nie geglaubt, dass ich wirklich meinen freien Willen aufgeben wollte, dass ich dies zulassen würde. Er hatte mir nicht genug vertraut, um meinen Worten zu glauben.

Ich fühlte das Brennen und Dehnen und wie mich sein Gewicht auf die Matratze presste, als er in meinen Körper drängte. Die Tränen kamen unwillkürlich, als die Lust mich überwältigte, und ich erschauerte unter ihm und schrie auf.

„Ich will dich fesseln", flüsterte Dreo, während seine Hand meinen Mund zuhielt, um meine Lustschreie zu dämpfen. „Und ich will dich knebeln. Wirst du mir das erlauben?"

Ich nicke. Ich war kaum fähig zu atmen, geschweige denn zu antworten. Ich wand mich unter ihm, denn ich wollte ihn tiefer in mir spüren. Der Rhythmus, den er vorgab, das langsame, sinnliche Stoßen und Zurückziehen, als er an meiner Schulter saugte und hineinbiss.

„Du wünschst dir so sehr, mein zu sein", stöhnte er, als er mein Kinn packte und seinen Mittelfinger zwischen meine Lippen steckte.

Ich saugte an seinem Finger, während er meinen Arsch füllte, harte Stöße, wieder und wieder. Der Mann war riesig, und ich fühlte jeden Zentimeter von ihm in mir.

„Nate. Sag ja… sag, dass du mir gehören wirst."

„Dein. Ja." Meine Worte waren kaum ein Flüstern.

Und es war verrückt. Ich war nicht verliebt. Ich hatte in den vier Jahren, in denen ich den Mann kannte, kaum mit ihm gesprochen. Was ihn antrieb, seine Gedanken, waren mir unbekannt. Aber was ich von ihm wusste, was in seinem Herzen war, danach war ich verrückt. Er war immer da, so nah, so selbstverständlich, und doch so gebraucht.

„Komm hoch", befahl er und zog sich gleichzeitig aus mir zurück.

Ich atmete tief ein. Die plötzliche Leere war fast schmerzhaft, als ich auf der Grenze zu einem gewaltigen Orgasmus wankte.

Raue Hände landeten auf meinen Hüften, und er riss mich zurück an den Rand des Bettes. Meine Füße hingen über den Bettrand, und mein Gesicht wurde zwischen meine angewinkelten Knie gezwungen. Ich fühlte mich wie ein geschlossenes Akkordeon. Schließlich war da ein Stupsen an meiner Öffnung, und er schob sich in mich, vergrub sich in einem langen, weichen Stoß.

„Dreo!"

Es folgte ein harter Schlag auf meinen Arsch, und ich fühlte, wie sich Hitze und ein Stechen auf meiner Arschbacke ausbreitete, als er die andere Hand zur Faust formte und damit meine Haare packte und meinen Kopf erbarmungslos nach oben und zur Seite riss, damit er meinen Mund nehmen konnte, während er in mich stieß.

„Ich kann nicht … ich, Dreo." Ich stöhnte seinen Namen, als sich meine Eier zusammenzogen und meine Muskeln seinen Schwanz umklammerten und sich unter der Wucht meiner Erlösung verkrampften.

Er hämmerte weiter in mich, während ich von meinem Höhepunkt erschüttert wurde und Nachbeben durch meinen Körper liefen. Ich fühlte, wie er in mir anschwoll, aber es gab keine Entladung, keine feuchte und samtige Hitze, die mich füllte, mich durchflutete, aber ich wollte es, brauchte es.

„Du musst dich testen lassen", sagte ich zu ihm, als ich wieder sprechen konnte.

„Warum?", fragte er, während er an meinem Ohr knabberte, und an der Haut dahinter und an meinem Hals hinunter. Seine weichen Lippen, sein warmer Atem und seine heisere Stimme ließen mich erneut erzittern.

„Weil…", flüsterte ich, „…ich das Gleiche will wie du. Ich will, dass du meinen Arsch mit deinem Saft füllst."

Er zuckte hinter mir zusammen, und ich wusste sofort, dass er den Gedanken, mein Inneres auf diese Art zu bedecken, mehr als angenehm fand. Es war ein tiefes, pulsierendes Sehnen. „Ich werde die Ergebnisse nächste Woche haben. Ich zeige sie dir so schnell wie möglich."

Ich lächelte, als er über mir zusammenbrach, die Arme um meine Brust geschlungen, mich festhielt und eng an sich presste.

Er war immer noch in mir. Ich fühlte seine verschwitzte Haut an meiner eigenen, seinen offenen Mund an meiner Schulter, seinen Herzschlag an meinem Rücken, und da erlaubte ich mir, mich ihm zu unterwerfen. Ich ließ unwiderruflich alle Hemmungen fallen und konnte endlich frei atmen.

„Das ist es, vertrau mir", knurrte er und vergrub die Nase in meinem Haar.

Ich hatte vergessen, wie sehr ich es liebte, einfach gehalten zu werden.

„*Tesoro*."

Ich schloss die Augen.

10

DREOS SEUFZEN, als er uns beide beobachtete, brachte mich zum Lächeln.

„Was?", fragte Michael, als er an seinem iPod herum fummelte.

„Ihr beide habt euch schon ordentlich zurecht gemacht."

Er zuckte mit den Achseln, so als bedeute ihm das Kompliment nichts, auch wenn sich ein kleines Lächeln auf seine Lippen stahl.

Dreos Hand legte sich um meinen Nacken, und er fuhr mit dem Daumen mein frisch rasiertes Kinn nach. „Besonders du, *Piccolo*."

Ich war früh aufgestanden und hatte mich über meinen Bart hergemacht. Erst mit dem Elektrorasierer und dann mit dem Rasiermesser, das mein Vater mir vor Jahren geschenkt hatte. Ich hatte sorgfältig gearbeitet und mir viel Zeit gelassen, und war nach einer Dusche wieder ins Schlafzimmer geschlüpft, um Dreo zu beobachten, bis er aufwachte.

„Wer zum Teufel bist du?" Er nickte mir zu.

Ich grinste nur. Schon wie er den Atem anhielt war die ganze Mühe wert gewesen.

„Grübchen?", fragte er und schlug sich die Hand aufs Herz. „Ich hatte keine Ahnung, dass du so hübsch bist."

Ich hob eine Augenbraue, und er schob mich Richtung Bett.

„Beweg deinen Hintern zu deiner Wohnung, damit du duschen und deinen Anzug anziehen kannst."

„*Un bacino, per favore*", knurrte er.

Ich ging zu meinem Bett hinüber, in dem er einfach unfassbar gut aussah, und küsste ihn.

„Du lernst Italienisch", flüsterte er.

„Nein", sagte ich heiser. „Ich weiß nur, was ich will."

Seine Hände hielten mein Gesicht und er öffnete seine Lippen für mich. Ich betrachtete einen Moment seine dichten Wimpern, die über seine Wangen strichen, die lange, gerade Nase und den sexy Schwung seines Mundes, bevor ich mir nahm, was ich wollte und ihn küsste, bis er keine Luft mehr bekam.

„Meine Güte, Nate"; keuchte er und starrte mich mit dunklen Augen an, als ich mich zurückzog.

Ich wackelte mit den Augenbrauen. „Ohne den Bart sehe ich nicht so alt aus, stimmt´s?"

„Du siehst nie alt aus", meinte er und langte nach mir, aber ich trat einen Schritt zurück, außerhalb seiner Reichweite. „Und ich liebe den Bart. Das habe ich schon immer."

„Ja, aber ohne ihn sehe ich auf keinen Fall alt aus." Ich grinste verschmitzt und bewunderte die Röte auf seiner glatten Haut, seine flache Atmung und seine geschwollenen Lippen.

„Komm her"; krächzte er, und ich sah, wie sich das Laken über seinen Hüften ausbeulte.

Ich schüttelte den Kopf. „Steht auf. Wir müssen uns unterwegs noch Kaffee und einen Donut holen."

Als ich zu meinem Schrank ging, war ich überrascht, als ich von hinten gepackt wurde und mit dem Gesicht voraus gegen die Wand gedrückt wurde. Und ich konnte verstehen, warum er dies tat. Das mit uns war ganz neu. Er wollte mich und ich wollte ihn genauso, und wir waren im Moment einfach unersättlich. Die Leidenschaft zwischen uns konnte jederzeit aufflammen, weil wir beide so hungrig nacheinander waren. Aber mehr noch als das musste er die Verbindung zwischen uns fühlen, bevor er sich dem normalen Leben stellen konnte, so als ob er eine Rüstung anlegte. Seine rauen Hände an meinen Hüften bedeuteten so viel mehr, als nur sein Verlangen, mich zu ficken.

„Sag mir, was du willst"; verlangte ich heiser.

Er rieb mit seinem harten, zuckenden Schwanz über meine Spalte, und ich stöhnte leise.

„Du warst letzte Nacht ziemlich grob mit mir", sagte ich zu ihm und drehte mich in seiner Umarmung um. „Aber ich kann dir einen blasen."

Dass er sofort auf die Knie ging, war eine Überraschung. Sein Blick, als er zu mir aufsah, meine Jogginghose herunterzog, damit mein harter Schwanz herausspringen konnte, reichte aus, um mir ein Stöhnen zu entlocken. Ich hatte einfach noch nie zuvor etwas gesehen, dass so sexy war wie dieser Mann.

„Wenn ich das hier nur in den Mund nehme, werde ich schon kommen", sagte er zu mir. Ich sah, dass er sich bereits streichelte, als er die Lippen öffnete und sie über sie Spitze meines tropfenden Schaftes stülpte.

Mir entkam unwillkürlich ein Wimmern, als er meinen Schwanz tief in seine Kehle schob und um mich herum schluckte. Mein Kopf fiel nach hinten und schlug gegen die Wand. Allein sein Kichern brachte mich zum Zucken.

Wir hatten einfach Spaß. Wir konnten miteinander lachen und Scherze machen. Sex musste nicht immer so furchtbar ernsthaft sein. Das war wirklich ein Geschenk. Ich war so glücklich.

Es war unmöglich, mich zurückzuhalten. Das Saugen, das Lecken, das Streicheln seiner Zunge, die Laute, sein Stöhnen, als ich meine Hand in seinen Haaren vergrub, sein Verlangen, dass ich seinen Mund fickte.

„Ich kann nicht… wir müssen uns testen lassen, und-"

„Nur ich, nicht du… du hast bestimmt ein aktuelles Testergebnis parat."

Das hatte ich wirklich. „Ja."

„Nate", wimmerte er. „Bitte."

Ich war so kurz davor. Das Saugen, die Hitze, das Gleiten - es war zu viel. Ich warnte ihn und versuchte, mich aus seinem Mund zurückzuziehen, aber seine Hände an meinem Hintern verkrampften sich und hielten mich fest. Ich konnte nicht mehr.

Ich sah zu, wie die Muskeln an seiner Kehle sich bewegten und seine Augen sich vor Lust schlossen, als er von mir trank, und wie er in seine eigene Hand stieß, bis er kam. Als er mich sauber geleckt hatte, zog ich ihn an den Haaren nach oben.

Seine Augen waren nur Schlitze, als er über mir aufragte.

„Küss mich." Ich hob ihm mein Gesicht entgegen.

Er beugte sich zu mir, aber er gab mir nicht, was ich verlangte.

„Ich will mich auf deine Zunge schmecken."

Seine geöffneten Lippen pressten sich auf meine, und meine Zunge konnte über seine Zunge streichen, sich mit ihr umschlingen und an ihr saugen. Meine Arme lagen fest und fordernd um seinen Nacken, und als ich seine Hand auf meinem Hinterkopf fühlte, wie sie mich vorsichtig hielt, da war ich verloren zwischen all dieser Zärtlichkeit und Leidenschaft. Mein Gott, er konnte alles von mir bekommen, was er wollte. Aber er schien mich nur küssen zu wollen, bis ich zu keinem Gedanken mehr fähig war, und wieder und wieder und wieder über meinen Hintern zu streicheln.

Und jetzt an der Eingangstür, eine Stunde später, sah er mich an, als wäre es das beste Geschenk, das ich ihm machen konnte, mit ihm zu dieser Beerdigung zu gehen.

„Du siehst ohne den Bart komisch aus", sagte Michael zu mir. „Ich meine ja nur."

Ich rollte mit den Augen und öffnete die Tür, damit wir drei uns auf den Weg machen konnten.

Dreo wollte fahren, also nahmen wir seinen Mercedes mit den getönten Scheiben und fuhren Richtung Innenstadt. Es regnete und war düster, und je näher wir kamen, desto düsterer wurde sie Stimmung im Auto.

Die Kirche war übersät mit riesigen Blumenarrangements. Dreo setzte sich mit Sal zu Mr. Romellis Familie nach vorne, während Michael und ich uns weiter hinten einen Platz suchten. Wir hatten beide unsere Mäntel zusammengefaltet und auf den Schoß gelegt, als die Messe begann. Ich war nicht katholisch, sondern methodistisch erzogen worden, also hielt ich mich an Michael, um zu sehen, was passieren würde und was ich machen sollte. Es war unmöglich, nicht von der Größe und Pracht der Kathedrale, dem opulenten Ablauf und dem gebildet und königlich wirkenden Priester beeindruckt zu sein. Das Spektakel war einfach unglaublich.

Die Messe war wunderschön. Schließlich bat Father Ross die Menschen, nach oben zu kommen und ein paar Worte über Mr. Romelli zu sagen. Seine Frau und seine Töchter betraten das Podium, dann Freunde, Leute aus der Gemeinde und zuletzt sein Sohn Joseph. Michael lehnte sich gegen mich, und ich erkannte, dass ihm dies alles zusetzte und wehtat. Er war nicht mehr bei einer Beerdigung

135

gewesen, seit seine Mutter gestorben war. Ich legte meinen Arm um seine Schultern und er presste sein Knie gegen meines. Ich freute mich, dass er zuließ, dass ich ihm Trost spendete.

Der Priester trat wieder ans Podium und sprach darüber, was für ein Mensch Mr. Romelli gewesen war, dass er sich für wohltätige Zwecke engagiert hatte und für die Kirche gespendet hatte. Das Abschluss war schön: es gab Gesang, und der Priester lud jeden zu einer Erfrischung ein, die von der Familie bereitgestellt worden war, bevor es weiter zum Friedhof ging. Nach dem Begräbnis sollte es im Haus der Familie Romelli ein Abendessen für Freunde und Familie geben, und ich fragte mich, ob Dreo auch dazu eingeladen war.

Da er in einer der Limousinen mitfahren musste, kam Dreo vor der Fahrt zum Friedhof zu uns, als die Erfrischungen verzehrt waren.

„Hier", sagte er und gab mir seine Schlüssel. Er legte einen Arm um meinen Nacken und den anderen um Michaels Schultern. „Wie geht es euch?"

„Uns geht's gut". Michael lächelte und lehnte sich an ihn. „Geht es dir gut?"

„Das wird schon." Er nickte und lächelte. „Kommt mit mir."

Er bedeutete uns zu gehen, und bevor ich erkennen konnte, wohin er mit uns wollte, näherten wir uns auch schon Tony Strada, der auf der anderen Seite des Raumes stand und mit dem Priester sprach.

„Dreo! Komm her!"

Wir mussten kehrtmachen, denn Joseph Romelli, Vincents Romellis Sohn, hatte ihn gerufen. Er hatte erwartet, dass er die Geschäfte übernehmen würde, jetzt, da sein Vater nicht mehr da war. Dies hatte Dreo uns erzählt. Aber in Wirklichkeit würde die Macht auf Vincent Romellis starken Stellvertreter, Tony Strada, übergehen.

„Joey." Dreo lächelte, aber der scharfe Unterton in seiner Stimme war nicht zu überhören. „Das sind Dr. Nathan Qells und mein Neffe Michael."

„Ich hatte dir gesagt, dass ich dich hier nicht sehen will", fauchte er Dreo praktisch an. „Wie kannst du es wagen, deinen-"

„Ich habe jedes Recht, hier zu sein", gab Dreo zurück. „Mach jetzt keine Szene."

Der Mann sah mich an und beobachtete, wie Dreo meine Hand nahm und Michael an sich zog. Seine Augen verengten sich wütend.

„Es ist nicht nötig, dass du mir diese Scheiße auch noch unter die Nase reibst. War es nicht genug, dass du meinem Vater davon erzählt hast?" Seine Stimme war kalt und hart. „War es nicht genug, dass du ihn in dein krankes und verdorbenes-"

„Ich wollte deinem Vater nur meinen Respekt erweisen", sagte Dreo scharf. „Und deiner Mutter und deinen Schwestern mein Beileid aussprechen."

„Wenn du ihm deinen Respekt erweisen wolltest, dann hättest du besser nie ein Wort darüber verloren, dass du eine dreckige Schwuchtel bist", entgegnete er mit gesenkter Stimme.

Plötzlich stand Sal ganz nah, aber unbeweglich neben mir. Seine Schulter berührte meine. Joseph sah ihn an und war offensichtlich von der offen gezeigten Solidarität überrascht.

„Dir ist das egal?" fragte Joseph. „Dich interessiert es einen Scheiß, was er ist?" Er schüttelte den Kopf.

„Es ist eine Sünde", fauchte Joseph.

„Das ist es nicht", gab Dreo zurück und lenkte so die Aufmerksamkeit des Mannes weg von Sal. „Du bist nur zu verbohrt, um das zu verstehen."

„Dieser Mann", fragte er Dreo und wies mit dem Kopf zu mir. „Was ist er für dich?"

„*Lui è il mio fidanzato*", sagte er heiser flüsternd.

Joseph wurde blass, genau wie einer der Männer. Der andere sah zwar erstaunt aus, aber zuckte nicht mit der Wimper.

Ich fragte mich kurz, was *fidanzato* bedeutete, bevor Sal sich zu mir lehnte und „Freund" in mein Ohr flüsterte. Ich konnte nicht anders, als Dreos Hand zu drücken und ihn von der Seite anzusehen.

In den zwei Jahren mit Duncan Stiel war ich immer nur einfach ein Typ gewesen, mit dem er manchmal etwas unternahm. Ein Tag mit Dreo Fiore, und ich wurde als derjenige anerkannt, mit dem er schlief, mit dem er zusammen war und den er an seiner Seite haben wollte. Es war überwältigend.

Es hätte Konsequenzen gegeben, wenn Duncan sich geoutet hätte, aber die schlossen nicht den Tod mit ein. Ich war nicht dumm. Ich wusste, wie man in Dreos Welt über Homosexualität dachte. Dass er trotzdem, wohl wissend um die Gefahr einer möglichen Bestrafung, die wie ein Damoklesschwert über ihm hing, offen preisgab, wie er zu mir stand, war atemberaubend. Seine Ehrlichkeit war zu viel für mich.

„Ich-" Joseph keuchte. Seine Augen wanderten zwischen meinem Geliebten und mir hin und her, bevor sie schließlich auf Dreo verharrten. „Ich kann deinen Anblick nicht ertragen! Es wäre besser, du wärst tot, anstatt diese Schande über mich und meine Familie und deine eigene zu bringen."

Dreo holte tief Luft. „Dein eigener Vater hat uns gehen lassen. Tony hat dem auch zugestimmt. Ich wollte nur offen und ehrlich sein und dir die wichtigsten Menschen in meinem Leben vorstellen."

„Tony hat nichts zu sagen, verdammt, Fiore. Nur ich!"

„Schrei nicht so", ertönte ein scharfes Flüstern hinter uns.

Wir drehten uns um, als Tony Strada sich uns mit zwei Männern im Schlepptau näherte, die beide riesengroß und still waren.

„Was ist hier los?"

Joseph drehte sich zu ihm um. „Du hattest kein Recht, Fiore oder Polo gehen zu-"

„Das habe ich sehr wohl, verdammt", erwiderte er und legte die Hand auf die Schulter des jüngeren Mannes. „Die Sache ist so: du arbeitest für mich, nicht umgekehrt."

„Du hast den Verstand verloren!"

„Sprich", begann Tony eisig und drückte die Schulter fester, „verdammt noch mal, leiser."

Es lag Spannung in der Luft, und ich war überrascht, dass die Männer, von denen ich annahm, dass sie zu Joseph gehörten, nicht eingriffen.

„Ich weiß es, meine Männer wissen es, und deine Männer wissen es auch. Finde dich damit ab, und wenn du das nicht allein schaffst, frag deine Mutter."

„Lass meine Mutter-"

„Wir haben uns unterhalten", sagte er leise mit tiefer Stimme. „Sie und ich. Sie hat verstanden, was Frazzis Leute ihr gesagt haben. Jeder weiß, um was es geht, außer dir, *figliolo*."

„Ich bin nicht dein Sohn", fauchte er Tony an. „Ich-"

Tony packte den jungen Mann hart im Genick. „Du arbeitest für mich oder du bist raus. Ich habe mit Frazzi Frieden geschlossen. Ich bin der Vermittler in der neuen Zusammenarbeit zwischen den Familien. Leg dich nicht mit mir an, und leg dich nicht mit ihm an", schloss er und nickte den beiden Männern zu, die hinter Joseph standen. „Bringt ihn zu seiner Mutter, und dann kommt wieder zu mir. Ich habe eine Aufgabe für euch beide."

„Ja, Mr. Strada", sagte der erste Mann, und der andere nickte.

Joseph war rasend vor Wut, weil er gedemütigt worden war, und ich konnte nur daran denken, dass das Gute an der Konfrontation gewesen war, dass er sich jetzt auf Tony statt auf Dreo konzentrieren würde.

Als Joseph davon ging, trat Tony näher zu uns und legte eine Hand an Michaels Wange. „Du siehst aus wie deine Mutter, *ragazzo*." Er lächelte.

„Vielen Dank, Sir." Michael seufzte.

Tony drehte sich zu mir um. „Lassen Sie sich wieder einen Bart wachsen, Professor. Das passt besser zu Ihnen."

Ich lächelte, denn entweder war er sehr aufmerksam oder sehr herrisch. Ich war mir nicht sicher. Ich wusste nicht mal mehr, warum ich mich heute Morgen rasiert hatte.

Dann wandte er sich Dreo zu. „Du könntest bleiben. Das hier", und er zuckte mit den Achseln, „das ist mir egal."

„Aber ich will nicht mehr so leben, genauso wenig wie Sal", sagte Dreo mit fester Stimme, als er für sich und seinen Freund sprach. „Ich bin eingestiegen, weil ich für Michael sorgen musste, und da hat Sal mich Mr. Romelli vorgestellt. Aber jetzt, da der alte Mann tot ist… Niemand will einen Bodyguard, unter dessen Schutz jemand gestorben ist."

Tony umfasste Dreos Gesicht. „Du hast mich gerettet, du hast Sal gerettet, und du hast den kleinen Scheißer gerettet, der gerade davongestürmt ist. Wenn du nicht da gewesen wärst, Dreo, dann wären wir alle tot."

Michael stockte der Atem.

„Du warst fantastisch, Andreo Fiore."

Dreo nickte und zog die Hände des alten Mannes von seinem Gesicht. „Ich wollte einfach nur alle da raus bringen, sonst nichts. Und jetzt will ich ganz aus der Sache raus."

Er nickte und gab Dreo lächelnd einen leichten Klaps auf die Wange. „Die anderen werden es nicht verstehen."

„*Non me ne frega un cazzo*", gab Dreo zurück.

Der Ältere lachte. „Oh, ich weiß, dass dich das einen Scheißdreck interessiert. Das musst du mir nicht sagen."

Dreo zuckte mit den Schultern und lächelte.

„Also gut. Ich habe meinen Teil erledigt und jeden wissen lassen, dass du und Sal raus seid. Niemand sollte euch Ärger machen, aber wenn doch, dann kommt zu mir."

„*Grazie molto*", sagte Sal.

„*Prego*", gab er zurück. „Und wenn einer von euch seine Meinung ändern sollte und zurückkommen will, meine Tür steht euch immer offen."

Dreo nahm seine Hand, hob sie an seine Lippen und küsste den Handrücken.

Tony lächelte und tätschelte Dreos Gesicht, bevor er sich umdrehte und mit den beiden Männern davonging.

„Fuck", stöhnte Sal. „Sollte es wirklich so einfach sein?"

Dreos Lächeln war breit, als er einen Arm um mich und den anderen um Michael legte. „Das denke ich auch. Es kommt mir falsch vor, auf einer Beerdigung so glücklich zu sein."

Sal schüttelte den Kopf und wollte sich gerade umdrehen, als Joseph plötzlich wieder vor uns stand.

„Lass dir eins gesagt sein", bellte er Dreo an und richtete den Finger auf ihn. „Wenn erstmal jeder weiß, dass du eine gottverdammte Schwuchtel bist, *finocchio*, dann kannst du von Glück reden, wenn-"

„*Taci!*"

Der Schrei kam von Sal, und wir drehten uns alle zu ihm um.

„*Ma sta zitto che é meglio!*", fuhr Sal fort und stellte sich schnell hinter Michael und hielt ihm die Ohren zu. „Du sagst kein Wort mehr zu ihm, du wertloses Stück Scheiße."

„Du-"

„Fick dich", zischte er Joseph an. „Wenn du nicht willst, dass deine Mutter erfährt, dass du es hinter dem Rücken deiner Frau mit Nutten treibst, dann halt den Mund und verpiss dich. Wir gehen jetzt einfach zum Friedhof und erweisen deinem Vater unseren Respekt, dann besuchen wir deine Mutter, und dann werden wir gehen, und du siehst uns nie wieder."

„Ich-"

„Was auch immer du von ihm oder mir hältst, wir haben deinen alten Herrn beschützt, bis er es uns unmöglich gemacht hat. Und der einzige Grund, warum du nicht auch tot bist, ist, dass du wie ein Kind erstarrt bist, als die Schießerei losging

139

und Dreo dich aus dem Club geschafft und niemandem gegenüber erwähnt hat, dass du überhaupt da warst."

Joseph sah zwischen den beiden Männern hin und her, als Sal seine Hände wieder von Michaels Ohren nahm.

„Also Folgendes." Sal holte tief Luft. „Tony hat schon herumerzählen lassen, dass wir raus sind. Du wirst das Gleiche tun. Am Montag gehst du zur Arbeit, und wir gehen zu unserer Arbeit. *Sì?*"

Nach einer Weile nickte Joseph.

„*Buono?*"

„*Sì, buono.*"

Er drehte sich um und ging davon, und wir vier waren wieder unter uns, als Sal zu lächeln begann.

„Fuck, ich will nach Hause." Dreo seufzte tief.

„Ich auch", stimmte Sal lächelnd zu. „Und ein Leben ohne diese Scheiße beginnen."

„Ganz genau", sagte Dreo und hob meine Hand und küsste sie.

„Wer hätte gedacht, dass die Wahrheit mich wirklich befreit?"

„Und nicht umbringt." Sal kicherte. „Keinen von uns." Er klopfte mir auf den Arm. „Er ist schwul. Ich bin mit einem Schwulen befreundet, mit dem *finocchio*." Er schielte zu Dreo. „Wer benutzt dieses Wort überhaupt noch?"

Er zuckte mit den Schultern. „Joey offensichtlich."

Sal gackerte. „Was soll's. Wen interessiert, was ein Mann in seinem Bett macht? Es zählt nur, war er außerhalb macht, für die Menschen, die er liebt."

Dreo nickte. „*Sì.*"

„*Lascialo perdere*", sagte er.

„Das werde ich nicht. Es interessiert mich einen Scheißdreck, was er über mich denkt. Sein Vater war ein anständiger Mann, aber der Sohn ist ein Drecksack, und wenn er nicht vorsichtig ist und sich weiterhin das Maul über Tony zerreißt und ihm nicht gehorcht…"

„*Sì*", stimmte Sal dem Unausgesprochenen zu.

„Wir könnten trotzdem noch Ärger bekommen", vermutete Dreo.

Sal nickte. „Bestimmt. Wir müssen es nur aussitzen."

„Dreo?" fragte ich.

Er lächelte warm. „In unserem Gewerbe sind Schwule nicht gern gesehen, um es vorsichtig auszudrücken."

„Du könntest verletzt werden", sagte ich.

„Schon, aber es war gut, dass du neulich vorbeigekommen bist, um mich vor dem Kerl auf der Feuertreppe zu warnen. Es ist gut, dass Tony dich kennt, dass seine Nichte dich kennt, und dass sie auch homosexuell ist. Das alles hilft uns, aber manche werden sich trotzdem noch daran stören. Mein Vater." Er zuckte mit den Achseln. „Er wird es nicht verstehen."

Das tat mir so leid für ihn.

Er beugte sich näher und lehnte seine Stirn an meine. „Michael und ich werden die Feiertage bei dir verbringen müssen, Nate. Wir werden sonst nirgendwo hingehen können."

Ich legte die Arme um seinen Nacken und hielt ihn fest. „Bei mir seid ihr immer willkommen. Ich würde mich freuen."

Sein Gesicht lag an meinem Hals, und seine Arme hielten mich eisern fest.

„Mein Vater ist nicht so", hörte ich Sal sagen, während ich den Mann festhielt, der mir mit jeder Minute, die ich mit ihm verbrachte, mehr bedeutete. „Salvatore Polo Senior ist der Ansicht, dass eine Familie immer zusammengehört, ganz egal, was passiert."

„Und was heißt das?" fragte Michael, als Dreo und ich uns von einander lösten.

„Bei mir zu Hause seid ihr alle willkommen", antwortete er. „Meine Eltern stört das kein bisschen. Als ich ihnen erzählt habe, dass ich aussteige, weil du es auch tust", Sal kicherte, „da hat meine Mutter gesagt, dass du schon immer ihr Liebling warst."

„Das ist eine Lüge", sagte Dreo leise und nahm meine Hand. Er schien einfach nicht anders zu können, als mich zu berühren.

„Du hast ihren Sohn dazu gebracht, einen Job aufzugeben, den sie gehasst hat", gab Sal zurück. „Dadurch bist du ihr Lieblingssohn geworden, Dreo Fiore."

Nach Dreos Lächeln zu urteilen, tat es ihm gut, das zu hören.

Normalerweise dauerte die Fahrt von Chicagos Innenstadt nach Hillside mehr oder weniger eine halbe Stunde, je nach Verkehrslage, aber die Auto-Prozession war lang, und so dauerte es eine ganze Stunde. Der Queen of Heaven – Friedhof war riesig, es gab sogar ein Mausoleum. Das Wetter war kühl und feucht, der Wind pfiff und der Himmel war dunkelgrau. Sehr passend für eine Beerdigung. Ich war schon auf anderen italienischen Beerdigungen gewesen. Für gewöhnlich gab es einen offenen Sarg, damit die Trauergäste den Verstorbenen noch einmal sehen und ihn auf die Stirn küssen konnten. Aber Sal hatte mir erzählt, dass von Vincent Romelli nicht viel übrig geblieben war, das man beerdigen konnte, erst recht nicht für einen offenen Sarg.

Michael und ich fanden endlich einen Parkplatz und stiegen aus. Als wir losgegangen waren, hörte ich, wie jemand meinen Namen rief. Ich sah Alla Strada mit ihrer Lebensgefährtin Jennifer St. James, und wir gingen zu ihnen. Jen umarmte mich und gab mir einen Kuss. Sie fragte mich sofort, ob ich in letzter Zeit gesehen hätte, dass Alla raucht.

„Jawohl, das habe ich", antwortete ich, und Alla schlug mir auf den Arm, woraufhin Jen sie schlug und ihr das Versprechen abverlangte, das Rauchen sofort aufzugeben … erneut.

Alla rollte mit den Augen, aber stimmte zu.

„Er hasst Drogen", sagte Michael zu den beiden Frauen. „Aber ihr müsst bedenken", sagte er an Alla gerichtet. „Er ist Vater."

Das schien ihr entfallen zu sein. Sie legte einen Arm um Michaels Schultern und ging mit ihm, während Jen und ich den beiden Arm in Arm folgten.

Die Zeremonie am Grab dauerte länger als der Gottesdienst. Michael und ich mussten stehen, und nach einer Weile stelle er sich neben mich, statt zwischen Alla und Jen stehen zu bleiben. Als sein Kopf auf meine Schulter fiel, merkte ich sofort, dass es ihm zu viel wurde, ganz egal wie sehr er versuchte, sich zusammenzureißen. Ich legte einen Arm um ihn und hielt ihn fest.

Dreo war hinter der Stuhlreihe, wo die Mitglieder von Mr. Romellis Familie saßen. Im Vorbeigehen hatte ich gesehen, dass Mrs. Romelli sich an seine Hand klammerte, als ginge es um ihr Leben. Es war offensichtlich, dass Dreo und Sal seinen Eltern nah gestanden hatten, ganz egal, was Joseph davon hielt.

Wieder traten Leute nach vorne und sprachen, ein Streichquartett spielte, und der Priester sprach den letzten Segen, bevor er die Zeremonie zu Ende brachte. Alle taten es Mrs. Romelli und ihren Töchtern und ihrem Sohn gleich, die Rosen auf den Sarg legten. Ich hatte noch nie so viele Trauerkränze auf einmal gesehen, einer prächtiger als der andere. Jeder reihte sich ein und ging an den Romellis vorbei. Michael und ich blieben zurück, denn ich hielt es für unpassend.

„Was soll das?", fragte Alla mich, als sie bemerkte, dass wir ihr und Jen nicht gefolgt waren.

„Ich will keine Szene-"

„Oh, um Himmels Willen, Nate", unterbrach sie mich, packte mich am Arm und zog mich hinter sich her.

Die Romelli-Töchter waren freundlich und schüttelten meine und Michaels Hand, aber als wir vor Joseph standen, weigerte er sich, einen von uns auch nur zu berühren.

„Joe?" Mrs. Romelli sah ihn an. Ihre rot geränderten Augen waren geschwollen und voller Tränen.

„Ich habe dir gesagt, warum Dreo und Sal gegangen sind. Dies ist der Grund."

Ihr Blick lag wieder auf mir und Michael. Sie streckte die Arme nach mir aus und umarmte mich fest. „Es ist so schön, dich wiederzusehen, Nate. Bitte kümmere dich um Dreo. Liebe ihn. Er hat meinen Sohn gerettet, und er wäre fast gestorben als er meinen Ehemann retten wollte. Er ist ein guter Junge, der beste… *per piacere*."

„Das werde ich", versprach ich, während ich sie umarmte und ihr sanft über den Rücken rieb. „Ich werde mich gut um ihn kümmern."

Sie ließ mich los und nickte. Plötzlich war Michael da, umarmte sie und sagte ihr, wie leid es ihm tat. Er sagte ihr, dass er wusste, wie sie sich fühlte und wie es war, einen geliebten Menschen zu verlieren. Michael sagte, es wäre schwer, aber es würde jeden Tag ein wenig leichter werden. Das versprach er ihr.

Mrs. Romelli hielt ihn fest und schluchzte und ihre Töchter schienen Michael für ein Geschenk des Himmels zu halten. Zwei von ihnen hielten meine Hände und die dritte versicherte mir, wie viel Dreo ihnen allen bedeutete. Sie sagten, dass sie erwarteten, dass Dreo, Michael und ich sie besuchen würden.

Mein Blick wanderte zu Joseph, und ich sah rasende Wut und Resignation in seinen Augen. Er wurde von der Wolke aus Akzeptanz und Liebe, die die Frauen in seiner Familie umgab, erstickt. Als ich zu Dreo blickte, sah ich sein zärtliches Lächeln und seine warmen, schwarzbraunen Augen. So wie er mich ansah, stolz, besitzergreifend… meine Brust verengte sich. Wir mussten wirklich miteinander reden.

DIE FAHRT zum Haus in La Grange dauert ewig, aber es war unmöglich, nicht hinzufahren. Wir wurden erwartet, und es wäre aufgefallen, wenn wir nicht da gewesen wären. Alla und Jen fuhren mit Michael und mir, statt mit Allas Eltern, und sie waren wirklich eine angenehme Gesellschaft. Ich erzählte Alla von meiner Verabredung zum Brunch mit Sanderson am folgenden Tag, und sie fragte mich, wofür Gott mich bestrafen wollte.

„Der Mann ist ein Schwein", stellte sie fest.

„Ist das der, der dich bei der Kennenlern-Veranstaltung der Fakultät angegraben hat?", fragte Jen.

Sie nickte schnell. „Genau. Sogar, nachdem ich ihm gesagt hatte, dass ich lesbisch und in einer festen Beziehung bin."

Jen kicherte. „Dazu fällt mir nur eines ein: Wow."

„Du hättest miterleben sollen, wie er sich aufgeführt hat, weil Nate beim Mittelalterlichen Festmahl dieses Jahr wieder die Verantwortung hat."

„Aber jetzt hat er die Verantwortung", warf ich ein.

„Da habe ich aber etwas anderes gehört."

„Ich würde gerne anmerken, dass ihr wirklich eine Bande Nerds seid", kicherte Jen.

„Wir verkleiden uns doch bloß als fiktionale Charaktere", erklärte ich ihr. „Das macht wirklich Spaß."

„Oh nein, sowas machen wir nicht", lachte Alla. „Mach es nicht noch schlimmer als es ist."

„Aber das werden wir bei meinem Yule Ball machen, und ihr seid beide eingeladen."

Ihrem Blick nach zu urteilen, schienen sie zu befürchten, dass ich es ernst meinte. Ich bestätigte ihre Sorge mit einem Nicken.

Während ich fuhr, beobachtete ich Michael im Rückspiegel. Er hatte Alla den Beifahrersitz überlassen und darauf bestanden, dass sie neben mir saß.

„Mir geht's gut", sagte er, als er meine Blicke bemerkte. „Ich bin bloß müde, ich weiß auch nicht, warum."

„Beerdigungen sind einfach anstrengend", meinte Jen und tätschelte sein Knie. „Ich könnte auch ein Nickerchen brauchen."

143

Die Romellis lebten in einer Villa, inklusive einer langen, gewundenen Auffahrt, in der trotzdem nicht genug Platz für alle Autos war. Wir mussten in der Nachbarschaft parken. Es überraschte mich, Übertragungswagen der gleichen Fernsehstationen, denselben Klüngel von Reportern und die gleichen Polizeiautos zu sehen, wie schon den ganzen Tag. Der Familie Romelli hätte zumindest der Anschein von Privatsphäre sicher gut getan, aber daran war nicht zu denken.

Sobald man die Auffahrt betrat, befand man sich auf Privatbesitz, wo Reporter und Polizei keinen Zutritt hatten. Es war ruhig, als die Menschen über das Kopfsteinpflaster in Richtung Eingangstür strömten. Dort nahmen einige Hausmädchen die Mäntel der Gäste entgegen. Durch die großzügige Eingangshalle gelangte man in einen riesigen Raum, in dem ein Buffet aufgebaut war.

„Oh Scheiße", keuchte Michael.

„Was?"

„Da sind meine Großeltern."

Ich blickte in die Richtung, in die er zeigte, und sah Dreo mit einem älteren Mann, der genauso aussah wie er und Michael, und einer hinreißenden Frau, die aussah wie Sophia Loren. Ihr dichtes, kastanienbraunes Haar mit blonden Strähnen fiel ihr auf die Schultern, und sie hatte dieselben dunkeln Augen wie ihr Sohn. Seine Größe und die breiten Schultern hatte Dreo von seinem Vater geerbt, der nur ein paar Zentimeter kleiner war als sein Sohn. Ein wirklich schöner Mann. Ich bekam eine Vorstellung davon, wie atemberaubend Dreo mit sechzig sein würde. Ich verschwand sofort aus ihrem Blickfeld.

„Was machst du da?", fragte Michael, der mir gefolgt war.

„Los, geh zu deinen Großeltern."

„Du auch, los komm schon."

Ich schüttelte den Kopf. „Nicht hier. Das wäre keine gute Idee."

„Wieso nicht?"

„Es wäre ihnen gegenüber nicht fair. Sie werden mich hassen, das hat Dreo gesagt. Ich will keine Szene machen."

„Das werden sie bestimmt nicht, komm einfach mit."

„Geh schon", sagte ich zu ihm. „Ich warte hier."

„Nate-"

„Los", befahl ich.

Er ließ mich bei einem der großen Fenster, die zur Auffahrt wiesen, zurück. Als Michael bei ihnen war, nahm Mrs. Fiore ihren Enkel in die Arme. Ich sah, wie sie sich unterhielten und beobachtete auch Dreo und seinen Vater. Sie standen nebeneinander und unterhielten sich, ohne sich anzusehen. Ganz anders als Mrs. Fiore, die Michael direkt ansah und beide Hände auf seine Schultern gelegt hatte, während sie auf ihn einredete.

Mein Handy klingelte, während ich ihnen zusah, und ich nahm den Anruf an, ohne zu sehen, von wem er kam.

„Hallo?"

„Hey, Dad."

„Hey, Jared." Ich lächelte, und der Klammergriff um mein Herz löste sich. Mein Junge, mein Leben, alles würde sich richten.

„Hast du einen Moment Zeit?"

„Für dich immer."

Er sagte nur „Okay."

Ich wartete eine Minute. Und noch eine. „Jared?"

Er räusperte sich. „Du darfst nicht sauer werden."

Ich stöhnte laut. „Das ist nicht fair. Ich werde bestimmt sauer, und je nachdem, um was es geht, könnte ich sogar rasend vor Wut werden, ganz egal, was ich dir jetzt sage. Los, raus damit."

„Scheiße."

„Jared?"

Er holte tief Luft. „Gillian und ich werden heiraten."

Ich war verwirrt. „Warum sollte ich deswegen sauer werden?"

„Ernsthaft?"

Sollte das ein Scherz sein? „Ja, warum?"

„Mom war sauer."

„Du hast sie zuerst angerufen?"

„Deswegen bist du jetzt sauer?"

„Nicht sauer", gab ich zurück.

„Oh mein Gott, du bist verletzt, weil ich sie zuerst angerufen habe?"

„Ist ja gut."

Er kicherte. „Ich hab dich lieb."

Dass er das gesagt hatte, war keine Überraschung. Ich hatte nie bezweifelt, dass er mich liebte, schließlich war ich sein Vater. „Wie bitte?"

„Es ist nur… du sagst immer gerade heraus, was du denkst. Man muss nie raten."

„Ich hasse sowas."

„Ich weiß, ich auch. Ich denke immer, dass jeder so ist, weil du mich so erzogen hast."

„Nein, tut mir leid."

„Ja, du hast Recht. Was das angeht, war die menschliche Rasse eine große Enttäuschung für mich. Niemand sagt einfach, was er denkt. Man muss immer nachbohren."

Ich kicherte. „Nicht bei deiner Mutter."

„Nein, sie war stinksauer."

Auf einmal war mir klar, warum seine Mutter wütend geworden war. „Ihr heiratet aus einem bestimmten Grund, oder? Ist Gillian schwanger?"

Stille.

„Jared?"

„Ja", sagte er leise.

Ich bekam keine Luft. „Ich werde Großvater?"

„Ja." Er schien zusammenzuzucken.

„Wirklich? Das soll kein Scherz sein?"

Er kicherte. „Nein."

„Oh. Oh, Scheiße. Oh… wo wollt ihr… was habt ihr…"

„Wir, äh…" er räusperte sich, „haben darüber nachgedacht, nach Chicago zu ziehen, wenn das-"

„Das wäre fantastisch! Ihr könnt bei mir wohnen."

„Das wollen wir wirklich nicht. Ich meine, du weißt, dass ich dich liebe, aber-"

„Ich bin mir ziemlich sicher, dass in meinem Gebäude drei Wohnungen frei sind", sagte ich schnell. „Zwei auf jeden Fall, eine davon sogar auf meiner Etage, aber das wäre vielleicht zu nah, also könnten wir mit-"

„Auf deiner Etage wäre toll." Ihm stockte der Atem.

„Ach ja?"

„Klar, es… also, ich fände es toll, und Gillian fand dich vom ersten Moment an toll, also fände sie es auch toll."

„Bist du sicher? Du willst wieder nach Hause kommen?"

„Das will ich. Ganz sicher."

Ich war ganz aufgeregt. Mein Sohn würde zurück nach Chicago kommen, und er würde so nah wohnen, dass wir uns jederzeit sehen konnten, wenn wir wollten oder wenn er mich brauchte. „Ich auch. Oh Gott, es ist traumhaft, dass du wieder zu Hause bist und das Baby so nah zu haben, dass er oder-"

„Sie."

„Sie?" Meine Stimme brach. „Ein kleines Mädchen?"

„Ja."

Ich fühlte, wie sich meine Augen mit Tränen füllten, als ich nickte.

„Du weinst, oder?"

„Noch nicht", brachte ich heraus.

„Oh Gott, Dad, bist du dir sicher? Du willst wirklich, dass wir so nah bei dir wohnen? Also, direkt neben dir? Du bist mich gerade erst losgeworden."

„Ja." Ich lächelte so breit, dass ich wahrscheinlich leuchtete.

„Oh mein Gott, das wäre perfekt. Das wäre der Hammer."

„Okay." Ich zitterte. „Ich kümmere mich gleich am Montag darum und erzähle dir dann, was ich erreicht habe."

Ich konnte ihn atmen hören, aber er sagte nichts.

„Jared? Schatz?"

„Meine Güte, du bist so…" er atmete tief durch. „Ich kann mich immer auf dich verlassen."

„Dafür sind Väter da, mein Schatz", versicherte ich ihm. „Das weißt du doch."

„Manche Väter, Dad, nicht alle."

146

„Ich bin mir sicher, dass du so sein wirst. Du wirst ein wundervoller Vater."

„Weil ich dich habe... du..."

„Nate?"

„Gillian." Ich war überrascht, dass mein Junge nicht mehr dran war, aber es freute mich, mit ihr zu reden. „Was ist mit Jared?"

„Ihm geht's gut. Er ist nur ein wenig... es war ein seltsamer Tag, aber..." Sie klang zittrig. „Er muss sich nur kurz sammeln."

„Okay." Ich lächelte ins Telefon. „Wie geht es dir, Liebes?" Wie fühlst du dich?"

„Was..." Sie schniefte, und ich merkte erst jetzt, dass sie ganz aufgewühlt war. „... Was hast du zu Jared gesagt? Er lächelt und weint und-"

„Oh, ich hab ihm nur gesagt, dass in meinem Gebäude ein paar Wohnungen leer stehen, eine auf meiner Etage und eine zwei Etagen weiter unten, denn vielleicht wollt ihr doch etwas mehr für euch sein und-"

„Nein, Ich würde mich freuen."

Wahnsinn. Sie mochten mich beide. Ich hatte etwas richtig gemacht, das war offensichtlich. „Also", ich räusperte mich, „ich habe ihm gesagt, dass ich am Montag gleich meine Maklerin anrufen werde, und sie kann in Erfahrung bringen, wem die Wohnungen gehören, und wir können uns um den Kaufvertrag-"

„Oh mein Gott!" Sie unterbrach mich mit einem Quietschen. „Du bist der einzige, der... meine Eltern wollen nichts mehr mit mir zu tun haben, und Jareds Mutter war so..." Sie schien kaum atmen zu können. „Nate... das ist so... Oh Gott!"

„Gillian", versuchte ich sie zu beruhigen, „Liebes, deine Eltern werden sich wieder beruhigen. Und ich kenne Melissa. Ihr habt sie einfach kalt erwischt. Sie wird sich auch beruhigen, warte es nur ab."

„Aber du... du warst gleich einfach so toll. Du warst sofort auf unserer Seite und..." Sie musste sich erst wieder beruhigen und die Tränen unter Kontrolle bekommen. „Ich meine, das Baby, unser Baby... Es geht hier um unser Kind, wegen dem jeder wütend ist, und du, du freust dich tatsächlich, Großvater zu werden, oder? So richtig?"

„Ich bin im siebten Himmel", antwortete ich ehrlich. „Ich würde jubeln vor Freude, aber das wäre unpassend, weil ich gerade auf einer Beerdigung bin. Wann kommt ihr her?"

„Wie schnell kannst du etwas arrangieren?"

„Schätzchen, ihr könnt heute schon herkommen. Ich habe genug Platz. Das weißt du, du warst schon bei mir."

„Ja, das stimmt. Es war immer toll, die Ferien mit Jared bei dir zu verbringen."

„Da siehst du's. Wir können eure Sachen ein paar Wochen einlagern, und dann könnt ihr direkt einziehen. Ihr braucht nicht zu warten, kommt einfach her. Es wird schon alles gut gehen. Wir werden bis Weihnachten bestimmt etwas für euch gefunden haben."

„Oh mein Gott!", rief sie, dann gab es ein paar gedämpfte Laute und mein Junge war wieder am Telefon.

„Dad", flüsterte er.

„Jared", gab ich übertrieben ernsthaft zurück.

Sein Lachen war laut und ausgelassen, und ich konnte nicht aufhören zu lächeln, weil ich diesen Klang so sehr liebte.

„Wann können wir wirklich kommen?"

„Kommt jetzt, kommt heute, kommt vor Thanksgiving. Ich war wirklich traurig, dass ich euch dann nicht sehen würde. Es wäre wunderbar, wenn ihr es schaffen würdet. Ich mache auch einen riesengroßen Truthahn."

„Ich weiß nicht, ob wir es schaffen, so schnell alles zu regeln, aber wir werden es auf jeden Fall versuchen. Ich will Thanksgiving auch nicht ohne dich verbringen. Es wäre dann nichts Besonderes."

Mein Kind wollte mich fertig machen. „Mir geht es genauso."

Er atmete scharf ein.

„Ich rede mit meiner Maklerin, wie ich schon sagte, und kümmere mich um alles. Und ich finde den besten Gynäkologen für Gillian und mache euch einen Termin aus, wenn ihr da seid, wenn sie das möchte."

Wieder gab es gedämpfte Laute. Er hatte die Hand über sein Handy gelegt.

„Okay", sagte er nach einem Moment. „Das wäre ihr eine große Hilfe."

„Okay, gut."

Er war still.

„Jared?"

„Ich… das ist jetzt meine Familie, weißt du? Ich meine, wie sie alle reagiert haben, das lässt sich nicht ungeschehen machen. Ich werde das für den Rest meines Lebens nicht vergessen. Vielleicht kann ich es ihnen irgendwann vergeben, aber ich werde es nie vergessen. Niemals."

„Deine Mutter kann nicht gut mit Veränderungen umgehen", erinnerte ich ihn. „Das weißt du. Gib ihr eine zweite Chance, mein Schatz."

„Ich weiß nicht, ob… das ist mein Baby."

„Bitte", bat ich. „Gib Mom noch eine Chance."

Er holte tief Luft. „Ich liebe dich."

„Ich liebe dich auch", sagte ich zu ihm. „Ruf mich an."

„Das werde ich bestimmt, sehr bald sogar."

„Okay."

„Okay." Er seufzte und legte auf.

„Wen liebst du?"

Ich sah auf, und da stand Dreo mit einem unsicheren Gesichtsausdruck, zusammengezogenen Augenbrauen und mattem Blick.

„Mein Kind."

Seine Miene hellte sich auf und er nickte.

Ich packte ihn am Arm und zog ihn an ein paar Leuten vorbei zu den Vorhängen, bevor ich eine Hand an seine Wange legte.

„Mein Sohn und die Frau, die er liebt, die Mutter seines Kindes, werden eine Weile bei mir einziehen müssen, aber du sollst nicht glauben, dass ich deshalb das mit uns beenden-"

„Warum ziehen sie bei dir ein?"

„Weil sie ein Zuhause brauchen, bis ich ein eigenes für sie gefunden habe."

„Warum ziehen sie nicht einfach in meine Wohnung?"

Ich war mir nicht sicher, ob ich ihn richtig verstanden hatte. „Was hast du gesagt?"

„Meine Wohnung", wiederholte er, „liegt genau gegenüber von deiner Wohnung. Michael und ich könnten bei dir einziehen, und dein Sohn und sein Mädchen könnten in meine Wohnung ziehen. Sie ist schön, zwar nicht so schön wie deine, aber ich könnte ihnen einen guten Preis machen."

Es konnte doch nicht so einfach sein. Und, meine Güte, ich war noch nicht bereit, mit… Ließ man es so etwa langsam angehen? Wir waren doch gerade erst zusammengekommen. Man zog nicht sofort zusammen. Es war niemals so einfach, nicht ohne alle möglichen Stolpersteine.

„Also?"

„Dreo, du kannst nicht einfach-"

„Ich denke schon."

„Ich denke, wir sollten darüber erst in Ruhe reden."

Er sah besorgt aus. „Du willst nicht mit mir zusammenleben?"

„Nein, das will ich, ich meine, vielleicht will ich. Es ist nur… geht das nicht zu schnell?"

„Nach vier Jahren?"

„Dreo, wir sind nicht seit vier Jahren zusammen."

„Ach nein?" Er sah ehrlich verwirrt aus.

War es möglich, dass etwas, dem ich kaum Beachtung geschenkt hatte, für ihn der Anfang einer Beziehung gewesen war? War zwischen uns etwas entstanden, ohne dass ich es gemerkt hatte? Waren wir uns seit unserem ersten Treffen langsam immer näher gekommen?

Ich musste über ihn nachdenken, über Dreo Fiore. Was war er für mich gewesen? Wenn ich ihn angesehen hatte, wenn ich mit jemand anderem über ihn geredet hatte, was hatte ich da gesagt? Was hatte ich gedacht?

Ein Freund? Mehr als ein Freund? Was war er für mich?

Er fuhr sich mit den Fingern durch sein dichtes Haar. „Also, vergiss es, ich war dumm. Du hast recht, nur … vergiss, dass ich überhaupt etwas gesagt habe. Michael und ich werden warten, bis du bereit dazu bist, wann auch immer das sein wird. Nimm dir soviel Zeit, wie du brauchst, und fühl dich nicht verpflichtet-"

„Nein", unterbrach ich ihn. Ich erkannte, dass Dreo bereit war, sein ganzes Leben auf den Kopf zu stellen. Ein neuer Job, neue Zukunftspläne, eine neue

Beziehung mit mir, und falls ich nicht bereit war, mich ebenso kopfüber hinein zu stürzen... Aber warum sollte ich nicht? Sonst verbog ich mich immer für einen neuen Partner, um dessen Erwartungen zu entsprechen, und ich tat dies für Männer, mit denen ich mir eventuell irgendwann eine gemeinsame Zukunft vorstellen konnte. Aber Dreo... im Moment war er alles, was ich wahrnahm, alles, was ich wollte. War ich wirklich so ein Idiot, dass ich ihn zurückwies?

„Nate?"

Ich nahm seine Hand und drückte sie. „Zieh bei mir ein. Ich möchte es."

Er schüttelte den Kopf. „Nein, ich war zu voreilig, und-"

„Bitte."

„Ich will dich zu nichts zwingen."

Ich hob zweifelnd eine Augenbraue. „Glaubst du wirklich, du kannst mich dazu bringen, etwas zu tun, das ich nicht will? Mich?"

Er sah mich zweifelnd an.

„Dreo?"

Endlich lachte er. „Wahrscheinlich nicht."

„Ich hatte nur noch nicht so weit gedacht. Verzeih mir."

Sein Gesicht erstrahlte, und ich lächelte.

„Wenn es nicht funktionieren sollte-"

„Vergiss das", unterbrach er mich. Er lehnte sich zu mir und drückte mich an die Wand hinter mir. Seine Hände lagen an meinen Hüften und sein Mund war ganz nah an meinem Ohr. „Es wird funktionieren, ich weiß es. Wann können wir einziehen?"

„Nächste Woche?"

„Aber wir bleiben von jetzt an bei dir?", fragte er und sah mir in die Augen.

Er war hoffnungsvoll, der Blick, den ich von ihm auffing, und ich war überwältigt. Woher kam diese Sehnsucht? Es schien, als hätte er die ganze Zeit Gefühle für mich gehabt und Pläne für uns geschmiedet und war jetzt bereit, das alles mit mir Wirklichkeit werden zu lassen, wenn ich es nur zuließe.

„Das wäre wunderbar."

„Bist du sicher?"

Ich nickte.

„Das ist alles neu für mich, und ich möchte nur, dass du uns eine Chance gibst."

„Das werde ich."

Er holte tief Luft. „Es wird nicht leicht werden. Meine Eltern haben mir gerade eröffnet, dass sie mich an Thanksgiving nicht sehen wollen, aber dass Michael bei ihnen willkommen ist, und er hat ihnen gesagt, sie können sich-"

„Mach dir darüber keine Gedanken", bat ich ihn. Ich hatte ihn unterbrochen, weil ich wirklich keine schlechten Nachrichten hören wollte, wo ich doch so glücklich war. „Du und Sal, ihr baut euer Geschäft auf, du ziehst bei mir ein, und Michael steht hundertprozentig hinter dir. Deine Eltern können davon halten, was sie wollen, denn, stell dir vor, ich werde mich um euch beide kümmern. Ich habe eine wundervolle Familie, die ich liebend gerne mit euch teile, wenn ihr mich lasst."

Er nahm mich in die Arme und hielt mich fest. Sein geöffneter Mund berührte meinen Hals und er küsste mich hart. „Es hat mich wahnsinnig gemacht, als ich gehört habe, wie du zu jemandem gesagt hast, dass du ihn liebst."

„Warum?"

„Du weißt, warum."

Ich seufzte schwer. „Das klingt sehr schön."

„Ich wünsche mir, dass du mich siehst wie ich wirklich bin."

„Das tue ich bereits."

Er drückte mich noch einmal und löste sich dann von mir. „Du hast mich sehr glücklich gemacht."

„Naja, dazu gehören immer zwei", versicherte ich ihm.

„Wir sollten gehen", sagte er zu mir. „Es ist wirklich schwer, meine Hände von dir zu lassen."

Ich lächelte breit. „Ist es das?"

Er stöhnte und nahm meine Hand. Es war schön, wie er sie kurz drückte, bevor er losließ, um Michael zu holen. Er hatte genug, das sah ich an seinem Gang, seinen Bewegungen, und wie er Michael herbeizitierte, dessen Laune sich sofort sichtlich hob. Er nickte, verabschiedete sich von seinen Großeltern und machte sich auf den Weg zu mir. Als er bei mir war, lag ein strahlendes Lächeln auf seinem Gesicht.

„Was hat Dreo zu dir gesagt?"

„Er sagte ‚Schwing deinen Hintern zu Nate, wir fahren nach Hause'."

Ich legte eine Hand an seine Wange. „Es war sehr schön, was du zu Mrs. Romelli gesagt hast."

Er zuckte mit den Achseln und stellte sich neben mich. „Das war doch gar nichts."

Ich nickte. „Dein Onkel hat gesagt, dass er dieses Jahr an Thanksgiving bei seinen Eltern nicht willkommen ist, du allerdings schon."

Er lachte höhnisch. „Als ob ich irgendwo hingehen würde, wo ihr beide nicht willkommen seid. Vergiss es."

„Ich hoffe, sie ändern ihre Meinung."

„Das ist mir egal, ich will sowieso nicht zu ihnen."

„Sie sind immer noch deine Großeltern."

„Wenn sie ihre Meinung ändern, dann können sie vorbei kommen und dich und mich und Dreo besuchen."

„Wie meinst du das?"

„Wir ziehen doch bei dir ein, oder?"

„Was?"

„Du willst ihn, das sehe ich doch. Ich bin nicht blind. Ich kann sehen, wie du ihn anschaust, und ich kann sehen, wie er dich anschaut."

„Wie schaue ich ihn denn an?"

„Du bekommst diesen beschränkten Gesichtsausdruck, und du lächelst dauernd, und er kann dir anscheinend nur auf den Arsch gucken."

„Michael!"

Er lachte auf. „Er hat mir heute Morgen erzählt, dass er dich fragen will, ob du bei uns einziehst. Aber ich hab ihm gesagt, er soll fragen, ob wir bei dir einziehen können, denn deine Wohnung ist größer und schöner."

„Das hat er dir heute Morgen gesagt?"

Er nickte. „Er mag dich wirklich sehr."

„Ich mag ihn auch", versicherte ich Michael. „Du musst mir sagen, wenn du deswegen Probleme in der Schule bekommst, okay? Ich will nicht, dass du schikaniert wirst."

„Danielle weiß es schon", entgegnete er. „Ich meine, sie weiß nicht über dich und Dreo Bescheid, aber sie weiß, dass du schwul bist, und meine besten Freunde wissen es auch. Und meine Freundin Tatum ist lesbisch und mein Freund Garret ist schwul... und niemand schikaniert sie deswegen. Sowas gibt es an meiner Schule nicht. Dreo bezahlt ein kleines Vermögen, damit ich dort hingehen kann, weißt du?"

„Also, ich möchte nur, dass es dir gut geht."

„Kam dein Sohn damit zurecht, dass du schwul bist?"

„Ja", erzählte ich ihm. „Aber er hatte auch großartige Freunde."

„Genau wie ich", versicherte er mir breit lächelnd.

„Du solltest ihnen sagen, was sie dir bedeuten."

Er lachte. „Ja, klar."

Jungs.

11

Es WAR schon nach 15 Uhr, als wir nach Hause kamen. Der Tag, der schon düster und kalt und grau begonnen hatte, wurde noch düsterer und grauer, und der Himmel öffnete seine Schleusen und ließ den Regen auf uns hinabstürzen. Ich hatte Dreo und Michael in ihre Wohnung geschickt, um sich umzuziehen und machte gerade Sandwiches für sie, als meine Eingangstür aufflog und Melissa hereinstürmte.

„Ich werde dich umbringen!", brüllte sie.

„Aber ich mache doch gerade Sandwiches", sagte ich und setzte ein trauriges Gesicht auf.

Sie knurrte und stapfte durch den Raum. Sie knallte ihre Handtasche im Vorbeigehen auf meine Anrichte, riss sich den Trenchcoat herunter und schleuderte ihn in Richtung Couch.

Ich versuchte, nicht allzu offensichtlich zu kichern.

„Er ist zu jung!"

„Und was sollen sie deiner Meinung nach tun?"

„Nate!"

Ich hob die Schultern. „Liebes, ich meine ja nur, dass der Zug abgefahren ist, verstehst du? Mir wäre es auch lieber gewesen, wenn sie noch gewartet hätten. Er ist nicht wie wir mit siebenundzwanzig. Ich meine, verdammt, wir waren mit achtzehn und siebzehn reifer als er es jetzt ist, aber ernsthaft, was willst du dagegen machen?"

Sie stand mit verschränkten Armen neben der Küchentür und funkelte mich an, als sich die Tür wieder öffnete und Ben und Dreo und Michael herein kamen.

„Es ist nur…" Sie hielt die Luft an. „Du stehst immer besser da als ich, weil du erst nachdenkst und dann redest. Ich hasse das!"

Ich lächelte sie an. „Liebes."

„Nein!", fauchte sie, als ich auf sie zukam. „Als wir noch verheiratet waren, konnte ich mich darauf verlassen, dass du dafür sorgst, dass ich nicht ins Fettnäpfchen trete!"

Langsam und zärtlich strich ich ihr das dichte, blonde Haar aus dem Gesicht.

„Und jetzt hasst er mich."

„Er hasst dich nicht", versicherte ich ihr und legte einen Arm um ihre Schultern. „Er liebt dich. Er ist nur verletzt, weil du dich nicht für ihn gefreut hast."

Sie sah mich an. „Ich habe mich gefreut. Ich denke nur, dass er zu jung ist!"

„Das ist er wirklich." Ich lächelte noch breiter, als sich bei ihr die Schleusen öffneten und sie zu schluchzen begann.

Sie bebte und weinte in meinen Armen (und die Frau weinte nicht wie eine vornehme Dame aus einem Film), als die drei Männer, ihr Ehemann und meine beiden Männer, zu uns stießen.

„Ben", sagte ich heiter über seine weinende Ehefrau hinweg. „Kennst du schon Michael und Dreo?"

Er nickte. „Wir haben uns draußen vorgestellt."

Dreo sah besorgt und Michael verwirrt aus.

„Vielleicht sollten wir ihn jetzt anrufen, was meinst du?", bot ich meiner Ex-Frau an, die mit den Nerven am Ende war.

Sie begann zu hicksen und sagte, sie freue sich, Dreo und Michael kennenzulernen, nachdem sie sich beruhigt hatte. Auch wenn sie aussah, als hätte ihr jemand ins Gesicht geschlagen, wirklich kein schöner Anblick, waren die beiden von ihr verzaubert. Ich schaltete Jared auf Lautsprecher als ich ihn anrief.

„Dad?"

„Sag deiner Mutter, dass du sie liebst, weil ihr alles wirklich leid tut."

Er begann zu kichern. „Verdammt, Mom, das ging schnell."

Sie machte einen zittrigen Atemzug. „Ich denke einfach, dass ihr zu jung seid. Ich habe nie gesagt, dass ich kein Enkelkind will!"

„Um Himmels Willen, hör auf zu weinen. Ich weiß, dass du mich liebst, genauso wie Gillian und das Baby. Und du wirst mir wahrscheinlich helfen müssen, die Wohnung zu finanzieren, die Dad für uns organisieren will, also hör schon auf."

Es klang so, als hätten Mutter und Sohn beide über das Gesagte noch einmal nachgedacht. Ihr war klar geworden, dass die Situation nicht zu ändern war, und ihm war klar geworden, dass seine Mutter nur überrascht gewesen war, und nicht absolut dagegen.

„Du liebst mich immer noch?" jammerte Melissa.

„Dad!", schrie Jared zu mir. Er wollte, dass ich sie dazu brachte, damit aufzuhören. Es lief immer so. Sie brach zusammen, und er verließ sich auf mich, es wieder zu richten.

Ich lachte, und sie weinte schon wieder, und er fluchte, denn, verdammt nochmal, wann hatte er je gesagt, dass er seine Mutter nicht lieben würde, bevor Gillian den Hörer nahm und Melissa vor Freude übersprudelte.

„Es tut mir so leid", sagte sie der Mutter ihres ungeborenen Enkelkindes.

„Oh Mel, es ist alles gut."

„Wann wollt ihr heiraten?"

„Oh." Gillian atmete scharf ein.

„Oh, um Gottes Willen, was hast du jetzt wieder gesagt?" Jared war wieder am Telefon, und ich fragte, wann er vorhatte, aus seiner Freundin eine anständige Frau zu machen.

„Dad!"

Ich bemerkte, dass Dreo lächelte. „Was?"

Er nickte. „Du hast eine tolle Familie, Nate. Eine wirkliche tolle Familie."

154

Ich zuckte mit den Schultern. „Die sind alle bescheuert. Warte nur ab, bis du meine Mutter kennenlernst."

Mel sah zu Dreo hinüber und nickte. „Oh, es tat mir sowas von überhaupt nicht leid, dass ich mit ihr nichts mehr zu tun haben musste. Viel Glück."

„Mom, redest du da über Oma?" Jared lachte am anderen Ende der Leitung.

„Was? Nein!"

„Dad!"

Dann sprach Ben mit Jared, und versicherte ihm, dass wir alle sie unterstützen würden, und unser Bestes tun würden, den beiden zu helfen. Jared bedankte sich, sagte uns allen, dass er uns liebe und dass er und Gillian in einer Woche da sein würden. Dann legte er auf. Melissa klammerte sich wieder an mich, und ich hielt sie ganz fest.

„Siehst du, was hier gerade passiert ist?" fragte ich. Ich strich ihr das Haar aus dem Gesicht und wischte mit den Daumen ihre Tränen weg. „Wir werden Gillians Eltern bis in alle Ewigkeit etwas voraushaben. Sie ziehen hierher, nicht nach Connecticut."

Ihre Augen wurden riesengroß. „Oh mein Gott, du hast Recht."

Ich nickte und grinste. „Wir haben das Enkelkind für uns."

Ein Lächeln ließ ihr Gesicht erstrahlen.

„Gib mir Fünf."

Sie hob ihre Hand und schlug ein, bevor sie in Richtung Badezimmer verschwand, um ihr Gesicht zu waschen.

„Ich hasse es, dass sie nur auf dich hört", nörgelte Ben und beäugte mein Sandwich.

„Möchtest du eins?"

Er lächelte mich an. „Wenn du mich so fragst, ja, bitte."

Wir saßen alle zusammen und aßen als sie zurückkam. Sie kam zu mir und nahm sich ohne zu fragen die Hälfte meines Sandwiches.

„Wer bist du?", fragte sie Dreo.

„Andreo Fiore, und das ist mein Neffe Michael", stellte er sich vor.

Sie lächelte, während sie in ihr Sandwich biss. „Du wohnst gegenüber?"

„*Sí*, dein Sohn zieht in meine Wohnung."

„Und wo ziehst du hin, Andreo?"

„Dreo."

Sie nickte und hob mit vielsagendem Blick eine Augenbraue. „Dreo."

„Hierher", erklärte er ihr. „Michael zieht ins Gästezimmer, und ich schlafe bei deinem Ex."

Ihre Mundwinkel hoben sich, als sie sich zu mir umdrehte, bevor sie mir mit den Ellenbogen einen Stoß verpasste. „Da hast du wohl etwas vor mir geheim gehalten."

„Nein, das ist ganz frisch."

Sie wackelte mit den Augenbrauen. „Na sowas."

Ich stöhnte und sie lachte, und Ben seufzte abgrundtief, und wir drehten uns alle zu ihm um.

„Was?", fragte sie ihren Ehemann. Sie klang gedämpft, weil ihr Mund voll war.

„Du machst mich fertig."

„Na und?"

Erst jetzt fiel mir auf, dass sie mein halbes Sandwich gegessen hatte und ich sehr hungrig war.

Es war offensichtlich, dass Dreo und Michael von Melissa Ortiz absolut begeistert waren. Aber das war auch wirklich nicht schwer.

„Warum hast du dich rasiert?"

Ich wandte mich ihr zu, und sie setzte sich auf, griff nach meinem Bierglas und nahm einen tiefen Zug. „Keine Ahnung."

Ihre Augen verengten sich. „Ich glaube, du hast gedacht, er ist so jung und ich bin alt, aber wenn ich jünger aussehe, wenn ich den Bart abrasiere, werden die Leute nicht denken, dass ich mich an Kindern vergreife."

„Er ist nicht alt", widersprach Dreo ihr.

„Oh, Schätzchen, das weiß ich doch." Sie zuckte mit den Achseln und blickte wieder zu mir. „Und auch wenn es nett ist, diese scharfen Grübchen wieder zu sehen, kannst du dir trotzdem den Bart wieder wachsen lassen, denn die Leute werden auch dann immer noch erkennen, dass du und der hübsche Junge hier zusammengehören."

Ein Räuspern war zu hören.

Wir drehten uns alle zu Dreo um.

„Ich bin nicht hübsch", versicherte er ihr.

Eine ihrer perfekt geformten goldenen Augenbrauen hob sich. „Vielleicht sollten Sie einmal in den Spiegel schauen, Mr. Fiore."

„Normalerweise hält man mich eher für unheimlich, weißt du?"

„Wer? Mein Ehemann ist unheimlicher als du."

„Und was soll das bedeuten?", fragte Ben.

Sie zuckte nur mit den Achseln.

Ben und Michael machten es sich auf meiner Couch gemütlich. Sie waren ganz in Sports Center auf ESPN vertieft, wo sie sich auf den neuesten Stand der aktuellen Ergebnisse der College-Footballspiele brachten. Später wurde der arme Dreo von der Frau in die Mangel genommen, die er so charmant fand. Er beantwortete jede Frage, mit der sie ihn traktierte, während sie zusammen am Küchentisch saßen und Oolong-Tee tranken, den sie anscheinend beide mochten. Die Klingel der Eingangstür zum Gebäude erklang ein paar Stunden später, und an der Gegensprechanlage hörte ich ein vertrautes Knurren.

„Ich muss mit dir reden", sagte Duncan.

„Ich komme nach unten", entgegnete ich knapp und gab ihm keine Möglichkeit, mit mir zu diskutieren.

156

Ich verließ die Wohnung in den Sachen, die ich angezogen hatte, nachdem ich nach Hause gekommen war, Jeans, T-Shirt, Socken und einer Fleecejacke. Ich öffnete die Zwischentür und fand ihn in dem kleinen Eingangsbereich mit den Briefkästen im Trockenen vor.

„Komm rein." Ich lächelte und hielt ihm die Tür auf, so dass er an mir vorbeischlüpfen konnte. Als ich mich umdrehte, war ich überrascht, dass er so dicht neben mir stand. „Du arbeitest wohl auch am Wochenende."

Er betrachtete mich von oben bis unten.

„Wie kann ich behilflich sein, Detective?"

„Können wir nach oben gehen?", fragte er und trat noch näher an mich heran, so dass ich einen Schritt zurücktreten musste.

„Nein. Ich habe Besuch, und du hast etwas Neues für mich, stimmt´s?"

Er nickte und trat um mich herum, um sich auf eine Couch in der Lobby zu setzen. „Komm her."

Ich setzte mich in einen Sessel gegenüber von ihm, nicht neben ihn, und wartete.

„Was soll der Mist, Nate?"

Ich blinzelte. „Was?"

„Du kannst es nicht mal ertragen, neben mir zu sitzen?"

„Duncan, warum bist du hier?"

„Ich habe dich noch nie ohne Bart gesehen. Du siehst toll aus."

„Vielen Dank." Ich setzte ein Lächeln auf. „Habt ihr etwas über meinen Killer herausgefunden?"

„Nein." Er holte tief Luft. „Die Leute von der Abteilung für organisiertes Verbrechen glauben nicht, dass der Schütze wegen Fiore hier war. Das ergibt keinen Sinn."

„Aber es macht auch keinen Sinn, dass er wegen mir hier gewesen sein könnte."

„Außer, er war weder wegen dir noch wegen Fiore hier."

Aber wer sonst könnte… Michael. Mein Blick traf seinen. „Ihr denkt, der Killer war hier, um Dreos Neffen etwas anzutun?"

„Wir gehen allen Möglichkeiten nach, aber der Junge hat nun mal viel Zeit mit dir verbracht, und-"

„Woher weißt du das?"

„Wir haben mit den anderen Bewohnern hier im Gebäude gesprochen."

Ich nickte.

„Also, wenn jemand es auf Fiore abgesehen hätte – ihm wehtun wollte - hätte er es vielleicht über seinen Neffen versucht oder…"

Ich wusste, worauf er anspielte. „Möglich", stimmte ich ihm zu, ohne ihm mehr zu sagen als nötig. „Also, ist Michael in Sicherheit, oder-"

„Wenn man davon ausgeht, dass das der einzige war, der auf ihn angesetzt war."

„Aber warum? Ich meine, Dreo ist ausgestiegen, wo wäre da der Sinn?"

„Oh? Woher weißt du das?"

Ich holte tief Luft. „Weil er und sein Neffe bei mir einziehen werden, also sollte ich schon wissen, was in seinem Leben vor sich geht."

„Entschuldige bitte, wie war das?"

Ich stand auf und steckte die Hände in die Taschen meiner Jacke. „Duncan, das braucht dich nicht zu interessieren. Und es geht dich wirklich nichts an, denn das mit uns ist schon so lange vorbei. Du hast dein Leben, und ich habe meines. Wir sind fertig miteinander."

Er starrte mich an, und nach einer Minute ging ich los Richtung Aufzug.

„Nate!"

Ich blieb stehen, drehte mich um und wartete als er mir nach kam.

„Wie kannst du das mit uns einfach so hinter dir lassen?"

„Weil es schon eineinhalb Jahre her ist." Ich seufzte tief. „Was ist passiert?"

„Was meinst du?"

„Ich meine, es muss etwas passiert sein, dass du plötzlich wieder über uns nachdenkst, und dass dich das auf einmal wieder interessiert."

„Du meine Güte, Nate. Es hat mich immer interessiert." Er lächelte, und seine Augen glitzerten. „Ich wollte nicht, dass sich etwas ändert."

„Duncan, du bist nicht geoutet, ich aber schon. Ich brauche einen wirklichen Partner. Das konntest du mir nicht geben, und es tut mir wirklich leid, aber nachdem wir uns getrennt haben, habe ich viel über mich nachgedacht, und ich habe erkannt, was ich wirklich brauche."

Er schaute skeptisch. „Du hättest einen Weg finden können, dass es funktioniert."

Und damit hatte er so Recht. Ich war für einen Moment sprachlos, denn, mein Gott, wer hätte gedacht, dass Melissa Ortiz das Orakel von Delphi war? Hatte sie nicht fast das Gleiche gesagt? Denn wenn ich wirklich mit dem Herzen bei einer Sache war, konnte ich alles schaffen. Das erforderte Konzentration und Einsatz, aber ich hatte Duncan Stiel stattdessen aufgegeben.

„Nate?"

Ich sah ihn an.

„Du wolltest dir keine Mühe für uns geben."

Das entsprach der Wahrheit. Ich war so gefangen gewesen von Duncan, so verzückt, dass ich es zugelassen hatte, dass er zwei Jahre lang mein Leben total vereinnahmt hatte, und ich hatte ihn gewähren lassen. Als ich es leid wurde, dass alles nur einfach und praktisch war, aber nichts mit Liebe zu tun hatte, beendete ich es. Und deshalb sah dieser Mann in meiner Lobby mich so an, als gäbe es für uns noch eine Chance. Ich hatte ihn in dem Glauben gelassen, dass er alles für mich war, hatte ihn tatsächlich alles sein lassen, und dann hatte ich von heute auf morgen einfach aufgehört Gefühle für ihn zu haben und war gegangen. Es war meine Schuld, genau, wie es jedes Mal meine Schuld gewesen war.

Ich war charmant, gab mich als der ideale Partner, Liebhaber und Freund, unentbehrlich und unersetzlich. Wenn ich mich dann gelangweilt fühlte und es leid wurde, gab ich einfach auf, statt zu kämpfen. Das war wahnsinnig unfair, und die einzigen, die ich nicht so behandelte, waren meine Familie. Sogar meine Freunde beschwerten sich, dass ich sie irgendwann einfach fallen ließ. Der einzige Grund, warum das mit Ben nicht passiert war, war der, dass er mit Melissa zusammen war, die immer noch ein Teil meiner Familie war, auch wenn wir geschieden waren.

„Nate?"

„Mein Gott, Duncan, es tut mir leid", sagte ich zu ihm und legte eine Hand auf seinen Oberarm. „Es tut mir so unglaublich leid. Ich weiß nicht, warum ich... und das mit uns, ich meine... ich hatte erkannt, dass sich nie etwas ändern würde, und habe dir einfach ein Ultimatum gestellt, obwohl ich wusste, dass du nicht in der Lage warst, etwas zu ändern. Und als du dann gesagt hast, dass es vorbei ist, habe ich dich einfach gehen lassen."

Er starrte mich an, und ich sah den Schmerz in seinen Augen und fühlte mich noch schlechter.

„Ich bin verantwortlich dafür, wie es zu Ende gegangen ist, und ich habe dir die Schuld gegeben", sagte ich zu ihm. Ich nahm sein Gesicht in meine Hände und hob den Blick, als er näher trat. „Oh Gott, es tut mir so leid. Ich habe dich in dem Glauben gelassen, dass ich glücklich war, und dann habe ich dir eines Tages einfach so den Boden unter den Füßen weggezogen und gesagt, dass ich es doch nicht war. Bitte vergib mir."

Er holte tief Luft und beugte sich zu mir, während ich mich von ihm löste und zurücktrat.

„Nate?"

Ich schüttelte den Kopf. „Es ist trotzdem eine Tatsache, dass wir vollkommen unterschiedliche Ziele im Leben haben. Und ich bin jetzt endlich bereit den letzten großen Schritt zu tun und nicht mehr wegzulaufen oder mich in jemanden zu verwandeln, der ich nicht sein will." Es waren keine Tricks, kein Salto ohne Netz und doppelten Boden nötig, um Dreo Fiore zu beeindrucken und zu halten. Ich war vollkommen genug, ich und mein Herz. „Du musst einen Mann finden, der damit zufrieden ist, was du ihm geben kannst, und dieser Mann bin nicht ich."

„Ich will dich zurück", sagte er leise und streckte die Hand nach mir aus.

Ich trat noch weiter zurück, so dass er mich nicht mehr erreichen konnte. „Ich brauche mehr, als du mir geben kannst, Duncan, und die Zeiten, in denen wir möglicherweise daran hätten arbeiten können, sind vorbei. Das weißt du."

Sein Kiefer verkrampfte sich.

„Du hast dich von jemandem, der mit mir ein halbwegs normales Leben geführt hat, zu jemandem zurückentwickelt, der mit Kerlen in der Sauna rummacht. Ich kann also gut verstehen, dass du dich nach dem Frieden sehnst, den du bei mir gefunden hattest. Dir genügt dieses namenlose, gesichtslose Ficken nicht mehr", mutmaßte ich. „Das kann ich nachvollziehen, aber du solltest unsere gemeinsame

Zeit nicht der großen, romantischen Hollywood-Blockbuster-Liebe verwechseln, die du mit jemand anderem haben könntest."

Er lächelte plötzlich.

„Zieh um, fang an zu leben, verschwinde aus Chicago. Hier hält dich nichts. Geh und finde einen Ort, wo du ein Cop sein kannst, und jeden Abend zu dem Mann deiner Träume nach Hause kommen kannst. Ich bin es nicht, und das weißt du genauso gut wie ich. Aber als wir zusammen waren, kam ich dem verdammt nah, und das hat dich verwirrt."

Es folgte ein langer, schwerer Seufzer, als er mich mit seinen wundervollen dunkelgrauen Augen anblickte.

„Wenn ich dich mehr geliebt hätte als mich selbst, dann hätte ich dich nicht gehen lassen können. Wenn du mich mehr geliebt hättest als dich selbst, dann wärst du niemals gegangen", machte ich ihm klar.

Seine Augen hielten meinen Blick lange fest, bevor er sich abwandte. Er sah nicht zurück und drehte sich nicht mehr um, als er durch die Tür hinaus trat. Sonst hatte ich immer gewusst, dass sich unsere Wege wieder kreuzen würden, wenn er ging, aber dieses Mal war es endgültig. Wir waren zwei verschiedene Menschen. Es tat weh, und es war traurig, aber wir waren beide zufrieden wie wir waren, deshalb würde sich keiner von uns ändern wollen. Ich konnte nicht in seiner Welt leben, und er konnte in meiner nicht er selbst sein.

Als ich wieder in meine Wohnung geschlüpft war, stellte ich fest, dass niemand bemerkt hatte, dass ich weg gewesen war. Ich ging in mein Schlafzimmer, setzte mich auf das Bett und starrte nach draußen in den strömenden Regen.

„Hey."

Ich drehte mich zur Tür, und da stand Dreo an den Türrahmen gelehnt.

„Du hast ziemlich lange mit diesem Detective gesprochen."

„Woher weißt du das?"

Er stieß sich vom Türrahmen ab und kam auf mich zu. „Ich wollte nach dir sehen, und da habe ich euch reden gehört. Melissa hat mir alles über ihn erzählt, als ich wieder da war. Sie hat seinen SUV draußen erkannt."

„Oh."

„Also, was gibt's?"

Ich schüttelte den Kopf. „Nichts Neues."

Er nickte und setzte sich neben mich. „Was wollte er dann?"

„Nur über den Killer auf der Feuertreppe reden."

„Und?"

„Nichts weiter. Sie glauben aber immer noch nicht, dass er wegen dir hier war."

„Das ergibt keinen Sinn."

Ich zuckte mit den Schultern.

„Wer dann?"

„Michael vielleicht."

„Michael?", wiederholte er.

„Ja. Sie denken, der Killer war hinter jemandem her, der dir nah steht."

„Als eine Art Warnung?"

„Vielleicht."

„Eine Warnung wofür?"

„Ich glaube nicht, dass sie das wissen, sonst hätte Duncan es mir gesagt."

„Also hättest auch du es gewesen sein können", spekulierte er.

„Aber niemand wusste, dass du mich magst", stichelte ich.

Seine Augen flammten auf. „Jeder, der mich wirklich kennt, wusste es."

„Ach ja?"

Er suchte meinen Blick. „Ja."

„Das gefällt mir", murmelte ich.

Er zuckte kurz mit den Achseln. „Aber es scheint, als hätte jemand besser aufgepasst als mir bewusst war. Ich will nicht, dass dir etwas passiert."

„Aber wie ich Duncan schon sagte, die Gefahr besteht ja jetzt nicht mehr."

„Außer, es ging darum, mich zu verletzen, indem man dir oder Michael etwas antut."

„Wer würde so etwas tun? Das macht doch überhaupt keinen Sinn."

„Jetzt nicht mehr."

„Also haben wir nichts mehr zu befürchten.", sagte ich. „Ich frage mich, ob auch jemand, der Sal nahe steht, verfolgt wurde."

„Keine Ahnung. Er hat nichts erwähnt, und als ich ihm und Tony davon erzählt habe, nachdem du neulich bei uns warst, hat niemand von etwas Ähnlichem berichtet."

Ich dachte einen Moment darüber nach. „Das ist seltsam, oder? Warum du und nicht Tony? Warum du und nicht Sal?"

„Und warum, nachdem Mr. Romelli getötet wurde? Es hätte vor seinem Tod mehr Sinn gemacht, ihn oder uns zu bedrohen."

„Nichts davon ergibt Sinn."

Er lächelte. „Was denkst du?"

„Ich frage mich, ob jemand speziell hinter dir her war."

„Wer zum Beispiel?"

Ich drehte mich zu ihm. „Ich weiß nicht. Vielleicht Mr. Romellis Sohn?"

„Joey?"

„Warum nicht? Er hasst dich. Er ist stinkwütend, dass du seinem Vater erzählt hast, dass du schwul bist… Es würde Sinn ergeben, wenn er es gewesen ist."

„Nate-"

„Er hat sich heute unmöglich aufgeführt. Diese Obszönitäten, die er zu dir gesagt hat."

„Schon, aber findest du nicht, dass es ein recht großer Schritt ist, von mich zu hassen, weil ich schwul bin, bis jemanden zu schicken, um dich oder Michael umzubringen?"

„Um dir an den Karren zu fahren, meinst du?"

161

„Oh, hör sich das einer an", neckte er mich.

Ich schubste ihn mit der Schulter. „Ich mache mir eben Sorgen. Es ergibt alles keinen Sinn, und ich hasse es, wenn etwas keinen Sinn ergibt."

Er nickte. „Also, dein Ex, hm?"

„Ja."

„Und er wollte nur mit dir über den Killer reden?"

Ich sah ihn an. „Da war noch mehr."

„Wie viel mehr?"

Er beobachtete mich.

„Was geht dir durch den Kopf?", wollte ich wissen.

„Okay, was läuft da zwischen euch?"

„Da läuft gar nichts zwischen uns", sagte ich zu dem Mann, mit dem ich mir eine Zukunft aufbauen wollte. „Es läuft nur mit Ihnen etwas, Mr. Fiore, wenn Sie das wollen."

Er nahm meine Hand. Ich sah auf unsere verschränkten Finger und bemerkte wieder einmal, wie stark seine war. Die Adern auf seinen Handrücken, die sehnigen Handgelenke und muskulösen Unterarme - der Mann war gleichzeitig kraftvoll und zärtlich.

„Woran denkst du?"

Ich lächelte und blickte in seine tiefen, dunkelbraunen Augen. „Dass du einfach wunderbar bist."

Er grinste frech und strich mit den Fingerknöcheln über meine Kehle. Es war so schön, gestreichelt zu werden, dass ich die Augen schloss und einfach genoss.

„Die Sache ist die. Ich meine es ernst mit uns. Ich will bei dir sein, und ich will, dass du es auch hundertprozentig willst. Mel hat gesagt, ich muss dir deutlich sagen, was ich will."

Ich öffnete die Augen. „Hat sie das?"

„Ja."

„Also, ich kann mir ein Leben mit Ihnen vorstellen, Mr. Fiore. Wie ich mich in der Vergangenheit verbogen habe, um andere zu beeindrucken, werde ich vergessen und mich nur darauf konzentrieren, dass es mit uns funktioniert."

Er lehnte sich zu mir und küsste mich sanft und zärtlich. Er saugte gerade eben hart genug an meiner Unterlippe, dass Hitze durch meinen Körper strömte. „Vergiss nicht alles... *tesoro*... es gibt noch so viele Positionen, in die ich dich bringen will."

Ich kicherte und schloss erneut die Augen, als ich meinen Mund für seinen Kuss öffnete.

„Du bist so wunderschön, wenn du dich mir hingibst", flüsterte er, bevor er meinen Mund eroberte.

Der Kuss war betäubend. Dreo schmeckte und erkundete, leckte, knabberte, biss und ließ keine Stelle aus, während er mich zurück aufs Bett drückte.

162

„Nate", keuchte er und rang nach Atem, als er sich von mir löste, aber sein Mund immer noch über mir schwebte. „Du musst mir sagen, wenn du meinen Arsch willst."

Ich kicherte. „Charmant ausgedrückt, Mr. Fiore."

„Aber du weißt, worauf ich hinaus will." Er lächelte zurück.

Ich leckte über meine Lippen und sah, wie die Muskeln in seinem Nacken zuckten. Ich hörte das tiefe Brummen in seine Brust und beobachtete, wie sich seine Augen verengten. Der Gedanke, so sehr begehrt zu werden, war fast zu viel für mich. „Wenn du das willst, werde ich es tun. Aber wenn nicht... Es tut einfach so gut, wenn du mich nimmst."

Sein Gesicht war fast schmerzhaft verzerrt. „Wirklich?"

„Es ist... jeder hat seine Vorlieben."

„Ja, das stimmt", stimmte er mir zu. „Ich werde dich jetzt küssen, bevor wir wieder zu den anderen gehen."

„Bitte", wimmerte ich.

Und er beugte ich zu mir und nahm mich in seine Arme.

12

ALS ICH am nächsten Tag im Four Seasons ankam, stellte ich überrascht fest, dass Sanderson erstaunt schien, mich zu sehen.

„Du hast tatsächlich gedacht, dass ich nicht auftauche." Ich verdrehte die Augen.

„Ja. Um mich schlecht dastehen zu lassen. So eine Intrige würde sehr gut zu dir passen."

Wer hatte schon die Zeit für sowas? „Wohin gehen wir?", fragte ich verärgert.

„Wir sollen uns an der Rezeption melden und nach der Catering-Managerin fragen. Sie wird mit Greg Butlers Event-Koordinatorin zusammenarbeiten."

Ich bedeutete ihm, vorauszugehen. Auf halbem Weg dorthin hörte ich, wie jemand meinen Namen rief. Ich drehte mich um und sah Gregory Butler und mindestens zwölf weitere Leute auf mich zukommen.

Er sah genauso aus wie vor fünf Jahren, als er mein Student gewesen war.

„Wie alt bist du? Fünfundzwanzig?", rief ich ihm entgegen.

„Eigentlich Sechsundzwanzig." Er lächelte und streckte mir die Hand entgegen. „Es ist mir eine Freude, Sie zu sehen, Dr. Qells."

Das gleiche braune Haar, die gleichen blauen Augen, das gleiche, typisch amerikanische Gesicht. Sogar die Sommersprossen auf seiner Nase passten ins Bild. Ich schüttelte seine Hand. „Sag Professor Vaughn, dass das nicht auf meinem Mist gewachsen ist."

Er hielt meine Hand fest, während er sich zu Sanderson umdrehte. „Ich habe dieses Jahr die Verantwortung von meinem Vater übernommen, Professor, und damit habe ich die Kontrolle über den Wohltätigkeitsfonds der Firma bekommen. Nächstes Jahr im März bauen wir ein Obdachlosenasyl in der Innenstadt, und wir haben noch viele andere Spenden getätigt, aber ganz oben auf meiner Liste stand meine Universität, auch wenn ich kaum den Abschluss geschafft habe."

Ich stöhnte, als er endlich meine Hand losließ.

Er lächelte strahlend. „Dr. Qells zitierte mich eines Tages in sein Büro und eröffnete mir, dass er mich hochkant rausschmeißen würde, wenn ich mich nicht endlich anstrengen würde."

Es war lustig, wie jeder nach Luft schnappte. Ich grinste und Greg lächelte.

„Ich meldete ihn dem Dekan", erzählte er seinem Gefolge und Sanderson, während er mich weiterhin ansah. „Und der Dekan sagte mir, dass ich mich verhört haben musste, denn dieses Verhalten sei vollkommen untypisch für Dr. Qells."

Ich wackelte mit den Augenbrauen.

Er nickte und legte den Kopf schief. „Am nächsten Tag im Unterricht fragte ich Dr. Qells, ob er wüsste, wer mein Vater ist, und er sagte mir, dass es ihn nur interessiert, wer mein Vater ist, wenn er mehr über Milton wusste als ich und mir Nachhilfe geben konnte."

Die Erinnerung daran brachte mich zum Lachen.

„Oh Gott, ich habe Sie gehasst." Er schüttelte den Kopf.

„Du warst auch nicht gerade mein Lieblingsschüler." Ich kicherte. „Wir sind also quitt."

Er seufzte schwer. „Es war das erste Mal, dass mir jemand die Stirn geboten hat, mir gesagt hat, was ich tun soll und mir ein Ultimatum gestellt hat. Ich war noch nie zuvor behandelt worden wie alle anderen auch."

Ich grinste.

„Ich musste noch nie in meinem Leben so hart ackern."

„Am Ende war es eine solide Drei", fügte ich hinzu.

„Es war grauenhaft", sagte er.

„Aber verdient", versicherte ich ihm. „Wenn du am Anfang nicht geschludert hättest, hättest du auch eine Eins bekommen können. Besonders Chaucer hat dir gelegen."

Er legte die Hand auf meine Schulter. „Gehen wir ein Stück."

Das Hotel war wunderschön. Die Eingangshalle, die Kronleuchter, die marmornen Fußböden, die Treppen und der große Ballsaal, wo das Festmahl stattfinden würde, waren atemberaubend. Dort wartete Katherine Abrams auf uns, Gregs Verlobte.

„Oh, Dr. Qells." Sie lächelte erfreut. „Es ist mir eine große Freude, den Mann kennenzulernen, der Gregs Leben so verändert hat."

„Das ist mir neu." Ich lächelte zurück.

Nachdem wir die Hände geschüttelt hatten, berührte sie mich am Arm. „Das haben Sie. Das hat er immer zu mir gesagt. Sein Vater wird bei der Party auch anwesend sein, und er würde auch gern mit Ihnen sprechen."

„Selbstverständlich" Ich tätschelte ihre Hand auf meinem Arm.

„Sehen Sie", Greg lächelte, „ich konnte entweder hauptberuflich Erbe werden oder derjenige, der ich heute bin. Ich war irgendwie ein Möchtegern-Rebell, bevor ich Sie kennengelernt habe."

„Du warst ein Faulenzer."

„Ich bin jetzt ein besserer Mensch, weil ich Sie getroffen habe."

Ich lachte. „Wer hätte gedacht, dass ich ein Heiliger bin?"

„Sie sind ein Arsch", gab Greg zurück.

„Greg!"

„Oh, das ist er." Er sah Kate an. „Und das weiß er auch."

„Das bin ich", stimmte ich zu und lächelte sie an. „Ich weiß es. Fragen Sie Sanderson."

„Wen?"

Ich wies hinter mich und schon begann das gegenseitige Vorstellen. Er war ihr völlig egal. Sie hatte absolut kein Interesse an Sanderson Vaughn. Sie war die Art Frau, die absolut freundlich und anständig war, aber man merkte es ihr trotzdem an. Sie war viel mehr daran interessiert, wen ich als meine Begleitung zur Party mitbringen würde.

„Meinen Partner Dreo", sagte ich zu ihr. Ich strahlte, denn ihn *meinen Partner* zu nennen, war unglaublich schön.

„Oh", quietschte sie. „Ich kann nicht erwarten, ihn kennenzulernen."

Das meinte sie auch so. Sie und Greg begleiteten mich zu der Event-Koordinatorin. Es war schön. Kate saß neben mir und Greg hatte die ganze Zeit die Hand auf meiner Schulter. Wer hätte gedacht, dass er mich wirklich so sehr mochte?

Greg wollte mich tatsächlich umarmen, als das wunderbare Mittagessen mit Kate, Daniel Kramer, den ich im Büro des Dekans kennengelernt hatte und Sophia Petrovich, Gregs Event-Koordinatorin, zu Ende ging. Kate kamen die Tränen und ich umarmte sie auch. Ich versicherte ihnen, dass das Mittelalterliche Festmahl dieses Jahr großartiger werden würde, als man sich vorstellen konnte. Sie waren sehr erfreut, dies zu hören. Aber bevor ich einen sauberen Abgang machen konnte, rief Sanderson meinen Namen.

„Oh Gott, was ist denn jetzt noch?", brummte ich und sah zweifellos genauso genervt aus, wie ich mich fühlte.

„Musst du wirklich die ganze Zeit so ein riesengroßes Arschloch sein?"

„Ja, das muss ich", gab ich zurück, „besonders dir gegenüber."

Er knurrte. „Schickst du die Liste per E-Mail zu Ms. Petrovich, oder-"

„Ich habe sie Gwen schon gemailt, und sie wird sich darum kümmern, wenn sie morgen wieder im Büro ist", sagte ich und drehte mich um, um zu gehen.

Er stellte sich mir in den Weg.

Ich warf die Hände in die Luft.

„Hast du irgendeine Ahnung, wie es ist, in der gleichen Abteilung wie du zu sein?"

Ich verschränkte die Arme und wartete ab.

„Jeder liebt dich. Die Studenten glauben, du könntest übers Wasser gehen. Die Fakultät - ich meine diejenigen, die dich nicht richtig kennen - respektiert dich wegen deiner wissenschaftlichen Leistungen. Aber was mich wirklich am meisten stört, das sind die Frauen. Das ist mir einfach zu hoch."

Ich schnaubte. „Ich hab keine Ahnung, worauf du hinaus willst."

„Oh, ich verstehe schon", erwiderte er, so unglaublich genervt. „Die Frauen liegen dir zu Füßen, und das ist dir vollkommen egal, weil du schwul bist."

„Du solltest dich nicht um die Frauen an der Universität kümmern", meinte ich zu ihm. „Man sollte nicht dort scheißen, wo man isst, Sanderson."

Er starrte mich an.

„Mach´s gut", sagte ich und ließ ihn stotternd vor dem Four Seasons stehen.

Auf dem Weg zu Bahnhaltestelle dachte ich über seine Worte nach. Wenn er wüsste, dass die Beziehung zu meinen Kollegen lange Zeit gehegt und gepflegt worden war, würde er anders über mich denken. Es schien in seinen Augen alles so einfach zu sein, weil diese Freundschaften schon Jahre, bevor er an die Universität gekommen war, entstanden waren. Der Unterschied war, dass er ein Idiot war. Und nicht nur mir gegenüber. Bei seinen Anstrengungen um eine Festanstellung hatte er sich als Arschkriecher präsentiert und jeden Kollegen mit seinen Bemühungen, immer eine Nasenlänge voraus zu sein, vor den Kopf gestoßen. Niemand wollte mit ihm an seinen Artikeln arbeiten, niemand wollte ihn zu Konferenzen begleiten, und die Bewertungen, die er von den Studenten erhielt, waren grottenschlecht. Das wusste ich, denn sie zeigten sie mir alle. Auch wenn ich sagte, dass ich das nicht wollte, mailten sie sie mir trotzdem oder schoben sie unter meiner Bürotür durch oder zwischen die Seiten meiner Lehrbücher. Sie wussten, dass mich das verrückt machte, also gaben sie sich besonders große Mühe, mich zu nerven. Aber das war ein Ausdruck ihrer Zuneigung, wovon Sanderson bestimmt nicht viel zuteil wurde, da war ich sicher. Er war so weit davon entfernt zu bekommen, was er wollte, und das war ihm kein bisschen bewusst.

Er überlud seine wenigen Doktoranden, denen er zu viel versprochen und zu wenig davon gehalten hatte, von Anfang an mit Arbeit. Es war nicht so, dass ich besonders beliebt war. Es war vielmehr so, dass es auf ihn so wirkte, weil er von Professoren und Studenten gleichermaßen verachtet wurde. Er tat einem kleinen Teil von mir leid, aber dieser Teil wurde jedes Mal, wenn ich mit seiner negativen und anmaßenden Art konfrontiert wurde, noch kleiner.

Weil ich wegen Sanderson in Gedanken war, bemerkte ich den Mann zu meiner Rechten nicht, bis ich um eine Ecke bog und Richtung Haltestelle ging. Ich wollte mit der Hochbahn fahren, da ich noch Einkäufe für das Abendessen erledigen musste. Aber ich blieb stehen, als ein Fremder mich mit der Hand auf meiner Brust zum Stehenbleiben zwang. Er stand so dicht vor mir, dass wir uns hätten küssen können.

Ich bekam keine Luft und wusste nicht, warum.

„Dr. Qells", flüsterte er, als meine Knie nachgaben.

Ich schaute an mir herunter und sah seine Hand am Griff des Messers, das in meinem Bauch steckte.

Er hatte es durch meinen Mantel, den dicken, gestrickten Pullover und das T-Shirt geschoben, bevor es meine Haut durchbohrt hatte. Ich fühlte die Hitze, als er es herumdrehte und wieder herausriss. Ich stürzte auf den harten Gehweg, während der Himmel wie eine gigantische Regenwolke über mir hing, die ihre Schleusen jederzeit über mir öffnen konnte.

„Richten Sie Dreo Fiore Grüße von Joey Romelli aus."

Meine Stimme gehorchte mir nicht, und mein eigener Herzschlag dröhnte plötzlich so laut in meinen Ohren, dass ich den Mann kaum verstand. Ich schien zu ertrinken, noch bevor es zu regnen begann. Mir war so heiß, ich wollte mir meinen Mantel herunterreißen, aber mein ganzer Körper schien gelähmt.

Er spuckte auf mich, auf meine Brust, und ich sah zu, wie er in sein Auto stieg und davonfuhr.

„Oh mein Gott, Nate, was ist los?"

Und natürlich war es Sanderson Vaughn, der mich fand. Das setzte meinem Tag die Krone auf.

Er zog sich seinen Schal vom Hals und presste ihn auf mein Zwerchfell und hatte sein Handy am Ohr. Mir war vorher noch nie aufgefallen, dass er ein Grübchen am Kinn hatte, dass seine Nase klein war und nach oben zeigte, oder dass seine Augen blassblau waren.

„Trotzdem", keuchte ich, „bin ich nicht nett zu dir."

„Ich weiß." Er nickte, während er die Adresse ins Telefon brüllte und denjenigen am anderen Ende der Leitung anschrie, sich zu beeilen.

„Nett." Ich lächelte und merkte, dass es schwieriger wurde, ihn klar zu sehen. „Du musst netter sein, freundlicher. Nicht so ein Arsch. Zucker... kein Essig."

„Okay", stimmte er beschwichtigend zu. Sein Telefon traf meine Brust, als es von seinem Ohr fiel, weil er mit beiden Händen den Schal auf meinen Bauch drückte.

„Hör auf zu drücken", verlangte ich. „Das tut weh."

„Das tut es bestimmt."

„Du hast ziemlich schöne Augen."

„Ich werde dich daran erinnern, dass du das gesagt hast." Er holte tief Luft und biss sich auf die Unterlippe.

Und ich dachte, dass er für einen Kerl, der mich hasst, ziemlich besorgt aussah. Als er meinen Namen schrie, wollte ich ihm sagen, dass er damit aufhören soll, aber nichts funktionierte, nicht mal meine Augen.

EIN FLÜSTERN weckte mich. Es dauerte einen Moment, bis ich klar denken konnte, doch dann nahm der Raum Gestalt an und ich erkannte das hübsche Gesicht, das mich ansah.

„Nate", keuchte sie, und ich lächelte Melissa an.

„Oh, Gott sei Dank." Ihre Augen füllten sich mit Tränen, die ihre Wangen hinunterrannen.

„Hey", brachte ich heiser flüsternd hervor. „Was ist los?"

Sie zitterte, und ich fühlte, wie sie meine Hand fest drückte.

„Mel?"

Sie räusperte sich. „Jemand hat auf dich eingestochen."

„Ja, ich weiß."

„Also wurde ich informiert, weil ich immer noch als Notfallkontakt auf deinem Führerschein registriert bin."

„Oh Scheiße, das tut mir leid."

„Nein!", fauchte sie. „Zum Glück hast du das nicht geändert, und das darfst du auch in Zukunft nicht machen. Ich will immer an erster Stelle stehen."

„Das macht aber keinen Sinn." Ich kicherte, aber plötzlich spürte ich einen starken Druck und musste die Luft anhalten.

„Hör auf damit, nicht lachen. Lieg einfach still, okay?"

„Es tut eigentlich nicht richtig weh", sagte ich und blickte nach unten, aber da war nur das Laken. „Kannst du das Ding hochheben, damit ich etwas sehen kann?"

„Nein." Sie funkelte mich an. „Da gibt es nichts zu sehen. Nur einen Verband über einer genähten Wunde. Das gibt eine große Narbe."

„Klasse." Ich grinste.

„Ich werde dir eine reinhauen, wenn du wieder gesund bist", keuchte sie, und ihre Stimme brach. Sie brach über mir zusammen und schluchzte.

Oh Mist. Sie hatte sich wirklich Sorgen gemacht. „Schatz", versuchte ich sie zu beruhigen und wollte ihr meine Hand entziehen, damit ich sie streicheln konnte.

„Lieg einfach still!", fuhr sie mich an und setzte sich auf.

„Jawohl", sagte ich leise.

Sie weinte, und ich hielt still. Schließlich meinte ich, dass ich durstig sei, und sie holte mir einen Becher Wasser mit einem Strohhalm.

„Was ist passiert?" fragte ich.

„Du weißt, was passiert ist."

„Ich meinte danach."

Sie schniefte und ließ meine Hand los, damit sie sich die Nase putzen konnte, strich sich die Haare aus dem Gesicht und trocknete sich die Wangen mit einem Papiertaschentuch. Sie sah mit ihrer roten Nase und den verquollenen Augen wirklich süß aus. Schließlich hatte sie sich beruhigt. „Der Mann, der das getan hat, hat dich einfach auf der Straße liegen lassen. Ich weiß, du hasst diesen Sanderson, aber ich werde ihm einen Obstkorb schicken und Blumen und was auch immer er sich wünscht. Wenn er eine heiße Nummer will, bezahle ich einen Escortservice."

„Eklig", murmelte ich und hievte mich hoch.

„Nicht bewegen oder deine Nähte reißen auf!"

Ich stöhnte. „Wann darf ich nach Hause?"

„Morgen oder übermorgen. Sie wollen sichergehen, dass du keine Infektion bekommst und die Antibiotika wirken, und dass auch sonst alles in Ordnung ist."

„Dabei ging es nicht um mich", sagte ich zu ihr. „Das war eine Warnung an Dreo."

Sie nickte. „Ich weiß. Das hast du gesagt, als sie dich hergebracht haben. Du hast über Dreo geredet."

„Wo ist er? Ist er hier?"

„Er war hier, aber er ist gegangen."

„Oh." Ich war enttäuscht.

„Er war hier, bis wir sicher sein konnten, dass du wieder in Ordnung kommst. Er hat versprochen, später zurückzukommen."

169

Ich schielte zu ihr. „Was?"

Sie seufzte tief. „Er ist gegangen, und Duncan gleich nach ihm."

„Duncan war hier?"

„Oh ja."

Das klang gar nicht gut. „Mel?"

Sie stand auf und lief auf und ab. „Mein Gott, Nate, es war grauenhaft. Ich kam gerade hier an, und die Polizei war da und es sah so aus, als würden Dreo und Duncan sich gegenseitig die Köpfe einschlagen. Dreo hat geblutet und Duncan hat sich das Handgelenk gebrochen, als er Dreo geschlagen hat... Ich meine, sie wissen beide, woran sie sind, oder?"

„Was meinst du?"

„Wen liebst du?"

Meine Güte, was war das denn für eine Frage? „Ich bin gerade aufgewacht, nachdem ich niedergestochen wurde!", krächzte ich.

„Nathan James Qells! Wen liebst du?"

„Mel-"

„Beantworte einfach-"

„Ich bin verletzt und-"

„Nate! Wen liebst du?"

„Ich... Dreo!"

Stille.

Ich sah sie an.

Sie starrte mit weit aufgerissenen Augen zurück.

„Scheiße!"

Sie lächelte so breit, dass es wehtun musste. „Wirklich?"

„Ich ... Scheiße."

Ihr Lachen war warm und voller Freude. „Oh mein Gott, Nate!"

Das hatte sie treffend zusammengefasst.

„Oh Schatz, endlich. Endlich bist du verliebt."

Ich hatte keine Ahnung wie um alles in der Welt das so schnell passieren konnte, es kam einfach... aus heiterem Himmel.

„Ich werde ihn anrufen und ihm sagen, dass er seinen Hintern sofort wieder hierher schaffen soll."

Ich nickte. „Ja, sag ihm das", sagte ich, als ein Monitor auf einmal Alarm schlug.

„Nate?"

Ihre Gestalt verschwamm plötzlich. „Ruf den Frauenarzt an, Mel, und die Maklerin. Vergiss nicht, Jared auf dem Laufenden zu halten, okay? Morgen. Du musst morgen diese Anrufe erledigen."

„Nate!"

Ich wusste, dass sie schrie, weil ihr Gesicht ganz verzerrt war, aber ich konnte es nicht hören. Und dann war da nichts mehr.

170

ICH DREHTE den Kopf, und da saß eine umwerfende Frau an meinem Bett. Ich erkannte sie, aber es ergab keinen Sinn. Vielleicht schlief ich immer noch.

Sie lächelte.

Ich entschied mich, die Halluzination anzusprechen. „Mrs Fiore."

Ihr Lächeln war wirklich ein Anblick. Sie verwandelte sich von der kalten, harten Matriarchin zu einer wunderschönen Hollywood-Ikone. Ich erkannte, dass ihr Sohn seine Fähigkeit, sich durch ein einfaches Lächeln in einen anderen Menschen zu verwandeln, von seiner Mutter geerbt hatte. Ihre Augen waren wie geschmolzene Schokolade und... oh Mann, ich war high.

„Hi." Ich lächelte sie an.

„*Buonasera*", grüßte sie mich.

„Oh, ich liebe dieses Lied", meinte ich und lachte leise. Ich konnte mir nicht helfen.

Ihre Augenbrauen hoben sich. „Ich auch."

Ich räusperte mich. „Wo sind denn alle?"

„Sie mussten etwas essen. Mein Sohn, mein Enkel, seine Freundin Danielle, diese Frau - Ihre Frau - sie ist... *belissima*." Sie lächelte.

„Ja, das ist sie", stimmte ich zu. Mir war klar, dass sie über Melissa sprach.

„Ihr Ehemann ist auch ein gutaussehender Mann. Sie sind ein schönes Paar."

Ich nickte.

„Aber sie müssen essen. Mein Mann ist mit ihnen zu einem Restaurant hier in der Nähe gegangen."

„Und Sie sind hier bei mir geblieben?"

„*Sí.*"

„Warum?"

„Weil, Nathan - darf ich Nathan sagen?"

„Natürlich."

Sie beugte sich zu mir. „Schau, Nathan, ich habe schon eine meiner Töchter verloren. Michaels Mutter. Das weißt du."

„Ja."

„Ich werde nicht meinen Sohn verlieren."

Ich sah sie nur an und wartete.

„Mein Sohn", erklärte sie weiter, „ist stur. Das war er schon immer. Er setzt sich etwas in den Kopf und handelt danach. Ich sagte ‚Ich weiß, dass es der Wunsch deiner Schwester war, dass du Michael großziehst, aber sie meinte damit nicht, dass du es ganz allein tun sollst, *ragazzo*. ‘Komm nach Hause' sagte ich."

Ihr Haar, ihre Augen... eine wirklich wunderschöne Frau.

„Aber nein, Dreo geht stattdessen zu seinem Freund Sal, und nimmt einen Job bei einem wirklich schlechten Mann an. Ein Mann, von dem mein Vater ihm verboten hätte, überhaupt mit ihm zu sprechen."

„Lebt Ihr Vater noch?"

„Nein, er ist gestorben, kurz nachdem ich aus Palermo hier hergezogen bin."

„Das tut mir leid."

„Das ist schon lange her."

Ich lächelte, als sie einen Becher Wasser nahm und mir den Strohhalm hinhielt, damit ich trinken konnte.

„Es war wunderschön, Palermo. Ich vermisse es immer noch."

„Wann sind Sie nach Chicago gekommen?"

„Ich habe Mr. Fiore im Urlaub in Rom getroffen. Mein Vater mochte Anthony nicht, ich dagegen schon." Sie grinste schelmisch und ihre Augen leuchteten.

„Es war Liebe."

„*Sì*", stimmte sie mir zu und seufzte tief. „Das ist es immer noch. Und so bin ich nach Amerika gekommen."

Es machte Spaß, ihr zuzuhören, aber ich wollte noch mehr wissen. Ein Datum, zum Beispiel.

„Ich lebe schon seit vielen Jahren in Chicago. Dreos Vater und ich haben eine Familie gegründet, und ich war immer sehr glücklich, aber... als meine Tochter gestorben ist, wäre ich ihr ins Grab gefolgt, wenn die anderen nicht gewesen wären. Meine Töchter - ich habe drei - und Dreo und besonders Michael, ihr Sohn."

„Er ist ein toller Junge."

„*Sì*, aber das weißt du besser als ich, denn du bist derjenige, den Michael liebt. Er hat dich als Elternersatz ausgesucht, nachdem seine Mutter uns verlassen hat."

„Das ist Dreo."

„Dreo ist mehr ein großer Bruder, als ein Elternteil. Das ist offensichtlich."

„Was ist aus seinem Vater geworden?", fragte ich, um das Thema zu wechseln.

„Er stammt aus einer reichen Familie. Er hat Mona verlassen, als er erfahren hat, dass sie schwanger war."

„Was für ein Arsch", erwiderte ich ohne nachzudenken, denn im Moment schien meine Fähigkeit, erst zu denken und dann zu reden, eine Pause zu machen. Was auch immer durch den Infusionsschlauch in meinen Arm floss, es war wirklich gut.

„Da stimme ich zu." Sie lachte. „Und dir steht ein Urteil darüber zu, denn du hast, wie ich vor kurzem erfahren habe, die Frau geheiratet, die du geschwängert hast, obwohl du schwul bist."

Ich stöhnte.

„Du bist ein guter Mann, der das Wohl seines Kindes über sein eigenes gestellt hat. Davon kann man nur beeindruckt sein."

„Ach ja?" Ich strahlte sie an.

Ihre Hand strich über meine Wange, und sie sah mich an. „*Sì*."

„Sie, ähm, mögen mich also?"

172

Ihr sanftes Lachen war noch besser als ihr Lächeln. „Das tue ich, und auch wenn ich nicht verstehen kann, wie mein Sohn einen Mann lieben kann, so kann ich seine Wahl nur gutheißen."

Lieben?

Ich hustete und verschluckte mich. Sie tätschelte mein Knie, gab mir noch mehr Wasser zu trinken, und ich vernahm einen beruhigenden Singsang aus Worten, die ich nicht verstand.

„*Caro*, ruh dich aus. Du liebst ihn, meinen Sohn. Ich weiß, dass es so ist."

„Woher wissen Sie das?" fragte ich schwer atmend, als ich wieder atmen konnte.

„Weil du es warst, der erkannt hat, dass Joey Romelli Dreo wehtun wollte, indem er dich töten lässt. Das ergibt für mich Sinn. Man tötet einen Mann nicht einfach, man lässt ihn leiden, indem man ihm das Wichtigste im Leben nimmt. Das ist der Beginn einer Vendetta. Aber sie endet nicht mit deinem Tod, dafür würde Dreo sorgen. Und was passiert dann? Ist Joey als nächstes hinter Michael her? Neinneinnein, es ist gut, dass du so clever bist und dahinter gekommen bist. Dreo hat wirklich Glück, dich zu haben."

Ich verstand gar nichts mehr.

„Ruh dich aus und schlaf etwas. Du brauchst die Kraft."

„Werden Sie ihnen sagen, dass ich wach bin?"

„*Sí.*"

Es war so seltsam. Ich hätte ihr eine Million Fragen stellen sollen, aber ich konnte es einfach nicht. Ich konnte nur wieder die Augen schließen.

„Werden Sie Dreo erlauben, Sie an Thanksgiving zu besuchen?", fragte ich, als meine Augen zufielen.

„Ja, und dir auch, Nathan Qells."

Oh Gott, wie lange war ich weg gewesen?

Es war dunkel, als ich meine Augen wieder öffnete, aber durch die zugezogenen Vorhänge drang genug Licht, damit ich mich im Zimmer umsehen konnte. Genug Licht, damit ich Dreo Fiore sehen konnte, der in einem sehr ungemütlich aussehenden Stuhl neben meinem Bett schlief. Er trug Jeans und eine Sweatjacke unter einer schwarzen Biker-Lederjacke. Die Wollmütze auf seinem Kopf war wirklich süß, und die Stoppeln auf seinen Wangen und um seinen Mund waren heiß. Unter der Mütze schauten ein paar Locken hervor, und seine Füße lagen nur mit Socken bekleidet auf meinem Bett. Der Mann war der Inbegriff der Erschöpfung. Mein Herz schmerzte, wenn ich ihn nur ansah.

„Baby", sagte ich statt seines Namens. Ich hielt die Luft an und betete, dass er es nicht gehört hatte. Ich wollte ihn schlafen lassen.

Er fiel fast von seinem Stuhl

„Nate", keuchte er. Seine Füße glitten vom Bett, und er schoss hoch. Seine Augen waren weit aufgerissen, und er blinzelte und war nicht viel wacher als noch vor einem Moment.

„Hey." Ich lächelte schwach.

„Oh." Seine Stimme brach, und seine Hände berührten mein Gesicht, als er sich zu mir beugte und mich küsste.

Dieser einfache, unglaublich heiße Kuss durchfuhr mich und ließ meinen gesamten Körper zucken und sich verkrampfen. Er liebte mich mit seinem Mund. Seine Zunge strich über meine. Er schmeckte nach Schokolade und Gewürznelken und einfach ihm. Ich fühlte, wie er zitterte, und mein Schwanz zuckte unter dem Laken. Die Welle von Verlangen, die über mich hinwegrollte, brachte ihn zum Lächeln. Er lehnte sich zurück, und unsere Lippen trennten sich unter großer Anstrengung.

„Oh nein, bitte", wimmerte ich und streckte die Hand nach ihm aus. „Küss mich nochmal."

In seinen Augen standen Tränen, und erst da sah ich, dass er verletzt war.

„Was ist passiert?"

Er schüttelte den Kopf. Ich hatte ihn noch nie so aufgewühlt erlebt, nicht mal nach Mr. Romellis Tod.

„Wer hat dich geschlagen?"

„Das spielt keine Rolle." Er seufzte und ließ den Kopf erleichtert zurückfallen. Er rieb seine Hände über sein Gesicht und lachte leise.

Ich erinnerte mich an etwas, das Mel gesagt hatte. „Oh Gott, hat Duncan dich geschlagen?"

„Ja", fauchte er, „und ich hab zurückgeschlagen. Verdammtes Arschloch!"

Er war angespannt und frustriert und wütend und… ich war gerade erst aufgewacht. Da konnte ich noch nicht so schnell denken.

„Ihr habt euch wegen mir geprügelt." Ich kicherte.

„Was ist daran so lustig?"

„Naja, schon allein, weil es bescheuert ist. Was hast du dir bloß dabei gedacht?"

„Ich habe gedacht, dass wir beide stinksauer waren."

„Warum?"

„Weil du mich zu Tode erschreckt hast."

Der Mann war frustriert und schlecht gelaunt. Er war hinreißend. „Du hast dir Sorgen um mich gemacht", flüsterte ich.

„Ich habe mir große Sorgen gemacht"; knurrte er in Richtung Zimmerdecke. Er sah mich immer noch nicht an. „Fuck."

„Dreo."

Er sah mich an und fixierte mich mit seinen dunklen Augen.

„Ich bin okay, richtig?"

Er nickte.

„Und?"

„Nichts und."

„Rede mit mir."

„Ich glaube nicht-"

„Dreo!", sagte ich scharf.

„Ich habe dich gerade erst bekommen!" fauchte er. „Was glaubst du denn, Nate? Und du würdest entweder sterben oder mich zum Teufel schicken, sobald-"

„Jetzt mal langsam", sagte ich beruhigend. „Du dachtest, ich würde sterben?"

„Du hattest eine Infektion von dem Messer dieses Bastards! Ich meine, da hatten sie endlich die Blutung gestoppt und dich wieder zusammengeflickt, und plötzlich ist dein Herz durch eine Infektion vergrößert und... und du bist in einem schlechteren Zustand als sie zuerst gedacht hatten und-"

„Aber jetzt geht es mir gut."

„Und Michael dreht durch, weil er schon seine Mutter verloren hat und ist stinkwütend auf mich, weil das alles wegen mir passiert ist und-"

„Aber ich bin okay."

„Und deine verdammte Ex ist hier und schreit mich an, dass das alles meine Schuld ist und du wegen mir umgebracht wirst, weil-"

„Dreo."

„Ich hatte noch nie solche Angst!", schrie er. „Noch nie!"

Ich starrte ihn an.

„Ich habe dich doch gerade erst bekommen", wiederholte er leise.

„Ich bin okay", versicherte ich ihm. „Wo ist Michael?"

Er holte tief Luft. „Er ist draußen. Alle sind draußen."

„Wer ist ,alle'?"

„Verdammt, Nate, einfach alle."

Er sah wirklich schrecklich aus. Er war total erschöpft, und so wie er da stand, mit einer zitternden Hand an der Stirn, erkannte ich, dass er wirklich große Angst um mich gehabt hatte.

„Hey."

Keine Reaktion.

„Andreo."

Er hob langsam den Kopf.

„Ich verlasse dich nicht. Und ich werde nicht sterben."

Er blieb still.

„Wir machen nicht Schluss. So leicht wirst du mich nicht los."

Er holte zittrig Luft. „Du hast mich Baby genannt."

Ich zuckte zusammen. „Ja, ich-"

„Du hast Mel gesagt, dass du mich liebst."

Ich sah nicht weg. Ich war soweit.

„Jetzt sag es zu mir."

Es war Zeit für den Sprung. Wer nicht wagt, der nicht gewinnt. „Ich liebe dich, Dreo."

„Aber geht das nicht ziemlich schnell?", fragte er skeptisch, und ich verstand warum.

„Nach vier Jahren?" Ich wiederholte seine Formulierung von vor ein paar Tagen. Oder vielleicht waren es auch Wochen. Ich hatte keine Ahnung, wie lange ich im Krankenhaus gewesen war, aber das spielte im Moment keine Rolle. Im Moment zählte nur Dreo.

Er lächelte leicht.

„Zuerst war es nur Freundschaft, und ich mache mir schon Gedanken, dass sich meine Gefühle so schnell geändert haben, aber-"

„Was fühlst du?", fragte er und trat nah genug an mein Bett heran, dass ich seine Hand berühren konnte.

„Dass ich alles mit dir zusammen tun will." Ich seufzte und hielt ihm die Hand hin.

Er setzte sich auf den Stuhl neben das Bett, nahm meine Hand und hielt sie an seine Wange.

„Ist es das, was du willst?"

„Für mich hat sich nichts geändert, Nate. Ich habe mein Leben für Michael und dich geändert. Wenn ich allein wäre, hätte ich mein altes Leben für immer so weiter führen und mich weiter nach oben arbeiten können, aber ich wollte euch beide… da musste ich frei davon sein. Ich wollte dich an meiner Seite haben und Michael zeigen, was für ein Mann ich sein kann, ihm ein Vorbild sein, deshalb musste ich da raus." Er strich mit den Fingern über meine Wange. „Du musst ihn wieder nachwachsen lassen, okay? Ich liebe deinen Bart, er ist einfach total heiß."

Ich rümpfte die Nase. „Ich will nicht, dass du mich ansiehst und denkst, dass ich zu alt für dich bin."

„Das tue ich nicht. Das bildest du dir nur ein."

„Okay."

„*Mi sei mancato molto*", murmelte er und hatte plötzlich Tränen in den Augen.

„Ich habe dich auch vermisst", sagte ich zu ihm.

„Woher weißt du immer, was ich gesagt habe?"

„Ich spreche die Dreo-Sprache."

Er stürzte sich auf mich und küsste mich lange und hart, und ich stöhnte und wimmerte, bis er anfing zu lachen. Das lockte Michael und Mel und Ben herein. Danach war es wie im Tollhaus.

Der Rest des Tages verging, während mich ein wahrer Besucherstrom heimsuchte. Viele Freunde, Arbeitskollegen, der Dekan, Studenten, Alla und Jen, Ashton und Levi, Danielle und ihre Eltern und sogar Sean Cooper, der sich meine Krankenakte ansah, um sich wichtig zu machen. Ashton war davon nicht beeindruckt, und er machte ein Gesicht, als hätte er in eine Zitrone gebissen. Dreo andererseits - Mein Doktorand fand meinen neuen Freund zum Anbeißen.

Da konnte ich ihm nur zustimmen.

13

AM NÄCHSTEN Morgen kam Jimmy O´Meara zu mir und befragte mich zu Oscar Darra, dem Mann, der auf mich eingestochen hatte. Im Zuge der Ermittlungen hatte sich herausgestellt, dass Joseph Romelli der Meinung gewesen war, mich zu töten würde Dreo die Botschaft übermitteln, dass es ihm nicht zustand, selbst Entscheidungen zu treffen, sondern dass das Männer wie Joey für ihn taten. Dieselbe Botschaft hatte er Tony Strada übermittelt. Seine Freundin, GenevaMoscone, war in ein Auto gezerrt worden. Das ganz wäre bestimmt schlecht für sie ausgegangen, aber zehn Zentimeter hohe Absätze, künstliche Fingernägel und der nötige Kampfgeist hatten dafür gesorgt, dass das Auto mit vier Männern darin in eine Hauswand gekracht war.

„Diese Frau", Jimmy riss die Augen auf, „oder eher Naturgewalt, sollte ich sagen, trat wie wild geworden auf einen der Kerle ein, als wir ankamen, fluchte auf Italienisch und bespuckte ihn. Es hätte acht Typen gebraucht, um sie zu entführen, oder zwei, die tatsächlich wissen, was sie tun."

„Eine echte Wildkatze, was?"

„Das kann man wohl sagen", stimmte Jimmy mir zu. „Joey hatte noch einen der richtigen Profis auf seiner Seite, und den hat er auf dich gehetzt, Nate. Die Typen, die sich Geneva holen sollten, waren nur Anfänger. Die hatten Glück, dass sie sie nicht umgebracht hat."

„Ich bin wirklich froh, dass es ihr gut geht", sagte ich, lehnte mich zurück und drückte Dreos Hand. „Ich kenne sie nicht mal und bin trotzdem froh."

„Ja, wir auch, denn als wir die Kerle erwischt hatten, hatten sie eine Menge zu erzählen."

„Über Joseph Romelli", sagte Dreo.

„Ja." Jimmy nickte und schielte zu ihm. „Ich habe gehört, dass Sie dieses Leben hinter sich gelassen haben."

„Das habe ich."

„Genau wie Sal Polo."

Er nickte.

„Das ist gut. Wir wissen, dass Sie beide nur dafür zuständig waren, die Muskeln spielen zu lassen, aber es war trotzdem schlau auszusteigen. Es sieht so aus, als würden sie sich reorganisieren. Ich nehme nicht an, dass Sie mir sagen wollen, wer sich durchgesetzt hat, Pearl oder Strada?"

„Ich habe keine Ahnung, Detective", log Dreo. „Ich bin raus."

Er nickte und blickte zu mir. „Nur damit du es weißt, Nate, man hat Joseph Romelli heute Morgen mit einer Kugel im Hinterkopf in seinem Penthouse gefunden."

„Oh Gott, die arme Mrs. Romelli. Dass sie so kurz nach ihrem Mann auch noch ihren Sohn verlieren musste."

„Aber so ist das Leben, richtig, Mr. Fiore?"

„Ja, das ist richtig."

„Und sie und zwei ihrer Töchter sind heute Morgen nach Miami geflogen", erzählte er weiter. „Ich nehme nicht an, dass Sie raten wollen, wer diese Reise bezahlt hat, oder doch, Mr. Fiore?"

Er schüttelte den Kopf.

„Das dachte ich mir."

„Ich bin raus und-"

„Ja, ich verstehe schon", unterbrach Jim ihn. „Aber Sie wissen bestimmt, wie das aussehen muss. Dass ich hier bin. Man wird denken, dass Sie mit mir geredet haben."

„Falls ich nicht raus gewesen wäre, bevor auf Nate eingestochen wurde"; fügte Dreo hinzu. „Aber das war ich. Jetzt wird man nur denken, dass der Scheißer Romelli versucht hat, Dreo Fiores Freund zu töten, obwohl Dreo Joeys Leben gerettet hat."

Jimmy riss die Augen auf. „Joey Romelli war auch in dem Restaurant, als sein Vater und die anderen getötet wurden?"

„Ja."

„Das wussten wir nicht."

Dreo zuckte mit den Schultern. „Das spielte damals keine Rolle, und jetzt eigentlich auch nicht mehr."

Jimmy sah mich an. „Du solltest vorsichtig sein, Nate. Dieses Leben könnte euch trotzdem irgendwann wieder einholen."

Ich setzte zum Sprechen an.

„Keine Sorge, Detective", sagte Dreo. „Ich mag draußen sein, aber nachdem, was passiert ist, habe ich viele Schutzengel, wissen Sie?"

Jimmy seufzte schwer. „In Ordnung." Er stand auf und kam zu mir. Er umarmte mich und sagte mir, ich solle auf meinen Hintern aufpassen.

Dreo antwortete ihm, dass das jetzt seine Aufgabe wäre.

Jimmy verdrehte die Augen und wollte gehen, aber er drehte sich in der Tür noch einmal um.

„Ja, Detective?" fragte Dreo.

„Da waren immer ein paar Typen in diesem Park an der Pearson."

„Und?"

„Und sie haben gesagt, dass ein paar von Romellis Leuten zu ihnen gekommen sind und gesagt haben, dass sie sich dort nicht mehr sehen lassen sollen. Wissen Sie etwas darüber?"

Dreo schüttelte den Kopf. „Nein, ich habe keine Ahnung."

Er nickte kurz. „Sie können sich Ihr Eigentum jederzeit im Revier abholen, Mr. Fiore."

„Vielen Dank, Detective."

Er hob kurz die Hand und war verschwunden.

Ich drehte mich zu Dreo. „Welches Eigentum?"

„Meine Pistole."

„Oh", machte ich und sah ihn an.

„Caro?"

„Du hast dich mit Sal um diese Typen gekümmert, die mich verletzt und diese Frau angegriffen haben, oder?"

Er zuckte mit den Achseln.

„Du hast das für mich getan."

Seine Hand strich über mein Kinn. „Ich würde alles tun, damit du in Sicherheit bist, *tesoro*. Das sollte jeder bedenken, der dir oder Michael etwas antun will."

Ja, das sollten sie. Man forderte Dreo Fiore nicht heraus. Ich lächelte ihn an. „Du hast mich vorhin unterbrochen, als ich Jimmy antworten wollte."

„Weil du dem netten Detective sagten wolltest, dass ich die einzige Gefahr für deinen Hintern bin."

Ich lachte. „Woher wusstest du das?"

„Ich kenne dich, *caro*."

Ich hob das Gesicht für einen Kuss, und er beugte sich herunter, um ihn mir zu geben.

„Nate!"

Wir blickten beide in Richtung Tür, als Melissa hereingestürmt kann, gefolgt von Ben, Michael und Danielle.

Dreo trat einen Schritt zurück, als sich meine Ex-Frau in meine Arme warf.

„Scheiße", stöhnte ich, denn das tat schon weh, weil ich nicht auf Drogen war.

„Ich hab dich so lieb."

Ich umarmte sie fest. „Wir haben uns erst gestern gesehen. Du weißt, dass es mir gut geht."

„Das spielt keine Rolle."

„Mel-"

„Was würde ich ohne dich tun?"

Und weil das von ihr kam, verstand ich es. In den letzten dreißig Jahren - wir kannten uns, seit wir Fünfzehn waren - hatte ich gelernt, auf sie zu hören.

Was würde sie ohne mich tun?

Ich war wichtig für sie, aber da war sie nicht die einzige.

Für Dreo, für meinen Jungen und seine Freundin und das Baby, das sie erwarteten, für die weinende Frau in meinen Armen, für ihren Ehemann, der hinter ihr stand und aussah wie der Tod auf zwei Beinen... für sie alle war ich unentbehrlich. Für Michael, der auf seiner Unterlippe kaute, während Danielle seine Hand hielt und mich anlächelte, war ich ein entscheidender Faktor im Leben. Für

180

die Studenten, denen ich geholfen hatte, wie Greg Butler, und die, die mich immer noch brauchten, wie Gwen Barnaby, war ich lebenswichtig. Und für Sanderson Vaughns Erfolg, bei dem ich mir wirklich mehr Mühe geben wollte, auch wenn das wirklich schwer werden würde, würde ich entscheidend sein. Ich war nicht der wiedergekehrte Messias, aber für die Menschen in meinem Umfeld war ich unersetzlich. Es war an der Zeit, dass ich mir mehr Mühe gab.

„Ich werde nirgendwo hingehen", versicherte ich Melissa. Ich löste mich von ihr und strich ihr das Haar aus dem Gesicht. „Du siehst grauenhaft aus."

„Weil ich praktisch in dieses verdammte Krankenhaus eingezogen bin!"

Ich lachte prustend. „Und Jared?"

„Darum habe ich mich gekümmert", fauchte sie. „Oder besser gesagt, Dreo und ich. Wir haben uns darum gekümmert, dass sein alter Mietvertrag gekündigt wird, wir haben ihn heraus gekauft, und die Umzugsfirma kommt morgen."

Ich sah den neuen Mann in meinem Leben an. „Was ist mit deinen Möbeln?"

„Darum machst du dir Gedanken?"

Ich nickte.

Er verdrehte die Augen. „Ich überlasse Jared die Möbel, denn er sagte-"

„Du hast mit Jared gesprochen?"

„Mel hat ihm erzählt, was passiert ist, und er war stinksauer auf mich, weil ich dich in Gefahr gebracht habe und-"

„Es war nicht deine Schuld! Ich-"

„Das weiß er jetzt auch, aber zuerst war er wütend. Das wäre ich auch gewesen. Aber zwischen uns ist alles in Ordnung, also habe ich ihn wegen der Möbel gefragt und ihm ein paar Bilder gemailt, und sie haben ihm gefallen. Gillian findet die Sofas toll."

Na sowas.

„Mein Bett wird entsorgt, und Michaels behält sein Bett. Das Bett aus deinem Gästezimmer bekommen die beiden für das Babyzimmer. Also, alles ist geklärt. Wie Mel schon sagte, morgen kommt die Umzugsfirma."

„Und der Gynäkologe?"

„Ich habe ihnen einen Termin bei meinem Gynäkologen gemacht. Sie werden ihn lieben."

„Und wann wird Jared hier sein?"

„Nächsten Montag."

Ich schaute zu Dreo. „Was für ein Tag ist heute?"

„Freitag."

„Also bin ich jetzt fünf Tage hier?"

Er nickte.

„Und wann darf ich nach Hause?"

„Morgen. Du kannst auf der Couch liegen und den Möbelpackern zuschauen."

Michael räusperte sich.

„Hey."

Er zwang ein Lächeln auf sein Gesicht.

Ich streckte ihm die Arme entgegen. „Es geht mir gut.“

Und dann war er bei mir. Er stürzte sich mit mehr Wucht auf mich als Mel, klammerte sich an mich und vergrub das Gesicht in meiner Schulter. Ich fühlte wie er zitterte und hielt ihn fest. „Es ist alles gut, mein Schatz“, versicherte ich und lehnte meinen Kopf an seinen. „Es geht mir gut. Mach dir keine Sorgen.“

Dreo strich über Michaels Haar, und dann über meines, und ich sah, wie er tief atmete.

„Was?“

„Ich betrachte nur meine Familie.“ Er lächelte. „Das ist schön.“

Und ganz plötzlich war der Kloß in meinem Hals zu groß, um zu sprechen

„WENN DU meinen Sohn besser kennen würdest“, sagte Mrs Fiore später, als sie und Mr. Fiore mich besuchten und mir Suppe und selbstgebackenes Brot mitbrachten, „hättest du gemerkt, dass er schon sehr lange in dich verliebt ist, Nathan. Er bezieht niemanden in sein Leben ein, den er nicht liebt.“

Und wieder eine neue Erkenntnis.

„Er wusste, dass er für Michael sein Leben ändern sollte, aber für dich, um eine Chance bei dir zu haben, musste er es wirklich tun. Dafür bin ich sehr dankbar.“

Ich sah sie an und blickte dann zu Mr. Fiore, der am Fenster stand.

„Ich hoffe, Sie und ich können eines Tages Freunde sein, Sir.“

Er knurrte, und ich erkannte, wo Dreo sich diesen vertrauten, gönnerhaften Tonfall abgeschaut hatte. „Wir müssen keine Freunde sein, wir sind eine Familie. Was bedeutet da *Freundschaft*?“

Ich wusste nicht, was ich sagen sollte.

„Dreo sagte, dein Junge wird zu Thanksgiving hier sein. Bring ihn mit zu uns nach Hause, sein Mädchen und seine Mutter und ihren Ehemann auch. Mit ihnen werde ich Freundschaft schließen.“

Der Tonfall dieses Patriarchen machte deutlich, dass er keinen Widerspruch zulassen würde. Und dazu käme es auch nicht, da war ich sicher. Er würde sagen ‚Springt‘ und wir würden fragen ‚Wie hoch‘?

„Ja?“ bellte er.

„Ja, Sir“, sagte ich schnell.

„*Bene.*“ Er nickte kurz.

Ich blickte zu Mrs. Fiore, und sie legte eine Hand an meine Wange. „Du wirst es lernen. In unserer Familie gibt man schnell eine Antwort.“

Unserer Familie.

Unglaublich.

„Ich weiß, dass Sie sich für Dreo eine Frau gewünscht haben, und Enkelkinder und-“

„Ich habe genug Enkelkinder. Ich habe drei Töchter, die du noch kennenlernen wirst, deren Ehemänner und Kinder. Du wirst schon sehen." Sie lächelte. „Meine Familie ist groß."

„Ich verstehe."

„Aber ich will niemanden mehr verlieren, verstehst du?"

Ich nickte.

„Ich will den Kontakt zu Michael nicht verlieren und, noch viel wichtiger, zu Dreo. Ich will ihn öfter sehen. Du. Du wirst ihn zu mir bringen. Verstanden?"

Sie erwartete von mir, als Vermittler zwischen-

„*Sì?*", bellte Mr. Fiore erneut.

„*Sì*", antwortete ich schnell.

„*Bene*"; sagte er erneut. Ihm schien es zu gefallen, dass er mich erziehen konnte.

Plötzlich fiel mir auf, dass ich noch jemanden in meinem Leben haben würde, der mich herumkommandierte. Als ob das bei meinem eigenen Vater nicht schon ärgerlich genug wäre.

Mrs. Fiore nahm meine Hand.

„Du wirst auch dafür sorgen, dass ich Michael öfter sehe?"

„Ja", stimmte ich schnell zu.

Mr. Fiore lächelte.

Ich hatte schon immer schnell gelernt.

ICH BEOBACHTETE Dreo, während er schlief. Er war eingeschlafen, als ich mit meinem Sohn telefoniert hatte, und nachdem ich aufgelegt hatte, hatte ich begonnen, ihn zu beobachten.

Seine entblößte Kehle wirkte so verletzlich. Er hatte die Hände auf der Brust verschränkt, und seine Füße lagen auf dem Fußende meines Bettes. Mir blieb fast das Herz stehen. Er war in meiner Gegenwart so entspannt und so sicher. Er würde mich bestimmt nicht allein im Krankenhaus lassen. Ich hatte zu Mel gesagt, dass sich alles wirklich schnell entwickelt hatte, und sie hatte mich gefragt, ob das eine Rolle spiele.

„Dieses Mal nicht", hatte ich zugegeben und bemerkte dann, dass sie weinte. „Was ist los?"

„Du." Sie hatte trotz der Tränen gelächelt. „Ich war so besorgt, dass du niemals jemanden finden würdest, den du wirklich lieben würdest. Ich wollte nicht, dass du nie selbst erlebst, wie ich mich fühle, wenn ich Ben ansehe."

Ich hatte tief geseufzt.

„Ich bin so froh, dass ich Unrecht hatte."

Das war ich auch.

Und als ich jetzt hier lag und Dreo beobachtete, fragte ich mich, wie sich mein Leben wohl ändern würde. Als die Tür sich öffnete, sah ich auf und war überrascht, Duncan Stiel zu sehen.

„Hey", sagte ich leise, weil ich Dreo nicht wecken wollte.

Er kam langsam zum Fußende meines Bettes. „Ich wollte nur nach dir sehen und einen Moment mit dir reden."

Ich nickte und bemerkte den Gips an seinem rechten Handgelenk. „Es tut mir leid, dass ihr beide euch geprügelt habt."

„Ich hätte vorsichtiger sein sollen. Ich gerate sonst nur mit Typen aneinander, die nicht wissen, was sie tun, Kleinkriminelle auf der Straße, aber er" - er wies mit dem Kopf zu Dreo - „er weiß, was er tut."

„Ihr hättet überhaupt nicht aufeinander losgehen sollen. Ihr habt euch einfach Sorgen um mich gemacht."

Er lächelte schwach. „Ich werde deinen Rat befolgen und Urlaub nehmen."

„Ich hatte gesagt, du sollst umziehen." Ich grinste.

„Also, soweit bin ich noch nicht, aber ein Kumpel von mir lebt in Colt in der Nähe von Eureka in Kalifornien. Das ist eine kleine Stadt. Ich freue mich darauf, mal eine Weile nichts zu tun."

„Gut. Ich hoffe, es gefällt dir."

Er seufzte tief. „Ich hoffe, ich habe dir nie wehgetan."

„Nicht mehr, als ich dir wehgetan habe", sagte ich und streckte die Hand nach ihm aus.

Wir hielten uns einen Moment an den Händen.

„Wir sagen uns wohl immer wieder Lebewohl."

„Dann lassen wir es. Sagen wir ‚Wir sehen uns'."

„Okay. Wie sehen uns."

Ich nickte und er ging durch die Tür hinaus.

„Also." Dreo räusperte sich.

Ich drehte den Kopf, damit ich ihn ansehen konnte. „Du bist wach."

„Ich habe einen leichten Schlaf."

„Möchten Sie mich etwas fragen, Mr. Fiore?" Ich lächelte auffordernd.

„Ja. Du hast mich gewählt, oder? Nicht ihn?"

„Ich habe dich gewählt."

Er schloss die Augen. „Das habe ich mir gedacht. Ich bin heißer als er."

Das war er wirklich, aber das würde ich ihm nicht sagen. Denn das, was ihn attraktiver machte als Duncan war nicht sein Äußeres, sondern das, was darunter lag. Er würde der ganzen Welt verkünden, dass ich ihm gehörte. Er würde auf der Straße meine Hand halten. Er hätte kein Problem damit, mich als mein Date irgendwohin zu begleiten.

„Oh Gott, ich liebe dich wirklich."

„Ich weiß." Er gähnte und hielt mir seine Hand hin.

Ich nahm sie und hielt sie fest. „Es war nett, mit deinen Eltern zu reden."

184

Er stöhnte.

„Ich hatte keine Ahnung, dass du noch drei Schwestern hast. Bist du der Jüngste?"

„Ja", jammerte er. „Bitte, *caro*, schlaf jetzt. Wir können später über die Hexen reden."

„Hexen?" Ich lächelte.

„Warte nur ab." Er machte es sich in seinem Stuhl gemütlich. „Du wirst schon sehen."

Ich konnte es kaum erwarten.

14

AUCH DIE besten Vorsätze halfen nichts, ich wollte ihn umbringen. Einem von Sandersons Vorträgen zuzuhören, verursachte bei mir Migräne. Neben mir saß Ashton, der finster dreinsah und Verbesserungsvorschläge in seinen Laptop tippte. Er hatte schon zwei Seiten voll davon.

„Und?", fragte Sanderson mich, als er die Stunde beendet hatte und der Klassenraum sich geleert hatte.

„Ist das dein Ernst?" Ashton sah überrascht aus.

„Was?"

„Redest du absichtlich mit deinen Studenten, als wären sie Idioten, oder passiert das einfach so?"

„Das mache ich nicht", maulte er

„Doch, das tust du", versicherte ich ihm. „Gehen wir zu Mittag essen."

„Weißt du, Nate, nur weil ich deinen-"

„Spar dir das", warnte ich ihn. „Oder wir werden nicht zusammen den Artikel über ‚Die Erzählung des Junkers' für das Chaucer Symposium im März schreiben."

Er hielt sofort den Mund.

„Lass mich und Ash dir einfach helfen."

Und dieses eine Mal nickte er nur, statt einen Streit anzufangen. Als wir unten an der Treppe ankamen und ein Student für uns die Tür aufhielt, bedankte er sich und legte eine Hand auf meine Schulter, als wir nach draußen gingen.

„Wie fühlst du dich?", fragte er.

„Ganz okay, vielen Dank."

„Ich lade euch zum Essen ein", sagte er zu Ashton und mir.

Ich nickte und Ashton bedankte sich widerwillig. Es war eine kleine Geste, aber es war ein Anfang. Dass er mich mit der Hand auf meinem Rücken zu einer Hamburger-Bude führte, war auch nett.

Er gab sich Mühe, also tat ich das auch.

Fürs Erste.

ES WAR unheimlich, wie organisiert Dreo war. Wir hatten ein gemeinsames Bankkonto, in das wir beide Geld für Haushaltsgeld und die Hypothek einzahlten. Die Rechnungen liefen auf unser beider Namen. Er änderte die Adresse auf seinem Führerschein und gab eine Nachsendeadresse bei der Post und Michaels Schule an. Wenn er sagte, dass er etwas tun würde, dann tat er es ohne zu zögern. Jareds und Gillians neue Wohnung war fertig. Zwar brauchten sie noch eine weitere Woche

186

und würden Thanksgiving nicht mit uns verbringen, aber an Weihnachten wären wir alle zusammen. Gillian wollte es so. Es war schwer für sie, dass ihre Eltern nichts mehr mit ihr zu tun haben wollten. Sie wollte mit mir und Melissa und Ben zusammensitzen und freute sich sehr darauf, Dreo und Michael und Danielle kennenzulernen. Ich hatte ihr alles über Michaels ‚feste Freundin' erzählt, was diesen gleichzeitig freute und ärgerte. Ich freute mich auch auf das gegenseitige Kennenlernen. Es war ein verrückter Gedanke, dass ich plötzlich alles hatte, was ich mir immer gewünscht hatte.

„Was glaubst du, woran das liegt?", hatte Melissa mich gefragt, als wir zusammen Arm in Arm über die Miracle Mile geschlendert waren.

„Weil ich jetzt wirklich lebe", antwortete ich ihr.

„Schon allein, dass du überhaupt lebst, ist gut", versicherte sie mir, drückte meinen Arm und seufzte tief.

Als ich an diesem Freitagabend kurz nach 19 Uhr nach Hause kam, war ich überrascht, Dreo ausgestreckt auf der Couch vorzufinden. Im Fernsehen lief ein Fußballspiel und auf dem Couchtisch standen fünf Kartons mit chinesischem Essen, zwei Papierteller und zwei Flaschen Bier.

„Hey", grüßte ich ihn.

Er brummte. Was auf dem Bildschirm geschah, war offensichtlich interessanter als ich.

„Wo ist Michael?"

Nichts.

„Dreo?"

Ein weiteres Brummen.

„Wo ist Michael?"

„Er ist über Nacht bei…"

„Dreo!", fauchte ich und lachte dann.

„Parker", beendete er den Satz, völlig unbeeindruckt von mir. Er drehte sich nicht einmal um.

Jetzt fiel es mir wieder ein. Michael übernachtete bei seinem Freund Parker Barnes und würde bis zu ihrem Leichtathletik-Wettbewerb am nächsten Tag bleiben. Wir würden uns im Park mit ihm treffen und uns mit Danielle das Rennen ansehen. Sie würde dann mit zu uns nach Hause kommen, wo Michael sich duschen und umziehen würde, und dann würden wir uns alle im Haus der Fiores zum Abendessen einfinden. Dreos Eltern genossen es, dass sie ein engeres Verhältnis zu Dreo hatten, was sie seinem Partner zu verdanken hatten. Sie waren enttäuscht gewesen, dass Jared und Gillian zu Thanksgiving nicht da sein würden, aber sie freuten sich darauf, Ben und Melissa und deren Kinder zu sehen. Das tat ich auch.

Bei meinem ersten Sonntags-Abendessen bei den Fiores war ich von der Lautstärke und dem Willkommen für mich überrascht gewesen. Dreos Schwestern Loretta, Felice und Alisa und ihre Ehemänner und Kinder waren alle erfreut gewesen, mich kennenzulernen. Die Hexen, wie mein Freund die Frauen nannte, mit denen er aufgewachsen war, hatten ihm mitgeteilt, dass ich gut aussah, und dass ich freundlich und aufmerksam war. Ich war ein voller Erfolg. Beim Abtrocknen in der Küche hatte Dreo sich zu mir gelehnt und etwas geflüstert.

„Was hast du gesagt?"

„Dass deine Augen wunderschön sind."

Ich hatte lächeln müssen.

„Bevor wir uns nähergekommen sind, ist mir nie aufgefallen, dass sie die Farbe ändern, wenn du glücklich bist."

„Ach ja?"

Er hatte genickt. „Deine wunderschönen haselnussbraunen Augen werden dunkelgrün."

„Und das gefällt dir?"

„*Sì*", murmelte er und küsste mich.

Mich durchfuhr eine Hitzewelle, als ich daran dachte, doch dann schrie er den Fernseher an. Dies würde anscheinend kein romantischer Moment werden.

„Mach doch die Augen auf!"

Ich lachte prustend. „Sind das Bier und das Essen für mich?"

„Ja."

„Hattest du einen schönen Tag?"

„Ja."

„Hast du heute den Sinn des Lebens entdeckt?"

„Ja."

Ich kicherte und ging ins Schlafzimmer, um mich umzuziehen.

Ich lächelte, als ich mich dort umsah. Es war einfach schön, dort seine Armbanduhr, seine Geldbörse und Kleingeld auf dem Nachttisch auf seiner Seite des Bettes zu sehen. Er schlief auf der Seite, die der Tür am nächsten war, und unter dem Bett, schnell erreichbar, falls er nachts einen seltsamen Laut hörte, lag ein Baseball-Schläger. Seine Pistole, eine SIG Sauer P250, die er sich wieder bei der Polizei abgeholt hatte, war in einer Kassette, die mit einem Zahlenschloss gesichert war, und lag ganz oben im Schrank. Wir hatten lange darüber diskutiert. Ich wollte, dass sie verschwindet, aber er wollte sie behalten. Dass nur er sie herausnehmen konnte und dass nur wir beide wussten, dass sie überhaupt da war, war ein Anfang. Ich machte mir Gedanken wegen des Babys. Er hatte wissen wollen, wie das Baby an die Kassette kommen oder sie öffnen können sollte. Ich wusste, warum er darauf bestand, sie zu behalten. Er war immer noch besorgt, dass sein altes Leben uns einholen würde. Aber mit jedem Tag, der verging, verlor er einen Teil seiner Besorgtheit, und das freute mich. Er fühlte sich sicher und zufrieden.

Nachdem ich eine alte, verwaschene Jeans und ein langärmeliges T-Shirt angezogen hatte, ging ich wieder ins Wohnzimmer und setzte mich neben ihn. Das Bier war immer noch kalt und das Essen warm, also stand beides noch nicht lange da.

„Bist du gerade erst nach Hause gekommen?" Es folgte ein weiteres einsilbiges Brummen, und ich lachte leise. „Wer spielt, Baby?"

„Mailand", brachte er heraus, bevor er „*Passala!*" brüllte.

Es war lustiger zu beobachten, wie er wütend wurde, als das Spiel an sich.

„*Cazzo, tirala in porta!*"

Ich aß, trank mein Bier und stand auf, um mir ein weiteres zu holen. Ich merkte, dass es Spaß machte, einfach nur Zeit mit ihm zu verbringen, auch wenn er ganz auf das Spiel fixiert war, und nicht auf mich. Wir waren zusammen, und es war Freitagabend. Das gefiel mir wirklich.

Ich hatte gerade mein drittes Bier geöffnet und ihm sein zweites mitgebracht und mich auf der Couch ausgestreckt, als seine Hand auf meinen Oberschenkel wanderte. Es war erbärmlich, aber schon diese leichte Berührung ließ mich hart werden. Seit ich aus dem Krankenhaus nach Hause gekommen war, war er vorsichtig mit mir umgegangen. Es gab Blowjobs und Handjobs und auch tolles gegenseitiges Befriedigen, aber Analverkehr stand außer Frage. Jedes Mal, wenn ich das Thema ansprach, lächelte er nachsichtig und sagte mir, ich solle schlafen. Ich war soweit, dass ich ihn am liebsten einfach überfallen hätte, aber er verstand sich wirklich gut darauf, Michael als Puffer zu benutzen und unsere Termine zu seinem Vorteil zu legen.

Deshalb sorge die starke Hand, die jetzt meinen Oberschenkel packte dafür, dass mein Schwanz gegen meinen Reißverschluss zuckte und tropfte.

„Dreo", wimmerte ich.

Mit der linken Hand öffnete er den Knopf meiner Hose und zog den Reißverschluss herunter. Seine Hand glitt in meine Unterhose und seine Finger schlossen sich um meinen tropfenden Schwanz, während ich in seine Faust drängte.

„Oh Gott", stöhnte ich und stieß immer weiter in seinen festen Griff. Ich liebte es, wie sich seine rauen Hände anfühlten, wie seine Haut über mein erhitztes Fleisch glitt, und wie besitzergreifend er war. Ich gehörte ihm, und er konnte mit mir machen, was er wollte. Das war so heiß.

Er rutschte von der Couch und ging zwischen meinen gespreizten Beinen auf die Knie. Er riss meine Jeans herunter, beugte sich vor und schluckte meinen Schaft.

„Dreo!"

Er saugte hart. Seine Wangen waren hohl, als er genüsslich leckte. Der Sog war so gut, so perfekt, während sein Speichel meine Spalte hinunter rann. Ich wollte seinen Mund ficken, aber mehr noch wollte ich ihn.

„Es geht mir gut!", schrie ich.

Er nahm seinen Mund von meinem Schwanz, und da sah ich es, in seiner rechten Hand: Gleitgel.

„Wo war das?"

„Unter der Couch", sagte er und zog ein Blatt Papier aus seiner Hosentasche und reichte es mir, bevor er den Deckel öffnete.

Ich faltete es auseinander und blickte auf negative Testergebnisse.

„Du hast also-"

„Ja", knurrte er, und zwei mit Gleitgel benetzte Finger drangen in mich ein.

Ich keuchte, denn das Brennen war gleichzeitig schmerzhaft und exquisit. Er ging grob mit mir um, und das zeigte mir, wie sehr er es wollte, denn sonst war er zärtlich, aber im Moment konnte er nicht anders.

„Keine Kondome mehr", sagte er zu mir.

Ich nickte, als er einen dritten Finger einführte. Er spreizte und dehnte mich und bereitete mich vor, auch wenn das nicht nötig war. Ich stöhnte seinen Namen.

Er legte meine Beine auf seine Schultern, zog mich an den Rand der Couch, packte mich hart und spreizte meine Arschbacken.

Ich drängte mich ihm entgegen, als er seine geschwollene Spitze an meinen Eingang presste.

„Was willst du?"

Die Worte ließen sich nicht formen. Heraus kam nur Gebrabbel.

Er schob sich eine Winzigkeit vor. „Nate?"

„Dich, Dreo! Ich will dich!"

Er stieß schnell und hart in mich, und ich schrie seinen Namen, als seine dicke Länge über meine Prostata rieb. Meine Hand wanderte zu meinem Schwanz, während er tiefer und tiefer stieß und mich an den Hüften festhielt und so seine Macht über mich demonstrierte.

„Oh Fuck", stöhnte er. Ich öffnete die Augen und sah, dass er beobachtete, wie sein Schwanz in meinen Arsch hinein und wieder heraus glitt. Sein Kopf fiel zurück, als er sich den Empfindungen ergab, die ihn durchströmten. „Ich bin fast soweit, Nate, du - *ti amo, tu sei tutta la mia vita*!"

Das klang so schön, aber es war mir im Moment egal.

„Ich liebe dich Nate, du bist alles für mich."

Oh Gott.

Es gab nur seinen Schaft, der in mich hämmerte, mich in die Couch trieb, und wieder und wieder in mich fuhr. Der Höhepunkt war plötzlich da. Der Orgasmus zerriss mich, durchfuhr mich und nahm mir für einen Moment die Sicht.

Mein Körper verkrampfte sich um Dreos Schwanz, meine Muskeln packten ihn, als er in mir zuckte und sich tief in mir ergoss. Ich fühlte die feuchte Hitze, die mich bedeckte, als sie aus mir heraus und meine Schenkel hinunter rann.

„*Sei così bello…*"

Ich zitterte und zog ihn zu mir herunter, auch wenn sein T-Shirt mit meinem Samen bespritzt war.

Sein Mund bedeckte meinen, und ich öffnete mich für ihn, schmeckte und saugte an seiner Zunge in einem heißen, feuchten, verlangenden Kuss. Nie zuvor hatte ein Liebhaber mich so verrückt, so verlangend gemacht. Er hatte mir jede äußere Hülle genommen, und jetzt war ich einfach ich, verletzlich und willig.

Als wir uns voneinander lösten, sah ich seine dunklen Augen mit dem vor Leidenschaft verklärten Blick, voller Hitze und Verführung. „Himmel, Dreo. Du wirst noch stundenlang aus mir herauslaufen."

„Ja", presst er mit dem Mund an meiner Kehle hervor. Er leckte und knabberte und saugte, während er noch in mir pulsierte. „Du gehörst mir. Du bist so wunderschön, und du gehörst mir allein."

„Oh ja", stimmte ich ihm zu. Ich liebte dieses Versprechen. Die Reaktion auf unser Liebesspiel und die unglaubliche Freude daran ließ mich erzittern.

„Du weißt schon, dass ich dich heute Abend noch viele Male nehmen werde: Ich will dich auf deinen Knien, auf dem Bett, in der Dusche … Ich will einfach nur dich."

„Warum?"

„Weil ich dich liebe … *amore mio*… mein Liebster…"

„Ich dich auch." Ich lächelte und blickte in seine hinreißenden Augen. „Du bist mein Liebster."

Das Lachen, das ich dafür erntete, war so voller Freude, dass ich nicht anders konnte, als ihn zu küssen und zu küssen und zu küssen.

Worte waren nicht mehr nötig.

MARY CALMES lebt mit ihrem Ehemann und ihren beiden Kindern in Lexington, Kentucky und liebt alle Jahreszeiten außer dem Sommer. Sie hat ihren Bachelor an der University of the Pacific in Stockton in Englischer Literatur gemacht. Weil ihr Abschluss in Englischer Literatur ist und nicht in Englischer Grammatik, ist es sinnlos, sie zu bitten, einen Satz zu bestimmen. Sie liebt es zu schreiben, geht darin auf und kann vollkommen in ihrer Arbeit versinken. Sie kann sogar sagen, wonach ihre Charaktere riechen. Sie liebt es, Bücher zu kaufen und auf Conventions ihre Fans zu treffen.

www.ingramcontent.com/pod-product-compliance
Lightning Source LLC
Chambersburg PA
CBHW022151240626
47153CB00007B/2618